DÉCONFINEZ-MOI !

DÉCONFINEZ-MOI !

Georgia CALDERA
Cécile CHOMIN
Angéline MICHEL
Fanny ANDRÉ
Fanny GAYRAL
Lise SYVEN

J'AI LU

Sommaire

RETOUR EN ENFANCE

Lise SYVEN

Jeudi 12 mars 2020

Astrid piochait avec allégresse des cacahuètes enrobées de chocolat dans son tiroir entrouvert. Elle y planquait une réserve dont elle n'avait parlé à personne, principalement pour que ces rapaces de Maurice et Claudie ne viennent pas la piller. Elle en avait soupé de ces deux pingres qui la dévalisaient dès qu'elle apportait des gâteaux ou des bonbons, quand eux, jamais – au grand jamais ! – ne lui avaient offert ne serait-ce qu'un chewing-gum ! Mine de rien, ça faisait cinq ans qu'elle avait été embauchée comme cadreuse chez Maison Atelier Bois, et elle en avait marre qu'on la prenne pour une truffe.

Astrid cessa de mâcher quand ils passèrent dans le couloir, répondit d'un petit signe de la main à leur coucou hypocrite, puis fit semblant de se replonger dans le plan sur lequel elle travaillait. Elle avait du mal à se concentrer. *Il me faut plus de sucre*, se dit-elle en toute mauvaise foi. Et hop, un autre bonbon.

En vérité, l'actualité lui pesait. Cette histoire de pandémie prenait des proportions dantesques, si bien qu'elle avait cauchemardé de rues désertes, comme à Wuhan, là où tout avait commencé. Dans son rêve, des soldats masqués la poursuivaient pour l'asperger de virucide...

Tout allait bien se passer, soi-disant ; le ministre de l'Éducation avait annoncé le matin même que les écoles ne fermeraient pas et, selon Eileen, une copine de la compta, le gouvernement continuerait à gérer les clusters comme dans l'Oise : de façon locale. Astrid ne se sentait pas rassurée pour autant.

Son téléphone vibra, affichant la photo souriante de Nour, son mari, une rose entre les dents. D'habitude, ils évitaient de s'appeler en journée, préférant s'inonder de textos. Elle décrocha aussitôt, un peu inquiète. Et s'il s'était mis à tousser ?

— Ma puce ? J'ai reçu un coup de fil de Nabila.

Il était essoufflé, comme s'il marchait vite.

— Qui ça ? sursauta Astrid en se demandant pourquoi la starlette de la téléréalité avait voulu le joindre.

— Nabila, la voisine de maman !

Ah oui, la dame de l'autre côté de la rue, celle qui ne lui disait pas bonjour parce qu'elle avait essayé de caser son aînée avec Nour dix ans plus tôt...

— Maman a buté dans le trottoir, la chienne s'est fourrée dans ses pattes et elle est tombée sur le bac à fleurs en béton. Elle s'est cassé une jambe.

— Oh, pauvre Krokette !

— Non, pas la chienne, maman ! Elle est aux urgences !

— Merde ! Ils vont la plâtrer ?

— Sans doute, je n'en sais pas plus pour le moment. Là, je suis sur le parking, je saute dans la voiture et je file à Amiens.

Depuis Rouen, il en avait pour environ une heure et demie de route. D'ici à son arrivée, Safinaz aurait fini de passer des examens, ou presque. Astrid l'espéra de tout cœur, soudain envahie par un nouveau motif d'inquiétude.

— Comment va-t-elle se débrouiller, seule, avec un plâtre ?

En un instant, elle s'imagina devoir vivre les prochaines semaines avec sa belle-mère, qu'elle aimait beaucoup, certes, mais qui, en femme de caractère, ne supportait pas l'inactivité. Astrid la visualisa, coincée en fauteuil roulant dans leur appartement sans ascenseur, en train de taper dans les meubles du salon et de râler après Krokette. Le tableau lui fit froid dans le dos. Combien de temps fallait-il pour se rétablir d'une fracture de ce genre ?

— Pas de panique, reprit Nour. Je compte passer quelques jours à Amiens, le temps de chercher quelqu'un pour les soins et le ménage. Pour le reste, on s'arrangera avec mon frère et ma sœur.

Astrid retint un soupir de soulagement.

— Tu veux que je t'accompagne ? Je m'occuperai de Krokette !

Elle adorait cette affreuse petite caniche caramel, aussi gentille que moche. Chaque fois que Safinaz adoptait un animal, elle choisissait la créature la plus pitoyable du refuge qui, par la suite, le lui rendait au centuple. Elle avait ainsi recueilli une chatte à trois pattes, un canari déplumé, un lapin borgne et, enfin, Krokette, qui pétait toutes les cinq minutes – problèmes de digestion obligent.

— Ce serait dommage que tu perdes des jours de congé, répondit Nour avec des pincettes. Tu ferais mieux de les garder pour cet été.

Astrid cacha sa déception, feignant l'optimisme.

— D'accord, tu seras revenu d'ici la semaine prochaine ; ça filera vite. Essaie de te reposer un peu quand même !

Après avoir raccroché, elle réalisa qu'elle se retrouverait en solo pour la première fois depuis... au moins deux ans. Il était temps de se secouer et d'en profiter pour sortir !

Est-ce que Marie serait dispo vendredi soir ? Et pourquoi ne pas prévoir un ciné avec Sofia samedi ?

Un nouvel appel stoppa net ses rêveries. Cette fois, il s'agissait de Romain, son frère. Il ne lui téléphonait absolument jamais ; soit il lui envoyait un message, soit il passait directement chez elle. Merde. Pourvu que leur mère ne se soit pas cassé quelque chose, elle aussi ! Ou pire : qu'elle ait attrapé le covid...

— Qu'est-ce qui se passe ? Il y a un souci avec les parents ?

— Hein ? Non, pas du tout !

Ouf. Pour compenser son accès de stress, elle goba une nouvelle cacahuète.

— Pourquoi tu me téléphones, alors ? Je bosse, moi.

— J'ai besoin que tu me rendes un service. Je peux squatter chez toi ce week-end ?

Allongé sur le sac de sport noir, le gros persan gris fixait Romain de ses yeux orange, le défiant de le déloger. L'animal, qui répondait au doux nom de Rainbow – Bobo pour les intimes –, était connu pour sa fourberie légendaire ainsi que pour la précision de ses jets d'urine pestilentielle.

— Si tu pisses sur mes affaires, je te foutrai du poivre dans tes croquettes ! le menaça Romain. Tiens-le-toi pour dit.

Tous ses vêtements de rechange tenaient dans ce bagage déposé dans l'entrée. Le chat eut un mouvement de queue agacé.

— Ne le provoque pas, conseilla Astrid en lui tendant une bière.

Elle s'assit sur le canapé, près de lui.

— Alors, raconte. Qu'est-ce qui t'arrive ? Si tu avais une relation de couple, je dirais qu'on vient de te ficher dehors, mais aux dernières nouvelles, tu étais célibataire. J'ai raté un épisode ?

Romain n'était pas d'humeur à plaisanter. S'il se retrouvait coincé chez sa sœur, c'était suite à un malheureux concours de circonstances.

— Tu sais que je déménage en Norvège le mois prochain ?

Comment l'oublier ? Depuis que leur mère était au courant, elle ne cessait de leur en rebattre les oreilles. « Quelle chance ! Tu te rends compte, il réalise le rêve d'une vie... » Elle en avait parlé à tout le quartier, du vieil acariâtre qui la fuyait comme la peste à la mère Jacob, qui colportait les ragots dans la ville entière. Pour un peu, si elle en avait eu l'occasion, elle aurait proposé à la correspondante du *Télégramme* de faire un article sur le sujet : son fils, sa vie, son œuvre.

De fait, Astrid, saoulée par ce battage, avait juste félicité son frangin en lui collant une tape dans le dos, sans se soucier des détails. Il devait commencer à travailler là-bas en avril, ou en mai, peut-être. *Mauvais timing avec le covid*, songea-t-elle en grimaçant.

— Tu as déjà rendu ton appart ? Ce n'est pas un peu tôt ?

— Mon pote Tom a repris le bail. Je devais garder la chambre d'amis jusqu'à ce que je décolle pour Oslo mais, au final, sa copine l'a rejoint à cause de l'épidémie. Elle avait trop peur de choper le virus dans les transports à Paris.

— Ah.

— On n'est pas très compatibles, elle et moi.

Astrid pouffa de rire.

— Tu t'es bien fait jeter, donc.

— C'est ça, marre-toi...

— Bah, tu peux dormir ici au moins jusqu'à ce que Nour revienne.

Tous deux s'entendaient plutôt bien, même si, globalement, ils n'abordaient pas de sujets trop personnels. Leurs conversations restaient en surface.

Avec un pincement au cœur, Astrid se souvint comme ils étaient proches quand ils étaient petits. Ils avaient à peine deux ans d'écart, si bien qu'enfants on les prenait souvent pour des faux jumeaux, avec leurs boucles brunes, leurs grands yeux noisette et leurs gueules d'ange. Toujours fourrés ensemble, ils avaient fait un paquet de mauvais coups, au point que feu leur grand-mère les surnommait les « butors » ou « Bonnie and Clyde », si elle était dans de bonnes dispositions. C'était le bon temps.

Par la suite, la magie leur avait échappé, en quelque sorte. Avec l'adolescence étaient venus les prises de bec, les sautes d'humeur et puis les copains-copines, ces drôles de satellites qui avaient grignoté petit à petit toute la place... La vie trouvait plus facile de détricoter les liens que de les resserrer.

Romain l'observait du coin de l'œil.

— Ne t'inquiète pas, plaça-t-il entre deux gorgées de bière, j'ai d'autres canapés en vue. Je ne m'incruste pas de façon durable.

— Je me doute. Tiens, il est presque 20 heures. J'ai envie de mettre le discours du président. Ça t'embête ?

— Non, je ne serais pas contre des nouvelles un peu rassurantes. J'ai l'impression qu'ils vont fermer les écoles. Manquerait plus qu'ils ferment aussi les frontières !

— Mais non.

Il s'assombrit. Elle lui tapota le dos, sans conviction. À sa place, si elle avait prévu de s'installer en Norvège, elle aurait eu les nerfs dans le même état qu'une bille lâchée dans un flipper. Romain s'affala dans les coussins.

— Je viens juste de recevoir mon visa. Ce serait vraiment la galère totale.

Mardi 17 mars

Astrid était assise à son bureau, pétrifiée.

— Allez, ma petite, on se secoue ! lui lança Maurice, en bon crétin paternaliste, cambré en arrière sous le poids de l'énorme PC qu'il emportait.

Elle faillit lui jeter une agrafeuse à la figure, mais se retint. En vérité, elle ne pouvait pas bouger. Elle avait l'impression qu'on l'avait jetée dans un film catastrophe des années 1980, le genre dont Nour raffolait, avec des décors en carton et des arbres-maquettes qui finissaient immanquablement engloutis par une rivière de lave ou de boue, voire par une tornade, si la production avait le budget.

— Astrid ?

Sa cheffe Mélanie – qu'elle surnommait Mélania à cause d'un flagrant manque d'expression faciale, accentuant sa ressemblance avec l'épouse d'un certain président des États-Unis – agita une main devant son visage.

Astrid cligna.

— Vous n'avez pas l'air dans votre assiette. Il faut que vous récupériez un portable et que vous quittiez nos locaux. Vous avez jusqu'à la pause déjeuner.

Le confinement démarrait à midi.

— Je n'ai pas de pièce où m'installer chez moi.

— Écoutez, soit vous posez des congés, libre à vous, soit vous télétravaillez comme le reste de l'équipe. Songez que, pour certains, il va falloir garder des enfants en plus de faire son boulot. Donc réjouissez-vous. Nous ferons un point téléphonique à 16 heures. Coronavirus ou pas, nous avons un projet de lotissement en cours, et les plans ne se dessineront pas tout seuls.

Elle avait dégoisé tout cela sans un mot plus haut que l'autre, sans ciller. *Pas humaine*, songea Astrid en récupérant ses bonbons dans son tiroir. Elle n'y toucha pas, l'appétit coupé tant elle était secouée.

En un week-end, l'actualité s'était emballée. Même sa soirée entre potes du samedi avait tourné en jus de boudin quand le bar à tapas où elles dînaient leur avait annoncé qu'il fermerait à minuit, sur ordre du Premier ministre.

Nour lui avait confié dimanche qu'il sentait mal cette histoire et que les Français seraient bientôt confinés, comme en Italie.

— Il ne faut pas trop s'alarmer, déclara Claudie de la compta alors qu'elles prenaient un dernier café avant de partir. On est loin de la situation de Wuhan, nos autorités ont vite réagi. Tu verras, c'est l'histoire d'une quinzaine de jours.

— J'espère, souffla Astrid. Parce que mon mari est coincé avec sa mère à Amiens.

— Moi, elle me plaît, la barbe du Premier ministre, poursuivit Claudie avec un sourire tout en dents. Je le trouve sexy. Je me l'enverrais bien pour mon quatre-heures. Pas toi ?

Astrid avala son expresso de travers en imaginant Claudie chevauchant Édouard Philippe.

Elle arriva la première à l'appartement. Pas de signe de Romain, à part qu'il n'avait pas rangé ses affaires, toujours éparpillées dans le salon. Elle jeta pêle-mêle une console, un boxer, des chaussettes sales et un tee-shirt dans le sac de sport qui traînait au pied du canapé-lit défait. D'un coup, Astrid se laissa tomber dessus.

Romain ne décamperait pas de sitôt. C'était une mauvaise idée de sauter d'un lieu de résidence à l'autre en pleine pandémie. Était-ce autorisé, d'ailleurs ? Avait-il le droit de se rendre chez leurs parents, à Fécamp, à moins d'une heure de Rouen ? Elle n'en était pas sûre. De toute façon, impossible de le mettre à la porte. Le pauvre, il avait assez de soucis comme ça. Il quittait son poste vendredi en huit et il ignorait si son vol pour la Norvège, prévu dans trois semaines, était maintenu ou non. Pour l'instant, il n'était pas annulé. Mais les avions ne décollaient plus.

Un léger toc-toc retentit dans l'entrée, précédant l'arrivée du frangin, blanc comme un linge.

— Qu'est-ce que tu as ? s'inquiéta Astrid, brandissant son thermomètre électronique. (Elle avait vérifié sa température au cas où.) Tu ne te sens pas bien ?

— Je suis passé au supermarché, j'ai vu que tu avais fait une liste de ce qu'il manquait.

Bon point pour lui. Mais un pli soucieux barrait son front et son air rieur s'était enfui.

— Les gens ont pris le président au mot, c'est la guerre ! Je n'avais jamais vu les rayons vides à ce point ! J'ai failli me battre pour la dernière tablette de chocolat.

Il la posa sur le comptoir de la cuisine avec son sac de courses.

— Tu devrais te laver les mains, lui conseilla sa sœur.

Il s'exécuta aussitôt. Il n'avait pas plus envie qu'elle de tomber malade.

— En revanche, il n'y avait pas un rouleau de PQ.

— On ira au drive.

Romain remarqua soudain l'ordinateur portable aussi épais qu'une brique qui trônait sur la table de la salle à manger.

— C'est quoi, cette antiquité ?

— Mon outil de travail, figure-toi ! Tout le monde ne bosse pas pour une entreprise high-tech… Les membres de mon service ont été renvoyés à la maison. On doit utiliser un VPN, à ce qu'il paraît.

Elle n'avait qu'une très vague idée de ce que c'était.

— Ah ouais ? Moi aussi ! s'enthousiasma son frère. Je rends mon *laptop* par coursier vendredi prochain, mais d'ici là, faut que je taffe en *remote* !

Elle haussa un sourcil interrogateur.

— De chez moi, précisa-t-il. Enfin… de chez toi, par la force des choses.

— Oh, chouette.

Lundi 23 mars

Elle aurait dû se douter que la cohabitation avec son frère, dans des conditions aussi exceptionnelles, ne serait pas une mince affaire. Non seulement ils étaient sans arrêt l'un sur l'autre, mais en plus ils bossaient. Ce n'était pas comme être en week-end ou en vacances. Aussi la fin de la journée ressemblait-elle à une libération.

Pour un informaticien, Romain avait sacrément la bougeotte. Sa montre connectée lui rappelait régulièrement de marcher ; d'un coup, il se dressait tel un diable hors de sa boîte et faisait trois tours dans la pièce avant de se rasseoir. C'était perturbant, surtout au beau milieu d'une visioconférence, quand il passait en caleçon derrière elle et que Claudie le suivait d'un air affamé, signifiant qu'elle le croquerait tout aussi bien que le Premier ministre. Brrr.

Ensuite, Romain faisait ses réunions debout, parfois en sautillant, parce que ça l'aidait à se concentrer. Et il parlait très fort dès qu'il discutait en anglais avec ses collègues canadiens, comme s'il s'adressait à des gens durs de la feuille, alors que c'était la faute à son accent si on ne le comprenait pas.

Malgré ces bizarreries, Astrid était contente de partager ses pauses-café avec lui.

— Je suis dégoûté, lui confia-t-il ce matin-là, je suis obligé de faire mon pot de départ en virtuel. C'est tellement moins bien qu'une tournée des bars…

Mais c'était beaucoup mieux que de tomber malade.

Astrid avait quant à elle décidé qu'elle détestait le télétravail. Mélania contrôlait fréquemment qu'elle était en ligne. C'était pénible, voire infantilisant. Sa boss avait toujours eu un côté *control freak*, sauf que, d'habitude, elle était gérable et pas plus chiante que n'importe quel supérieur. La nana était compétente, ce qui faisait déjà beaucoup ; Astrid se souvenait de son prédécesseur, qui ne savait même pas lire une cote sur un dessin.

Par bonheur, le télétravail avait aussi des avantages. Elle pouvait, par exemple, se réveiller cinq minutes avant de s'y mettre. Pour la visio, elle enfilait un sweat par-dessus son pyjama, s'attachait les cheveux, et roule ma poule ! Elle n'allait pas se maquiller pour une heure de réunion, hors de question. C'était sa façon de protester contre les méfaits de la pandémie. Cet aveu fit rire Nour lors de leur coup de fil quotidien.

— Sinon, comment ça se passe avec ta mère ?

La jambe plâtrée, elle refusait d'utiliser un fauteuil roulant, se servait de béquilles, en dépit d'un équilibre précaire, et fatiguait vite. Nour l'avait installée dans la chambre d'amis au rez-de-chaussée, par crainte qu'elle ne glisse sur les marches. Il ne s'amusait pas plus que sa femme pendant ce confinement.

— On joue aux dominos, on regarde la télé…

Son cher et tendre époux avait été mis au chômage technique comme tant d'agents de bibliothèque ; au moins, il était tranquille de ce point de vue-là. Pas de congés à poser.

— En fait, je n'ai pas le temps de m'ennuyer, entre les repas, la vaisselle, les visites de l'infirmière, les balades de

Krokette, les soins aux animaux… Je m'accroche au positif : maman m'apprend ses recettes. Je te préparerai des tas de bons petits plats quand je serai de retour à la maison.

Un blanc. Le « quand » flotta comme une épée de Damoclès au-dessus de leurs têtes. Astrid avait tenté d'aborder le sujet à plusieurs reprises, mais ils avaient fini par s'engueuler. Nour ne pouvait pas lui donner de date précise. Safinaz en avait pour six semaines de plâtre au bas mot. Ensuite, elle aurait besoin d'une rééducation. En temps normal, il aurait pu être relayé, comme prévu, par sa fratrie, mais le covid était passé par là. Sa sœur Myriam avait ses gosses sur les bras vingt-quatre heures sur vingt-quatre et son frère Karim travaillait au CHU de Rennes ; il était pris dans la tourmente de l'épidémie. Personne ne pouvait remplacer Nour au chevet de belle-maman.

— Ça te dirait qu'on skype demain ? proposa-t-il. J'ai envie de te voir, tu me manques.

Après avoir raccroché, Astrid avait le moral dans les chaussettes. Elle caressa l'affreux persan gris, qui faisait semblant de dormir sur la chaise voisine. En vérité, il surveillait la porte d'entrée. Que n'aurait-elle pas donné pour entendre la clé tourner dans la serrure, voir Bobo s'étirer du bout des pattes à la pointe de la queue puis se pavaner jusqu'à son maître et lui sauter dans les bras… Elle le trouvait moche avec son museau aplati et ses yeux orange qui coulaient, mais il y avait une telle tendresse entre Nour et lui qu'elle s'était mise à l'aimer.

— En plus, il est doux, ce gros pépère…

Ses doigts s'égarèrent dans son pelage vaporeux, l'animal les reniflant avec affection.

— Tu tires salement la tronche, commenta son frère en sortant de la cuisine, toujours en caleçon, une cuillère dans une main, un yaourt dans l'autre. Qu'est-ce qui t'arrive ?

— Tu pourrais au moins enfiler un bas de jogging ou un short.

— Il fait 21 °C dans ton appart.

Astrid se rendit compte qu'elle l'avait vu s'empiffrer de « paniers aux fruits » toute la matinée.

— Tu en as mangé combien, des yaourts ?

— Sept. Un paquet entier qui était périmé. Te connaissant, tu risquais de le mettre à la poubelle.

Et pour cause, il végétait dans le fond du frigo depuis un bout de temps.

— Ça ne va pas, la tête ? Tu pourrais faire une intoxication alimentaire ! Ce n'est pas le moment d'aller encombrer les urgences ou de traîner dans un cabinet médical !

— Tu exagères, sœurette. Aucune raison que je sois malade.

Pourtant, deux heures et demie plus tard, il était enfermé aux toilettes. Astrid abandonna son poste pour toquer à la porte.

— Romain ? Ça va ?

— J'ai peut-être déconné avec les yaourts.

Elle roula des yeux.

— Sans blague. Tu as rendu tripes et boyaux ?

— Pas exactement. C'est plutôt la courante, si tu vois ce que je veux dire.

Il ponctua sa phrase d'un grognement douloureux.

— Mauvaise nouvelle, notre dernier rouleau de PQ vient d'y passer.

— Merde ! ragea Astrid en rejoignant son ordinateur.

Elle zappa le plan sur lequel elle bossait et se connecta sur le site de son drive habituel. Par miracle, l'interface afficha du papier disponible. Évidemment, pas moyen de l'ajouter à son panier : des centaines de personnes se le disputaient à coups de clics frénétiques.

Romain fit son retour, un peu pâle. Le garçon paraissait dans ses petits souliers. Il se dandina sur sa chaise, écrasé par le regard lourd de reproches dont sa sœur le gratifiait.

— Tu es content de toi, j'imagine.

— Arrête, on dirait maman...

— Si tu ne te comportais pas comme un ado, aussi ! Tu étales tes affaires partout, tu avales n'importe quoi ! Et voilà qu'on n'a plus de PQ !

— Il reste quatre feuilles.

Ça se passait de commentaires. Astrid croisa les bras en tirant la gueule.

— Peut-être que je pourrais en taxer aux voisins, proposa Romain, vraiment désolé. Après tout, on a une imprimante, on pourrait dealer des attestations de sortie ?

Pas question de frapper aux portes. Elle avait sa fierté.

— On va repérer tous les supermarchés, les supérettes, les épiceries, tout ce qu'on peut atteindre en une demi-heure de marche.

Romain se mit au garde-à-vous.

— Chef, oui, chef !

— J'aime mieux ça. Sergent, tu te souviens quand on piquait les biscuits de mamie ?

Impossible de l'oublier. Elle les planquait avec son chocolat dans un placard au-dessus du frigo intégré. Impossible d'y accéder sans escabeau. Et comme elle ne donnait jamais rien à ses petits-enfants, ils avaient décidé de faire un casse en pleine nuit, la veille de leur retour chez eux. Ils avaient pris soin de replacer les emballages avec dextérité de sorte que le méfait ne soit constaté qu'après leur départ. Cerise sur le gâteau, les parents s'étaient fait accuser à leur place à la visite suivante.

— On ne fera jamais rien d'aussi bien dans notre vie, constata Romain, songeur.

Astrid pouffa.

— Rappelle-toi qui était le cerveau de l'opération : moi. Avec un peu de méthode et de détermination, nous surmonterons n'importe quel obstacle ensemble.

— Chef, oui, chef !

Il lança Google Maps sur sa tablette.

— On va quadriller la zone, s'enflamma-t-il. Il y a trois magasins autour de nous qui sont susceptibles d'avoir du PQ. Si on fonce, on en aura peut-être.

— Ou bien on appelle avant pour s'assurer qu'il y a du stock.

Romain se plia en deux, son visage changeant de couleur. Il se précipita aux toilettes. Sa voix étouffée lui parvint depuis l'autre bout de l'appartement.

— Tu as un peu de sopalin pour dépanner ?

Astrid poussa un soupir. Elle se débrouillerait seule pour les ravitailler.

Samedi 28 mars

Le couperet était tombé. Le Premier ministre venait d'annoncer que la première quinzaine d'avril serait plus compliquée encore.

— J'ai pas compris, murmura Astrid. Il n'a pas dit quand est-ce qu'on serait libérés, déconfinés...

— Les aéroports ne rouvriront pas, ajouta Romain, plus blanc que son tee-shirt. Je n'aurai pas mon vol pour la Norvège, cette fois, c'est sûr.

Tous deux se regardèrent. Ils avaient multiplié les efforts pour ne pas – trop – se disputer. Romain ramassait ses miettes consciencieusement dans la cuisine ; il avait bien intégré que cette pièce devait être nickel vingt-quatre heures sur vingt-quatre. Il ne mettait plus son linge avec celui d'Astrid pour qu'elle le lave à sa place et il repliait le canapé avant qu'elle ne se lève pour éviter ses grogneries dès le matin. Il avait aussi promis de ne plus engloutir tout ce qui était périmé, histoire d'éviter un nouveau *PQ-gate* – ils avaient toqué chez les voisins faute de mieux avant de réussir à se réapprovisionner.

De son côté, Astrid ne râlait plus dès qu'il se faisait un en-cas, ce qui arrivait six fois par jour – son frère tenait plus du hobbit que de l'humain. Elle tolérait ses affaires éparpillées dans le salon sans – trop – grommeler et elle lui avait dégagé un placard pour qu'il puisse ranger le reste. Pour les tâches ménagères, ils avaient eu une petite conversation à J + 5 afin de se répartir le travail et d'évacuer une tension croissante pleine de non-dits.

Globalement, les choses se passaient plutôt bien. Depuis que Romain avait renvoyé par coursier son ordinateur à son ancienne boîte, il occupait l'essentiel de ses journées à jouer à la console et à mitonner des petits plats pendant qu'Astrid bossait. D'ailleurs, il était devenu le roi de la pizza maison.

Néanmoins, sur le plan psychologique, ils n'étaient pas préparés à demeurer enfermés beaucoup plus longtemps.

— Putain... C'est foutu pour Oslo.

Romain cherchait de l'air. Astrid le fit s'asseoir dans la cuisine et lui servit un verre d'eau. À la réflexion, elle le remplaça par une bière bien fraîche.

— Mais non, qu'est-ce que tu racontes, c'est juste reporté. Tu devrais contacter les RH de ta nouvelle boîte pour te rassurer.

Elle tenta de le réconforter, tout en pensant à son propre problème : Nour et son absence prolongée. Elle avait espéré que le confinement ne serait pas reconduit pour plus de quinze jours. Qu'elle pourrait au moins lui rendre visite le week-end... La dernière fois qu'elle avait proposé de le rejoindre les samedis et dimanches, en prenant les précautions nécessaires, il s'était montré réticent. Sa mère faisait partie de la population à risque. Sans oublier les problèmes de contrôle, le fait qu'Astrid ne disposait pas de véhicule puisque leur voiture était avec lui à Amiens, et que le bus lui semblait une option dangereuse.

Elle s'assombrit. À croire que son mari n'était pas si pressé que ça de la retrouver.

— Est-ce que tu veux que je m'installe chez les parents ? lui demanda Romain tout à trac. J'ignore quand je pourrai partir en Norvège et je comprendrais que tu en aies marre de m'avoir dans les pattes.

Astrid secoua la tête, le cœur serré.

— Tu te rends compte, ça va durer au moins jusqu'à fin avril ! geignit-elle.

Elle ne verrait pas Nour avant des semaines. Une bouffée de chaleur empourpra ses joues, elle se mit à respirer plus fort, un nœud d'angoisse logé dans la gorge.

— Je ne sais pas si j'ai envie de rester ici seule avec Bobo.

Bobo, qui avait pris l'habitude de pisser dans la cuisine parce qu'on ne le laissait plus sortir. Astrid craignait que quelqu'un ne lui fasse du mal, avec tous ces crétins qui croyaient que les chats portaient le covid et constituaient une menace.

Romain la serra contre lui.

— Nour n'a toujours pas de solution de secours ?

Elle se tamponna les yeux avec son débardeur.

— Non... Il faut que je prenne mon mal en patience. Ça pourrait être pire, s'il était bloqué de l'autre côté de la frontière espagnole par exemple, ou s'il était hospitalisé. On a de la chance : notre famille est en bonne santé, on a été épargnés.

Romain acquiesça sans parvenir à se réjouir. Le covid foutait en l'air tous ses plans d'avenir. Il pourrait tout aussi bien ruiner la complicité naissante entre sa sœur et lui.

— On s'entend bien pour le moment, mais imagine qu'on finisse par s'engueuler vraiment ? Qu'ensuite on ne se parle plus pendant dix ans ?

— N'importe quoi ! Peut-être que je ne te le montre pas, mais je suis heureuse que tu sois là.

Le sentiment d'oppression grandit dans la poitrine d'Astrid. Si Romain partait, elle serait livrée à elle-même.

— Je n'ai jamais vécu toute seule. J'ai été en colocation pendant mes études, ensuite je me suis installée avec Nour. Je n'ai jamais eu d'appartement à moi.

Le dire à voix haute rendait le spectre de la solitude encore plus effrayant.

— Même pour les vacances, je suis toujours partie en famille ou avec des amis. Je ne suis pas comme toi, je n'aurais jamais le courage d'émigrer dans un autre pays !

— OK. Mais à une condition : si on sent que ça dérape, on se le dit avant que ça n'explose en vol.

— Promis.

Spontanément, ils s'échangèrent un câlin fraternel.

Mercredi 8 avril

Par bonheur, l'embauche de Romain n'était pas remise en cause par la fermeture des frontières. Il était entendu qu'il rejoindrait les locaux de la société dès que les gouvernements l'autoriseraient. Dans l'intervalle, un ordinateur devait lui être livré afin de démarrer à distance. Quand ? Bonne question. Le covid semait aussi la zizanie chez les transporteurs.

Il était soulagé, mais cette attente le stressait. Ce n'était pas de cette façon qu'il avait envisagé sa nouvelle vie professionnelle. D'autant qu'il en avait ras le bol de jouer à la console. L'inactivité lui pesait. Après s'être essayé à la lecture, à la méditation, à l'expérience du pain maison, il avait commencé à faire des courses pour les personnes âgées de l'immeuble, bloquées chez elles par peur de la contamination.

Tout était parti de sa rencontre avec Pascal, un retraité fana de marche, alors que celui-ci déposait un petit paquet d'attestations de sortie dans l'entrée, près des boîtes aux lettres.

A priori, Pascal connaissait tous les occupants de la copropriété, y compris Nour et Astrid, qui avaient emménagé l'année précédente. Romain avait accepté de donner un coup de main, avec la bénédiction de sa sœur. Il se réjouissait d'aider son prochain, même si ça le forçait à se mettre tellement de gel hydroalcoolique sur les paluches que sa peau craquelait.

Astrid en profitait pour souffler, ravie de ne plus voir son frère rôder comme une âme en peine, pendant qu'elle, elle devait bosser. Tout le monde se plaignait de s'ennuyer sur les réseaux sociaux tandis qu'elle croulait sous le boulot. Elle avait l'impression de ne plus quitter son bureau – ce qui était le cas, vu que celui-ci avait déménagé dans son salon.

Poussée par Romain, elle avait réclamé l'autorisation de télétravailler ailleurs qu'à son domicile, afin de rejoindre son conjoint, ce qui lui avait été refusé au motif que ce n'était pas une solution couverte par l'assurance de l'entreprise. Et le covid, c'était couvert par l'assurance, peut-être ? À situation exceptionnelle, mesures exceptionnelles !

Ses râleries n'avaient eu aucun effet. En plus, Nour trouvait cela préférable, au final, parce qu'il n'y avait pas d'endroit où s'isoler chez sa mère, à part la chambre d'amis hélas trop exiguë pour y caser un bureau. Au lieu de la réconforter, il n'avait réussi qu'à la fâcher. Elle se fichait de tout ça : ce qu'elle voulait, c'était le retrouver !

De dépit, Astrid travaillait désormais en combinaison licorne, ce qui occasionnait un pli de mécontentement au coin des lèvres de sa boss à chacune de leurs visioconférences.

— Tout de même, Astrid, ne pourriez-vous pas faire un effort pour vous habiller ? Vous m'inquiétez.

— J'ai froid, je ne bouge pas de la journée, grogna-t-elle.

— Vous êtes sûre que vous allez bien ?

— Nous vivons une pandémie mondiale, Mélanie, et nos clients n'arrêtent pas de demander des modifications. Rien qu'hier, j'ai dû reprendre cinq fois l'implantation de la cuisine des Hubert-Passeau. Donc je fais de mon mieux, mais je fatigue !

— Que voulez-vous, ils ont plus de temps pour réfléchir, alors ils changent d'avis.

Astrid se retint de lui faire remarquer que changer d'avis, c'était une chose, déplacer moult fois la cuisine pour la faire revenir à sa position initiale en était une autre. Les gens exigeaient en plus de recevoir les plans à la minute, mais il était inutile de s'exciter comme une bande de mouettes au-dessus d'un bateau de pêche : les chantiers de construction demeuraient au point mort.

— Écoutez, Astrid, j'ai le sentiment que vous êtes au bord du burn-out. C'est une maladie, vous savez. Vous devriez vous accorder quelques jours de répit...

— C'est gentil, s'agaça-t-elle vivement. Sauf que poser des congés pour les passer à regarder le plafond de mon appartement, ça ne me vend pas du rêve !

— Disons que vous avez fini pour aujourd'hui. Reposez-vous, faites une sieste. Il faut encore tenir jeudi et vendredi.

Sur l'écran, Mélania se massa le front. Elle était toujours tirée à quatre épingles, maquillée comme une hôtesse d'accueil en showroom, bref, impeccable jusqu'au bout des ongles, mais son masque de perfection se fendillait à vue d'œil.

— Pardon de m'être emportée, s'excusa Astrid. J'ai les nerfs à vif, je ne voulais pas...

— Je sais, murmura sa boss. Ça reste entre nous.

— Vous devriez faire attention à vous aussi. Et puis peut-être essayer une tenue plus confortable.

— J'ai un pyjama panda, vous savez. Cadeau de ma nièce.

Elles se sourirent, épuisées l'une et l'autre. Ce fut le moment que Romain choisit pour tourner la clé dans la serrure. Bobo se leva de sa chaise, avec l'espoir qu'il s'agisse de son maître ; il se rassit sitôt qu'il s'aperçut de sa méprise. Un raclement étrange sur le parquet lui fit rouvrir les yeux, lesquels s'écarquillèrent quand il découvrit qu'un roquet blanc et marron accompagnait le jeune homme : Pumba, le jack russel du sixième.

Bobo fit un bond d'un mètre de haut, toutes griffes dehors, et retomba en panique sur Astrid, lui labourant les bras et les genoux au passage. Avec force hurlements, elle bascula en arrière sous le regard médusé de Mélania. Le chat sauta en avant, ce que le chien prit pour une invitation à la poursuite. Après une folle succession de sauts, d'aboiements et de miaulements indignés, Bobo fit volte-face et donna une méchante tarte en pleine truffe à son abominable assaillant.

Romain profita de la sidération de Pumba pour agripper la laisse et mettre fin à la confrontation. Bobo se réfugia sur la table, hérissant son poil de colère, tandis que Mélania appelait Astrid, très inquiète après avoir vu ses jambes lui passer par-dessus la tête. Échevelée, celle-ci fit un coucou fatigué à la caméra.

— Tout va bien. On se voit au point de demain !

Clic. Fin de la réunion.

— Avant de t'énerver, commença Romain, sache que je suis désolé. J'avais oublié mon sac de courses, et je n'ai pas pensé que le chien pouvait effrayer Bobo.

Bien fait pour ce prétentieux de chat, pensa-t-il, *ça le tire de sa routine !* Il n'imaginait pas que le félin se vengerait deux heures plus tard en pissant dans ses chaussons – pas une goutte à côté.

Astrid, quant à elle, se remettait à peine de ses émotions. Ce qui l'intriguait, c'était la raison pour laquelle son frère se trimballait le cerbère de Mme Plantin.

— Elle est positive au covid-19. Elle n'est pas en état de sortir son chien, donc Pascal m'a demandé de le faire. Comme il est à risque, il ne veut pas s'approcher de la bête ni entrer chez la voisine.

Astrid s'écarta jusqu'au mur, le chien retroussant ses babines en direction de Bobo.

— T'es pas un peu fou ? Tu n'as pas mis de protection ?

— Si, j'ai mon masque en tissu, des gants (il montra ses mains) et j'ai nettoyé la laisse avec des lingettes virucides. Ça ne craint rien.

— Sauf si la vieille a éternué sur cette bête !

Astrid se mit aussitôt en devoir d'aérer la pièce, en jetant à Romain des coups d'œil inquiets. Il fit de son mieux pour ne pas s'agacer.

— J'ai été prudent. Écoute, j'ai beaucoup moins de chance d'attraper une forme grave que Pascal !

— Ou si tu es asymptomatique, tu pourrais le refiler à quelqu'un !

Il la dévisagea, consterné. Maintenant qu'il s'était engagé, il ne pouvait plus reculer.

— Bon, je vais promener Pumba, on en discutera plus tard.

La porte claqua derrière lui.

Astrid réconforta Bobo, dont la queue tressaillait d'irritation. Elle remâcha sa conversation avec Romain avant de décrocher son téléphone. Elle avait besoin d'en parler à Nour. Son « Allô » à la fois tendre et inquiet la soulagea aussitôt. Qu'est-ce qu'il lui manquait ! Les mots filèrent tout seuls, effaçant les anicroches des derniers jours.

— Pauvre Mme Plantin, commenta son mari. J'espère qu'elle s'en remettra vite.

— Moi aussi. Je trouve ça tellement flippant !

— Tu sais où elle l'a chopé ?

— Pas du tout, mais Romain peut-être. Il sort son chien.

— C'est gentil, dis donc ! Je ne l'imaginais pas en bon samaritain.

— Disons que je l'ai un peu poussé dans cette voie, soupira-t-elle. Vu qu'il passait sa vie à jouer à la console pendant que je travaillais…

— Tu regrettes ?

Perspicace, Nour, comme toujours.

— C'est dangereux. Romain a plus de chances de contracter le covid dans l'appart de la voisine ou en faisant un câlin à sa saloperie de clébard…

— Tu as la rancune tenace.

— Tu l'aurais, toi aussi, si tu t'étais fait bouffer le mollet par cette bestiole !

L'affaire datait du lendemain de leur emménagement. Toute guillerette, Astrid était revenue de la boulangerie chargée de pains au chocolat pour offrir le petit déjeuner aux valeureux déménageurs. Soudain, une laisse avait tapé contre sa cheville. Pumba avait échappé à sa maîtresse et, courant vers la porte ouverte, prévoyait de s'enfuir tandis que cette dernière lui hurlait : « AU PIED ! AU PIED ! » Par réflexe, Astrid avait posé le sien, de pied, sur la laisse, ce que le perfide petit canidé avait pris pour une agression. Il s'était vengé de toute la force de ses féroces mâchoires. Astrid en avait les larmes aux yeux rien que d'y penser.

— Mme Plantin est une personne adorable, rappela Nour. Elle s'est souvent occupée de Bobo quand on partait en week-end. C'est vraiment bien que ton frère se soit proposé pour l'aider. Et puis il sera prudent. N'oublie pas : le risque zéro n'existe pas. Romain pourrait très bien être contaminé au supermarché ou à l'épicerie.

Difficile de s'en convaincre.

— Qu'est-ce que tu veux qu'il fasse ? soupira Nour. Qu'il abandonne la voisine à son sort alors qu'elle vit l'enfer ?

— Non, ce n'est pas ce que je veux, pas du tout !

Évidemment que Romain avait pris une bonne décision. C'était la meilleure chose à faire, mais elle avait peur. N'était-ce pas naturel ? Tout était déjà si stressant au regard de l'actualité...

— J'aimerais te rassurer, ma chérie, mais je ne peux pas faire de miracle. Si ton frère met des gants, un masque, et qu'il veille à désinfecter la laisse, la poignée de la porte, ses mains... Je ne vois rien de mieux à part enfiler une combinaison intégrale.

— C'est une super idée ! s'exclama Astrid.

— Et pourquoi pas un sas de décontamination pendant que tu y es ?

Il paraissait mi-amusé, mi-inquiet.

— Oh non, quand même pas..., murmura-t-elle en réfléchissant.

Trop compliqué à mettre en place.

— Je t'arrête tout de suite, intervint Nour. Déjà que le personnel soignant a du mal à obtenir du matériel, tu ne risques pas d'en trouver. Tu ne vas pas lui mettre une combinaison de ski, non plus.

— De toute façon, on n'en a pas. En revanche, tu sais ce qu'on a ?

À l'autre bout du fil, son mari se prépara au pire.

— Ton costume de T-Rex ! Je suis sûre qu'avec ça il sera à l'abri. En plus, il a des moufles !

— Ça ne protégera pas sa figure, objecta Nour.

En effet, le T-Rex gonflable disposait d'une fenêtre au niveau du cou pour y loger le visage de son occupant et lui permettre de respirer.

— Avec une visière sur les yeux et un masque sur la bouche, il sera au top, répliqua Astrid.

Elle tenait son plan. Ainsi accoutré, impossible que son frère oublie de se déshabiller en rentrant et la contamine par inadvertance avec les germes de Mme Plantin.

Nour chercha à lui faire entendre raison. Sans succès.

À son retour, Romain refusa tout net sa proposition. Une belle engueulade se profilait à l'horizon.

— Franchement, tu exagères ! explosa Astrid. Tu ne m'as même pas demandé si ça me gênait, tu as accepté sans me consulter alors que tu habites ici ! Maintenant, j'angoisse, et tu ne te soucies pas de ce que je ressens.

— Bien sûr que si !

— Ah oui ? Si c'était vrai, tu porterais ce déguisement sans sourciller !

— Tu as vu la gueule du machin ?

Bien sûr, elle l'avait déballé et placé en évidence sur le canapé. Goguenard, Bobo suivait l'échange avec beaucoup d'intérêt.

— Les gens vont me prendre pour un dingue dans la rue.

— Les gens sont confinés chez eux. Il n'y a pas un chat dehors.

— Si le clebs m'échappe, je ne pourrai jamais le rattraper.

— Accroche-toi à la laisse et tout se passera bien. Honnêtement, si Nour a réussi à danser là-dedans toute une nuit, tu devrais t'en sortir pour faire le tour du pâté de maisons.

La tronche en biais, Romain s'approcha de la pomme de discorde. Il tripota le tissu synthétique façon peau de lézard couleur marron. La tête s'ouvrait sur une gueule pleine de dents : ridicule. Un ventilateur était prévu pour gonfler les différentes pièces du costume, lequel paraissait assez léger.

— Avoue, tu veux juste te venger et me punir en me forçant à mettre ce truc.

Il y avait un peu de vrai là-dedans.

— Pas seulement, je te jure que ça me rassurerait. Tu l'enfiles sur le palier, tu l'enlèves avant de rentrer, tu le fourres dans son sac, je désinfecte la poignée de la porte, toi, tes mains, et on est tranquilles.

Il leva les yeux au ciel, regrettant déjà les mots qu'il allait prononcer.

— D'accord. Tu me promets de ne plus flipper comme une folle si je fais ça ?

— Croix de bois, croix de fer.

Ce soir-là, un T-Rex se promena dans leur quartier en compagnie d'un jack russel belliqueux, qui lui aboyait après. Le chien attaqua même la queue, forçant le dinosaure à lui donner un coup de pied pour le calmer. Ensuite, il y eut d'autres ardeurs à refroidir... Depuis la fenêtre, Astrid filma tout, envoya des photos à Nour, et le couple pleura de rire au téléphone pendant une bonne heure.

— Vraiment, je suis scié, je ne pensais pas que tu le convaincrais ! lui avoua son époux. Tu sais que c'est aussi pour ce genre de choses que je t'aime ?

Astrid savoura ses mots. Nour l'ignorait, mais c'était exactement ce qu'elle avait besoin d'entendre.

Lundi 13 avril

Depuis le début, ils avaient pris de bonnes habitudes : replier le canapé, se lever et se coucher à des heures correctes, y compris le week-end. Leur plus gros problème, c'était que l'appartement, malgré ses soixante-dix mètres carrés, ne possédait qu'une chambre. Astrid pouvait s'isoler, mais pas Romain. De temps à autre, pour compenser, il s'enfermait dans les toilettes. Ce qui finissait immanquablement par dégénérer.

— Romain, si tu ne sors pas dans les cinq minutes, tu vas me le payer !

Pas de réponse.

— Je sais que tu es là ! Bobo aussi le sait, figure-toi.

Le chat miaula à ses pieds. En l'absence de Nour, il mettait un point d'honneur à l'accompagner dès qu'elle se rendait aux W-C. Était-ce dans l'espoir de boire dans la cuvette ? Elle préférait ne pas y songer.

Elle toqua de nouveau. Toujours rien. Elle croisa les bras, ses méninges fonctionnant à plein régime. La dernière fois qu'elle avait dû chasser son frère du trône, elle lui avait fait croire qu'elle tenait sa manette de console au-dessus du vide, par la fenêtre de la cuisine. Ensuite, elle s'était mise à compter.

Avec un sourire machiavélique, elle colla son oreille à la porte...

— Romain, je sais que tu as planqué du chocolat dans ton sac. Je vais le manger.

En vérité, elle avait déjà boulotté la moitié de la tablette. Le téléphone l'interrompit : c'était leur père, José.

— Papa ? Qu'est-ce qui se passe ?

En un instant, elle oublia son envie pressante, le chocolat et Romain. D'ordinaire, c'était Danielle – leur mère – qui appelait, le paternel détestant parler dans un combiné.

— Comment ça va, vous deux ? commença-t-il.

— Si tu manges mon chocolat, je me vengerai, je te préviens ! cria le frangin depuis les cabinets.

Elle s'éloigna vivement à l'autre bout du couloir.

— Bien, bien... Et vous ?

— Ta mère s'ennuie. Du coup, elle me tyrannise.

— Comment ça, elle te « tyrannise » ?

— Elle me force à faire l'intendance ! Débroussailler, tailler la haie, retaper le cabanon... tout ça parce que j'ai le temps.

— Mais tu as toujours le temps, objecta Astrid. Tu es à la retraite.

— Pas du tout ! Je suis occupé, j'ai une vie, moi ! Je suis président de l'Association de cyclisme, j'ai des réunions en plus de nos sorties ! La semaine, je fais les devoirs des enfants à l'école, je ne suis jamais là ! Alors, avec le confinement, vu qu'elle m'a sous la main, elle se venge !

— C'est peut-être mérité, non ? Ça fait au moins deux ans que tu promets de t'atteler au cabanon.

— Elle a promis de recoudre les boutons de ma veste préférée depuis aussi longtemps, et je ne suis pas sur son dos tous les matins !

José marquait un point.

— Qu'attends-tu de moi, au juste ? soupira-t-elle.

— Ben, je ne sais pas... Je me disais que vous deviez vous sentir à l'étroit dans ton appart. Tu ne crois pas que vous devriez vous confiner avec nous ?

— Papa, dois-je te rappeler que vous avez plus de 65 ans et que vous faites partie de la population à risque ? Que c'est précisément pour vous protéger qu'on reste tous chez nous, sans nous mélanger ?

Astrid ne put s'empêcher de savourer ce moment où elle se permettait de sermonner son paternel. Celui-ci ronchonna à l'autre bout du fil.

— Les chiffres sont en baisse et vous avez fait très attention. Tu sais que le président doit parler aujourd'hui ? Tout le monde espère une date de déconfinement.

Le cœur d'Astrid fit un salto dans sa poitrine. Elle y pensait depuis le matin, sans trop oser y croire. Bien que le nombre de morts dus au covid diminuait, elle craignait d'être déçue. Elle n'imaginait pas les mesures de sécurité levées d'un coup d'un seul. Même si elle crevait d'envie de retrouver Nour.

— Si ça se fait, dit-elle à son père, on fera en sorte de se voir, c'est promis.

L'idée lui parut vertigineuse, dans le bon sens.

— D'accord.

Il y avait un sourire dans sa voix.

— Comment va ton frère ? Il s'organise comment pour la Norvège ?

— En attendant la réouverture des frontières, ses employeurs ont décidé de lui faire livrer un ordinateur, mais pour l'instant il n'a rien reçu.

Finie la glandouille avec Bobo sur le canapé ! Astrid espérait que ce problème serait bientôt résolu, d'ailleurs Romain s'impatientait. D'autres détails continuaient de le tracasser : il n'avait pas plus de logement sur place que de nouveaux billets d'avion. La grande aventure attendrait le bon vouloir de l'épidémie ! Le jeune homme faisait contre mauvaise fortune bon cœur, mais il en avait gros sur la patate.

— C'est bien que tu le soutiennes, conclut José. C'est ça, la famille.

La larme à l'œil, Astrid raccrocha. C'est fou comme quelques mots gentils pouvaient changer la donne. Elle se sentait plus optimiste, voire prête à affronter les annonces du gouvernement.

Quand Romain et elle, suspendus aux lèvres du président, entendirent que le déconfinement aurait lieu le 11 mai, ils sautèrent de joie. Nour inonda sa femme de messages, lui promettant qu'ils se verraient ce jour-là, coûte que coûte.

Un mois avant de le serrer dans ses bras.

Dimanche 19 avril

Durant les week-ends, ils avaient visionné *Star Wars* et *Le Seigneur des anneaux*, s'étaient abandonnés à un marathon Hugh Grant – *Le Journal de Bridget Jones*, *Quatre mariages et un enterrement*, *Coup de foudre à Notting Hill* –, avaient terminé *La Casa del Papel*, entamé diverses séries sans s'intéresser à rien, et Astrid ne pouvait plus voir la télé en peinture. Cette journée s'annonçait encore plus démoralisante que les précédentes. Pour couronner le tout, il faisait un temps de chiotte.

— *Un jour sans fin* ? tenta Romain.

Le salon était dans un grand foutoir. Le canapé n'avait pas été replié. Un amas de coussins se mélangeait à la couette, aux draps… La table basse disparaissait sous la vaisselle sale. Allongée sur le dos, Astrid observait les nuages que le vent poussait dans le ciel, derrière la fenêtre.

— Regarde le film si tu veux. Je prendrai en cours de route, je le connais par cœur.

Son frère s'affala près d'elle. Il n'avait pas quitté son pyjama depuis trois jours. Il commençait à sentir un peu fort, même pour lui. Il peinait à trouver la motivation, maintenant que plus personne dans l'immeuble ne requérait ses services.

Mme Plantin s'était rétablie naturellement et elle avait repris ses promenades avec son chien – une excuse bien pratique pour déambuler à l'extérieur. Romain s'était surpris à regretter Pumba, au point d'envisager de sortir Bobo avec un harnais. Astrid avait opposé un droit de veto.

Le jeune homme se sentait désœuvré. Sous prétexte d'une urgence familiale, le voisin Pascal s'était fait la malle pour s'occuper d'un parent perdu en pleine cambrousse. D'autres retraités avaient foutu le camp vers des propriétés équipées de jardin, ce qui laissait Romain sans personne à aider, à l'exception d'une mère célibataire qui évitait d'aller en supermarché avec son enfant. Elle n'aurait pas besoin de lui avant lundi.

— Tu veux que j'aille faire les courses ? proposa Romain.

— On a de quoi tenir. Mais j'ai envie d'un bol d'air, soupira-t-elle.

— Tu veux faire semblant de courir avec moi comme le week-end dernier ?

Ils s'étaient transformés en joggeurs, lui avec son bandana dans les cheveux et son short en jean, elle avec ses frusques de yoga. Crédibilité zéro. Ils avaient pouffé en croisant les flics.

Malheureusement, le chat avait entre-temps pissé dans les baskets de Romain, à croire qu'il le détestait. Face à ce désastre, Astrid en avait commandé une paire identique sur Internet. Elle avait ensuite escamoté l'objet du délit en hâte en allant descendre les poubelles, ni vu ni connu. Elle préférait recevoir sa commande pour expliquer la situation à Romain, de sorte à préserver l'intégrité physique de Bobo. Et, en attendant, elle croisait les doigts pour que son frère ne remarque pas l'absence desdites chaussures.

— Je ne suis pas d'humeur à transpirer, marmonna-t-elle en désespoir de cause.

— On s'imprime une attestation et on va se promener, alors.

Elle acquiesça sans enthousiasme. Elle n'avait pas beaucoup d'autres options, de toute façon.

— J'en ai ma claque de faire toujours le même tour du quartier, de voir les bars et les restaurants fermés. C'est d'un déprimant... J'aimerais partir à la mer. À la montagne. En forêt. Pour un peu, j'irais même rendre visite à papa et maman, quitte à me faire kidnapper.

— C'est vrai qu'ils ont un jardin.

Leur mère les arrosait sur WhatsApp de photos de verdure ensoleillée, où les fleurs disputaient la vedette à des rangées de légumes parfaitement alignées. Elle les informait également chaque fois qu'elle partageait un barbecue avec ses voisins, chacun restant de son côté de la clôture, bien entendu. Il y avait de quoi être jaloux.

Astrid et Romain avaient déjà pensé à les rejoindre, en se disant que ce ne serait pas si grave d'être coincés avec eux. Finalement, ils avaient renoncé quand leur père leur avait parlé de repeindre la cuisine. De toute façon, aurait-ce été prudent ?

Bobo se faufila entre le frère et la sœur, arrivant d'un pas précautionneux, tout en ronronnant. Il se coucha, la main d'Astrid fourrageant dans ses poils. Il lui renifla amicalement le visage, ses moustaches chatouillant sa peau.

— Bobo aussi en a marre.

— On pourrait le laisser faire un tour après les applaudissements pour les soignants ?

Romain en avait marre que Bobo en ait marre et se venge en pissant dans la cuisine matin et soir. Astrid secoua la tête.

— Bon, je vais m'aérer, bougonna-t-elle, ça me remettra les idées en place. À tout à l'heure !

Il n'insista pas pour l'accompagner, sentant qu'elle avait besoin d'espace. Elle prit ses clés, par habitude, troqua sa robe de chambre contre une veste et sortit sans se changer, une attestation en poche. Astrid n'était pas vraiment le genre de nana qui passait des heures à se pomponner, mais elle aimait « bien présenter ». Qu'elle se promène attifée d'un vieux jogging troué ne lui ressemblait pas. Or, en l'occurrence, elle s'en fichait. Qui risquait-elle de croiser ? Pas grand monde.

Ses pas la conduisirent du côté de la rue du Gros-Horloge, un peu au-delà du kilomètre réglementaire. Avec un pincement au cœur, elle passa sous l'arche et se retourna pour admirer l'horloge astronomique frappée d'un flamboyant soleil d'or. Cette merveille fit remonter un souvenir de l'été dernier. Le soleil brillait, Nour avait acheté des glaces, ils avaient fait des selfies en amoureux tout en cadrant le monument derrière eux. Nostalgique, elle les chercha dans son téléphone. Les photos d'eux souriants semblaient venir d'une époque lointaine.

Nour lui manquait. Son visage, ses bras, son sourire, sa voix. Elle l'appela et trembla en entendant sonner dans le vide. C'était compliqué de le joindre. Il ne captait pas bien chez sa mère et la connexion internet était devenue trop faiblarde pour des appels en visio.

Elle aurait pu essayer sur le fixe, mais elle serait tombée sur Safinaz, sa belle-mère, qui s'accrochait à son combiné avec la pugnacité d'un bernard-l'ermite ventousé à son rocher. Astrid n'avait pas la force de faire la conversation ni de répondre aux questions dont elle la bombarderait. Elle avait à peine l'énergie de mettre un pas devant l'autre.

La pluie commença à tomber, fine et drue, la forçant à remonter sa capuche.

Par bonheur, Nour décrocha avant que le répondeur ne prenne le relais.

— Qu'est-ce qui t'arrive ?

— Je m'ennuie de toi, c'est tout.

L'absence de câlins, surtout, lui pesait. C'était complètement charnel. Elle avait l'impression de le sentir contre elle puis, à son réveil, le rêve volait en éclats car il n'était pas là. Sa voix se brisa, d'un coup.

— On dirait que ça ne se terminera jamais.

— Si, bien sûr, la rassura Nour. Ils ont promis de déconfiner le 11 mai, le président l'a affirmé. Il n'y a pas de raison pour que ce soit reporté. C'est sûr et certain, on se verra le 11 mai.

Il monitorait l'Italie, ses chiffres, l'évolution de la situation depuis le début. Les deux pays se suivaient à environ trois semaines d'écart. Il était persuadé que tout se passerait bien.

Son optimisme ne suffisait pas à Astrid.

— Trois semaines, ça me semble...

« Insupportable » était le mot qu'elle avait sur le bout de la langue, mais elle n'osa pas le prononcer. Nour devint triste, lui aussi.

— Il y a un problème avec ton frère ? Quelque chose que tu ne me dis pas ?

— J'ai juste envie que tu rentres à la maison. Mais on sait bien que ce n'est pas pour demain.

Lorsque Safinaz serait déplâtrée, elle aurait besoin de rééducation et ne pourrait pas remarcher sans béquilles avant un moment. Il lui faudrait encore de l'aide et, à nouveau, elle ne pourrait compter que sur Nour. Même s'ils se rejoignaient le 11 mai, ce serait le temps, disons, d'un pique-nique. Comme son mari ne répondait pas, elle changea de sujet :

— Comment se porte ta mère aujourd'hui ?

Tandis qu'elle remontait l'escalier de l'immeuble après avoir erré autant que permis à l'extérieur, son cœur ne lui paraissait pas plus léger qu'en descendant. Les rideaux de fer baissés, les pancartes de soutien aux soignants, les passants qui se dépêchaient de mettre de la distance entre eux, quitte à changer de trottoir pour éviter de se croiser, peu de voitures... Dehors, tout rappelait la situation exceptionnelle qui frappait le monde.

Elle rentra chez elle, surprise de trouver l'appartement plongé dans l'obscurité. Bobo se frotta à ses jambes dans un froufrou angora.

Des lueurs rouges, vertes, bleues au fond du couloir attirèrent son regard. Elle s'arrêta sur le seuil de la pièce à vivre. À la place du canapé se tenait une tente faite de draps à travers lesquels brillaient des guirlandes de Noël multicolores. Un panneau en carton indiquait : PAYS DES MERVEILLES.

Elle éclata de rire en essuyant une larme.

Vingt ans plus tôt, marais de la Brenne

Deux enfants jouent dans le jardin d'une longère en location. Il est tard, les parents discutent dehors avec des amis. Un peu de musique provient de la maison, silhouette noire aux fenêtres brillantes. Des lampions égaient la terrasse, projetant des ombres sur la façade. Nul ne se soucie des marmots, 8 et 10 ans, qui sont censés être au lit.

Ils sont partis avec leurs draps et leur torche jusque dans la cabane – un amas de branches – sur laquelle ils ont travaillé toute la journée. Ils tirent à la courte paille pour désigner qui retournera chercher les oreillers au risque de se faire piquer. L'aînée triche, craignant que son cadet ne se fasse attraper et que leur escapade nocturne ne tourne au vinaigre.

Silencieuse comme un ninja, elle se faufile de l'autre côté de la demeure, jusqu'à la porte d'entrée restée entrebâillée pour que l'air circule à l'intérieur, ce qui arrange bien ses affaires. Étouffant un rire, elle repart comme elle est venue, sa chemise de nuit battant ses mollets de sauterelle.

Le petit frère attend, sa lampe torche serrée contre lui, les yeux écarquillés, un air stressé sur le visage qu'elle lui connaît bien. Il a encore peur dans le noir, et la nuit bruisse tout autour de lui, les arbres, les insectes, le vent. À son arrivée, elle lui ébouriffe les cheveux ; il sourit.

— Je savais que tu reviendrais.

— Évidemment ! Je n'allais pas t'abandonner.

Tous deux lancent les oreillers dans leur tente, s'installent sur la terre dure, écoutent les rires lointains, le crissement des criquets, les mouvements dans les buissons.

— T'en fais pas, lui glisse-t-elle. Le soleil nous réveillera, on sera dans nos lits avant que les parents ne se lèvent et personne n'en saura jamais rien.

— Je sais pas si je vais réussir à dormir.

Il l'a murmuré avec effroi, alors tant pis, elle lui propose de rentrer.

— Pourquoi on s'est mis à s'engueuler ? demanda Astrid, en piochant des cacahuètes sur le plateau apéro. On s'entendait plutôt bien, quand on était petits.

Les lumières de Noël clignotaient au-dessus de leurs têtes. La tente était beaucoup mieux équipée que dans leur enfance : coussins, couvertures moelleuses, tapis... C'était le grand luxe.

— À cause de ta copine, Anne.

— Ah oui, tu la surnommais Phacochère, ça me mettait en rogne.

— Elle disait que j'avais une face d'idiot. Elle refusait que je vienne dans ta chambre quand elle était là.

— Faut dire que tu étais tout le temps fourré dans mes pattes... C'est vrai (Astrid se rembrunit), elle était méchante avec toi. Mais bon, c'était ma meilleure copine.

— Jusqu'à ce qu'elle te vole ton grand amour, Yohan.

— Ah oui, je l'avais oublié, cet enfoiré. Je ne regrette pas Phacochère non plus.

Ils trinquèrent avec leur bière d'un commun accord.

— Qu'est-ce qui te tracasse ? s'inquiéta-t-il. Tu as un problème avec Nour ?

Elle acquiesça. Difficile de mettre des mots sur la rancœur qui montait en elle depuis des semaines.

— J'attends qu'il me dise quand il va rentrer. Se voir le 11 mai pour un pique-nique... ce n'est pas assez !

Nour et elle n'osaient même plus se dire qu'ils avaient hâte de se revoir. En plus, tous les deux avaient de moins en moins de sujets de conversation. Ils discutaient surtout des bêtises de Bobo et de Krokette pour meubler... La veille, elle avait zappé d'appeler et il lui avait envoyé un texto pour la rassurer, ce n'était pas grave. Elle avait le sentiment qu'ils auraient dû se livrer à des déclarations enflammées à la place.

— Il est confiné comme nous, le défendit Romain. Personne n'a rien de neuf à raconter.

Astrid haussa les épaules.

— Je crois que je suis jalouse. Un peu comme si sa mère comptait plus que moi à ses yeux. Je sais que ça n'a rien à voir, elle a besoin de lui, et... (elle soupira)... il me manque, je n'étais pas prête pour une séparation aussi longue. Je n'imagine pas le retrouver pour le perdre aussitôt, tu comprends.

— Dans ce cas, pose des vacances. Pars avec lui à Amiens. Ça vous permettra de souffler. En plus, il y a des ponts en mai.

Astrid baissa les yeux.

— Nour m'a conseillé de garder mes congés pour cet été.

— C'était quand ?

— Au début du confinement.

Romain était à deux doigts de la secouer.

— À ce moment, il croyait que ça durerait quinze jours, comme la plupart d'entre nous. Parles-en avec lui au lieu de te monter le bourrichon dans ton coin.

— Et si c'est sa mère qui ne veut pas de moi chez elle ? Peut-être que, par-devant, elle est gentille, et que par-derrière, elle me déteste.

Après tout, Astrid avait déjà expérimenté l'hypocrisie dans le cercle amical, à croire que le genre humain n'aimait rien mieux que critiquer son prochain et appuyer là où ça faisait mal.

— Je n'y crois pas une seconde, répliqua-t-il. Elle doit bien se douter que tu as envie de récupérer ton mari, et je mettrais ma main à couper qu'elle t'est reconnaissante de ta patience.

Avec un sourire, il lui ébouriffa les cheveux.

— Allez, frangine, arrête de te faire du mouron, fais confiance à ton bonhomme ! Ce n'est pas parce que le monde part en miettes que ton couple aussi.

— Tu as raison.

Les épaules d'Astrid se détendirent. Sous cette tente dans son salon, ses angoisses s'estompaient et son cœur redevenait doux. Ce qui se passait au-dehors lui faisait voir les choses en noir, alors qu'il suffisait de quelques guirlandes pour lui remettre un peu de lumière dans les yeux.

— Cette fois, on reste dormir ? demanda-t-elle, apaisée.

— Évidemment !

Mardi 28 avril

De l'autre côté de la caméra, Mélania avait perdu de sa superbe. Au fil des jours, elle avait troqué la veste de tailleur contre un sweat, puis était venue l'étape du polaire et, enfin, pour les conférences avec Astrid, elle gardait son pilou-pilou. Néanmoins, elle n'avait pas renoncé au maquillage.

Toutes deux avaient vu leur charge de travail décroître significativement, au point qu'Astrid n'avait plus de projet en retard. Tout ou presque était bouclé. Il faudrait signer d'autres contrats pour attaquer de nouveaux plans.

Astrid ne s'en plaignait pas. Elle n'était pas mécontente de voir le rythme s'alléger. Le confinement l'avait épuisée, si bien qu'elle ne souhaitait qu'une chose : optimiser ses vacances et ses ponts du mois de mai. Parce que, oui, elle avait parlé avec Nour et, oui, il avait accepté avec enthousiasme.

— C'est l'heure, s'exclama soudain sa cheffe. Il parle ! Le plan de déconfinement du Premier ministre. Enfin !

— Je croise les doigts, poursuivit Mélania. On se rappelle demain, OK ?

Fébrile, Astrid attrapa la télécommande et lança la chaîne parlementaire, non sans envoyer immédiatement un message à Nour – il patientait déjà devant l'écran avec sa mère.

— Ça y est ? fit Romain en relevant la tête de son ordi.

Suspendue aux lèvres du politique, Astrid se surprit à serrer les mâchoires à s'en faire mal. Ce que ce discours était long... Très égoïstement, elle se fichait des crèches et des écoles, vu qu'elle n'avait pas d'enfants. Bon, il demandait la poursuite du télétravail, ce qui la fit grincer des dents, parce qu'elle en avait marre d'être coincée chez elle. Même ces pillards de Claudie et Maurice lui manquaient. Il lui fallait plus d'animation dans son quotidien. Enfin, la question des déplacements fut abordée...

« La vie sociale reprendra donc, elle aussi, progressivement. Citons d'abord ce qu'il sera possible de faire : il sera de nouveau possible de circuler librement, sans attestation, sauf, comme je l'ai dit, pour les déplacements à plus de cent kilomètres du domicile, qui ne seront possibles que pour un motif impérieux, familial ou professionnel. »

— Ouiiiiii ! hurla Astrid, bondissant de son siège.

Son deuxième réflexe fut de téléphoner à Nour. Elle en tremblait.

— Chéri, on va pouvoir se rejoindre, il suffira de se retrouver à mi-chemin !

— Oui, ce sera parfait, dit Nour dans le combiné. Il nous faut juste un moyen de te faire quitter Rouen.

Elle avait pensé au bus, frémissant à l'idée de s'enfermer dans un espace clos avec d'autres voyageurs. Le spectre de la pandémie était trop présent.

— Je peux dégotter une voiture, intervint Romain. Tu n'as pas à te faire de souci. Je te conduirai à ta tendre moitié.

Il mima un baiser langoureux. Elle lui lança un coussin.

— C'est vilain de se moquer !

Aussitôt, il sortit de sous la table un fusil Nerf Elite à fléchettes en mousse.

— Certainement pas, Romain ! piailla-t-elle en se jetant derrière le canapé. Ce n'est pas le moment pour une partie !

— Quoi ? s'étouffa Nour. Qu'est-ce que vous fabriquez encore, tous les deux ?

Des halètements lui parvenaient, comme si Astrid escaladait des meubles.

— Nan, je rampe, il m'arrose ! Je vais pas te rater, Romain, je te jure, j'ai mon gun !

— Fallait pas me provoquer ! La loi, c'est œil pour œil !

— Pire que des gosses, grommela Nour, à demi amusé. Je te rappellerai plus tard pour mettre les détails au point. Et, s'il te plaît, mets-lui la misère.

Lundi 11 mai

C'était le jour J. Astrid se sentait très fatiguée. Limite au bout de sa vie. Elle avait mal dormi, assaillie par l'angoisse que le déconfinement soit reporté à la dernière minute, ou que l'épidémie reprenne de plus belle. Ni Nour ni Romain n'avaient réussi à la rassurer. Forte de son expérience covid, elle savait désormais que tout était susceptible de basculer d'une semaine à l'autre.

— Quand arrive la voiture ? demanda-t-elle une nouvelle fois.

Romain leva les yeux au ciel en trempant son croissant dans son café.

— À 11 heures. Ne te stresse pas, on ne sera pas en retard au rendez-vous.

Plus rien ne devait l'empêcher de rejoindre son mari. C'était fou comme leur vie d'avant lui semblait loin. Ce qui lui manquait, ce n'était pas tant les sorties que la douceur de leur quotidien. Les petits déjeuners au lit à bouquiner ou à jouer sur leur téléphone. Leurs interminables soirées dans la cuisine à essayer de préparer un plat mangeable. Leurs promenades dans le parc voisin quand il faisait beau et qu'ils avaient la flemme d'aller plus loin.

Les siestes crapuleuses qui se finissaient par une séance de ronflette avec Bobo.

Pauvre Bobo. En voilà un qui devrait encore patienter. Il guettait, fidèle au poste, les yeux rivés sur la porte. Astrid lui donna un morceau de beurre qui atterrit dans ses poils. Le persan se livra à d'adorables contorsions pour se lécher.

À l'heure dite, l'interphone sonna. Astrid empoigna sa valise d'une main, la glacière qui contenait le pique-nique de l'autre. Plutôt que d'attendre l'ascenseur, elle dévala l'escalier et tomba nez à nez avec ses parents. Danielle, sa mère – polo jaune citron, pantacourt blanc, lunettes de soleil, carré lisse –, et José, son père – copier-coller de son épouse, sauf pour les cheveux, lesquels, en l'absence de visite chez le coiffeur, étaient camouflés sous une casquette bleu marine.

— Bah ! Que faites-vous ici ? s'exclama leur fille, sidérée.

— Tu as demandé une voiture, non ?

Tout sourire, ils se dévisagèrent, un peu gênés de ne pas se livrer aux embrassades habituelles par respect des consignes de distanciation sociale. *Une fois dans l'habitacle, on respirera tous le même air*, songea Astrid.

— J'ai prévu à manger pour quatre, déclara-t-elle, ennuyée.

— On a ce qu'il faut, rétorqua sa mère. Ah, Romain ! Mon Dieu ! Vivement la réouverture des coiffeurs !

« Hirsute » était le qualificatif le plus juste concernant la touffe qui lui faisait office de chevelure.

— Ravi de te voir aussi, m'man.

Astrid les examina à tour de rôle : Romain, José, Danielle. Ils avaient l'air si satisfaits que ça en devenait suspect.

— Donc vous m'accompagnez, c'est ça ? s'étonna-t-elle. C'est... gentil.

Ça leur faisait vachement de route pour une seule journée. Son frère plaça un sac de voyage – son sac ! – dans le coffre.

— Pas vraiment. En fait, je pars avec papa et maman. Ils vont m'héberger le temps que les frontières rouvrent et que je puisse partir pour la Norvège.

— Quoi ? s'étouffa Astrid. Tu aurais pu me prévenir ! Et comment je fais pour rejoindre Nour ?

José flanqua un coup de coude à Danielle. Celle-ci s'illumina, retenant in extremis un coucou, mais Astrid se retourna par réflexe : Nour sortait de son véhicule. Poussant un cri de joie, Astrid lui sauta dans les bras – littéralement – et faillit le renverser.

— Qu'est-ce que tu fais là ? Où est Safinaz ? C'est quoi, cette histoire ?

— Un plan machiavélique orchestré de main de maître par Romain ! Salut, mon pote !

Ils se tapèrent les coudes.

— On ne s'embrasse pas mais le cœur y est ! applaudit Danielle. Je suis si heureuse que vous soyez enfin réunis. J'étais inquiète pour toi, Astrid, tu avais l'air au bord du gouffre.

— Ah, ben merci, ça fait toujours plaisir. Alors ?

Un sourcil froncé, elle attendit une explication à ce micmac.

— Retour définitif, lui expliqua son mari. Anissa, la cousine de ma mère, est venue l'aider le temps qu'elle entame sa rééducation. Anissa n'en peut plus de son studio parisien sans balcon, elle a sauté sur l'occasion. Elle a une voiture, le permis, tout ce qu'il faut pour emmener maman chez le kiné.

— C'est vrai ?

Astrid avait du mal à en croire ses oreilles.

— Je n'ai eu la confirmation de sa venue que vendredi, poursuivit Nour. Elle a utilisé pour motif la situation familiale urgente et elle est arrivée hier soir. On ne t'a rien dit au cas où elle ne parviendrait pas à quitter Paris.

Elle essuya une larme de joie. Ils s'embrassèrent. Ensuite, ils plongèrent l'un dans le regard de l'autre, incapables de se détourner. Ils avaient attendu si longtemps ce moment.

— Bobo va être si content, lui aussi..., balbutia Astrid, émue.

Nour éclata de rire. Romain interrompit les retrouvailles.

— En route pour le pique-nique !

— D'accord, mais où ça ? Certains parcs ont rouvert à Rouen...

— J'ai une bien meilleure idée. Suivez le guide.

Tout fier, Romain rentra dans l'immeuble et les fit grimper au dernier étage. Là, libérant un escalier escamotable du plafond, il accéda au grenier. Danielle grommela, José dut pousser sous ses fesses, mais grâce à la main tendue de son fils, elle parvint à se hisser sans encombre. Là-haut, une porte donnait sur le toit et un ciel bleu éblouissant.

— Pascal m'a confié la clé. Donc vous en serez les dépositaires jusqu'à son retour. Normalement, on n'a pas le droit de se servir de cet espace comme d'une terrasse, mais je me suis dit qu'exceptionnellement, étant donné notre petit nombre, ça ne devrait pas poser de problème. C'est un secret bien gardé...

— Pourquoi ne suis-je pas étonné ? s'amusa Nour. Deux mois ici et tu connais les voisins mieux que nous, qui y habitons depuis un an !

— N'empêche, c'est génial ! Merci, frangin !

Astrid serra son frère dans ses bras.

— Sans toi, ça aurait été beaucoup plus dur, tu sais ? lui glissa-t-elle.

— Tu t'es bien occupé de moi, toi aussi. Ce n'était pas simple, ce non-déménagement en Norvège.

Ils se tapotèrent dans le dos, leur mère en profitant pour les mitrailler avec son portable.

— S'ils sont pas choux !

Nour cala son téléphone sur son selfie stick.

— Et si on prenait une photo de groupe ?

— C'est covid-sécure, tu crois ?

— Oui, si tes parents restent derrière ! On respecte les distances de sécurité !

Tous s'embarquèrent dans une séance de grimaces, de poses étranges, de sourires constipés, avant de prendre le cliché parfait, qui finirait encadré dans le salon de Nour et d'Astrid. Ils n'étaient pas près d'oublier l'année 2020 !

MERCI À LUI, MERCI À VOUS

Fanny ANDRÉ

1

J'observe la course des nuages, résolument poussés par une petite brise. L'impression d'étouffement s'apaise peu à peu. C'est totalement idiot, cette réaction : il m'est arrivé de faire des marathons de films ou de séries sur mon canapé tout un week-end, je travaille en intérieur au musée de Grenoble... Alors pourquoi aurais-je soudain besoin d'autant d'air qu'un berger des Alpes, juste parce que je suis officiellement « en confinement » ? Le mental, forcément.

Nokia réapparaît avec la balle que je lui ai lancée. S'il n'est pas contre cette activité du haut de ses 5 ans, j'ai l'étrange sensation qu'il s'y prête surtout pour me faire plaisir. J'abandonne et effectue avec paresse quelques assouplissements de yoga, quand même bien plus sympa à pratiquer dehors que devant ma télé. Je n'ai jamais tant apprécié qu'actuellement d'avoir déménagé à Saint-Martin-d'Hères, dans un petit immeuble proche de l'Isère. La promenade le long de la berge, à deux pas de chez moi, m'offre même un semblant de nature.

Alors que je bascule en avant, le dos en angle droit, puis tente de coller mon buste le long de mes jambes tout en expirant, j'aperçois dans mon champ de vision une masse noire arriver à fond de train et me retrouve brutalement propulsée au sol. Mon chien jappe joyeusement.

Surprise, je relève la tête, juste à temps pour recevoir une grosse léchouille baveuse.

— Nono ! Beurk !

Je tente de me lever et finis piétinée, morte de rire. Mon retriever à poil plat continue de courir en rond autour de moi et de revenir à la charge en faisant le foufou. Quand enfin je réussis à me remettre sur pied, j'entre dans la partie. Nous jouons ainsi un quart d'heure, puis, brusquement, il s'arrête pour observer une mouette.

Lorsque je lui montre sa balle pour tenter de relancer la séance de jeu, monsieur s'allonge de tout son long avec une expression de zénitude affichée. Nokia, tel un vrai Gandhi, est devenu plus paisible qu'un lac de montagne. Sidérée, je le fixe avec de grands yeux.

— Tu te moques de moi ? je m'exclame.

Il ouvre la gueule, l'air de me dire : « Pardon ? »

— Laisse tomber. Allez, viens, on rentre.

Ce soir, je me fais mon « plat réconfort », peut-être trop influencée par la vague des #comfortfood et autres #foodporn qui défilent sur Instagram ; pour moi, c'est pâtes au pesto à la genovese, agrémentées d'un surplus de parmesan – oui, il n'y en a jamais trop. Je vérifie ma montre : je suis dans les temps.

Il est 20 heures, je me dirige vers la fenêtre de ma cuisine et l'ouvre pour applaudir. Ce mouvement, qui est né sur les réseaux sociaux, fait partie des choses qui me portent pendant ce confinement. L'idée qu'une population cloîtrée chez elle puisse proposer des initiatives de ce genre, spontanément, me fait du bien et me pousse à croire qu'on peut y arriver.

Au premier étage apparaît Baptiste, mon voisin médecin généraliste. Il doit être épuisé. J'imagine mal à quoi doivent ressembler ses semaines en ce moment, mais depuis chez lui, il pourra nous entendre, ce qui me semble important. Peut-être cela lui fera-t-il chaud au cœur ? Peut-être cela lui donnera-t-il un peu de courage pour se lever demain et commencer une nouvelle journée harassante ? J'applaudis, faute de mieux, ceux qui luttent, depuis le début de cette pandémie, pour sauver des vies.

Quand les applaudissements s'arrêtent, je rejoins mon salon de l'autre côté de l'appartement et sors sur le balcon, pour voir si c'est mouvementé, de ce côté-ci. Je m'apprête à refermer la baie vitrée et à quitter mon minuscule espace extérieur lorsqu'un élément étrange attire mon attention : il y a de la lumière dans l'appartement d'en face, ce qui est anormal. Il est en effet inoccupé depuis plusieurs semaines, ses locataires étant partis avant le confinement, et je sais pertinemment que le plafonnier n'est pas resté allumé. Une visite ? J'épie l'intérieur, à la recherche d'une explication. Puis, ne voyant rien, j'abandonne. L'appartement est aussi vide que d'habitude.

Je rentre, Nokia sur les talons. Pâtes pour moi, croquettes pour lui ! Je m'assieds devant mon PC, que je pose sur le large accoudoir de mon canapé – un bijou de confort qui m'a coûté un rein, un œil et un vrai marathon un jour de soldes. S'y installer pour lire est comme se caler dans un coussin au paradis !

Après avoir fait une manipulation rapide pour relier mon téléphone à l'ordinateur, je suis fin prête pour mon « repas visio » du soir avec Cynthia. Nous l'avons mis en place en voyant tous nos amis en couple s'afficher dans leurs stories Instagram, quand nous nous sentions bêtement esseulées – après avoir pourtant chacune choisi notre célibat actuel. C'est elle qui a eu l'idée, et j'ai aussitôt approuvé, manger en solo n'étant pas une de mes passions premières – dormir en solo me plaît, par contre, car, comme pour le parmesan, un lit n'est jamais trop grand !

Cynthia apparaît à l'écran, la tête couverte de petites bandelettes d'aluminium. Interdite, je la contemple.

— Tu ne dis plus salut ? finit-elle par remarquer, un sourire en coin.

— Salut, je réponds avec un temps de retard. Bon, je t'épargne la blague sur le fait qu'avec tout cet alu tu dois mieux capter le Wifi ?

Elle plisse le nez.

— Les militants anti-ondes ne disent-ils pas que, au contraire, ça en protège ?

Je réfléchis à la question sérieusement.

— Peut-être, mais dans les reportages, qui sont sûrement des fakes, ces gens portent plutôt l'alu comme des chapeaux.

— Je n'en suis pas loin. J'ai dû finir le rouleau pour me refaire des mèches... Je doute de plus en plus de survivre au confinement si je dois recommencer. C'est trop dur à gérer seule, ma coiffeuse me manque, râle Cynthia.

Amusée, j'attaque mes pâtes.

— Encore du pesto ?

— Encore un sandwich ?

Elle hausse les épaules, fataliste.

— Si je pouvais, je ne me nourrirais que de ça. Chacune son addiction, madame Genovese.

Si Cynthia varie la forme – wrap, hot-dog, croque-monsieur... –, elle consomme bien trop régulièrement ce genre de nourriture pour que ça soit sain. Je me garde néanmoins de toute remarque supplémentaire, car je veux continuer nos « repas visio » – et puis, dans mon assiette, à part le basilic, qu'est-ce qui est vraiment healthy ?

— Ta journée ? je lance, alors que je distingue des cernes sous ses yeux clairs.

— J'étais de repos, ça fait du bien. Pour l'instant l'effectif est quasiment identique. Juste une collègue, Laurence, qui ne peut plus venir car elle s'occupe de ses enfants depuis la fermeture de l'école. Ça pourrait être pire, conclut-elle, philosophe. Et toi ?

Je lui raconte à mon tour ma journée plutôt morne. Avant le confinement, j'assurais à distance quelques missions de traduction pour un magazine, c'était ma « vocation » première avant que la réalité du métier ne me rattrape, boucler les fins de mois n'étant pas chose aisée. J'avais donc atterri au musée de Grenoble, un peu par hasard, parce que j'étais passionnée d'histoire de l'art et aussi pour payer mes factures. Actuellement, je suis en chômage partiel, comme bon nombre de gens.

— Tu as fini ton... ta notice ?

Levant les yeux au ciel tout en mâchant, je lui accorde un bref signe de dénégation.

— Tout ce qui est de l'ordre des notices techniques en anglais, je n'en fais pas, trop spécifique. J'ai beau être bilingue, c'est en dehors de mes compétences.

— *Sorry, my lady I wrong.*

Je me retiens de me moquer d'elle pour sa phrase bancale, consciente qu'elle vient de me sortir tout le vocabulaire dont elle dispose.

— C'est sous-payé, je suppose ?

Je grimace.

Résolue, elle dresse le bras – secouant son casse-croûte au passage.

— Stop aux mauvaises ondes ! clame-t-elle en baissant les bras pour croquer dans son sandwich, dont je vois une lamelle rouge s'échapper.

— Stop aux mauvaises ondes, je confirme. Dis donc, tu as fait un effort. Une tomate ?

— Du poivron mariné, en fait. Et il doit y avoir une feuille de salade. Ou alors elle est restée sur le plan de travail... mais ça ne serait qu'un oubli malencontreux.

Son sourire ne trompe personne. Nous papotons une petite heure. Cela me vide la tête et à mon amie aussi. Si elle ne dit rien, il est évident qu'elle s'inquiète beaucoup du devenir de ses résidents, je la connais.

— Zoé, je vais te laisser, je suis HS, finit-elle par me prévenir après un bâillement sonore.

— Bien sûr, bonne soirée.

Je vérifie rapidement sur WhatsApp s'il y a des nouvelles de ma famille : rien. Ma mère a 60 ans, un poumon qui a morflé à la suite d'une embolie quand elle était jeune, et j'avoue ne pas être sereine en ce moment.

Je me résous à quitter l'écran anxiogène de mon téléphone pour m'écrouler dans mon canapé avec *Le Prophète* de Khalil Gibran, bien décidée à rattraper mon retard dans les classiques délaissés jusque-là. Après, j'attaquerai la saga *Anne et les pignons verts* de Lucy Maud Montgomery !

Alors que je m'étire de tout mon long et fais rouler chaque muscle tel un chat qui aurait trouvé un rayon de soleil, mon regard paresseux dérive. Et s'arrête net dans sa course. Fronçant les sourcils, j'avance un peu vers la fenêtre et observe plus attentivement l'appartement d'en face : la lumière y est à nouveau éteinte.

2

Sur une serviette épaisse en guise de tapis de sport, en plein milieu du salon, je fixe du regard mon ordinateur. Cette fois, c'est la bonne : je vais le réussir, cet exercice de yoga, et crier ma victoire au monde. Après dix minutes d'étirements, je m'essaie à des postures plus physiques. Nokia s'agite.

— Du calme, mon pote, je dompte un corbeau. J'ai maté la vache, le chat, le chien… Pourquoi l'oiseau me résisterait-il ?

Mes auto-encouragements résonnent dans la pièce, seul un gémissement de Nono me répond.

Je me baisse et tente de caler mes genoux pour pouvoir les faire reposer sur mes bras. Le tout est de trouver le parfait point d'équilibre qui me permettra de me pencher vers le sol et de soulever les pieds de quelques centimètres. Depuis deux jours, je ne suis vraiment pas loin d'y parvenir, mais rien à faire, je n'y arrive pas.

— Raaah ! je m'agace aussitôt.

En sueur, je réalise à quel point je me suis crispée, ce qui ne doit pas aider. Nokia s'est de nouveau allongé et me dévisage avec une patience qui frôle la consternation. Je pouffe toute seule.

En me relevant, mon regard balaie la fenêtre de l'appartement d'en face et je remarque des cartons visibles un peu partout au sol.

Quand est-ce que ça a eu lieu ? Je n'avais rien capté jusqu'à présent !

Curieuse, j'épie de derrière mon rideau, pour voir si je peux apercevoir mes nouveaux voisins ; la ruelle à sens unique qui nous sépare permet une certaine indiscrétion.

Dans la cuisine, je repère une bouilloire et, pas loin, une machine à café à dosettes. Une plante verte trône maintenant sur le rebord de fenêtre. Mes yeux dérivent vers la baie vitrée du salon, qui donne sur un balcon faisant deux fois la taille du mien, tout en longueur. Je remarque aussitôt l'apparition d'un vaste meuble garni de nombreux rayonnages : ils ont une bibliothèque ! Énorme point positif. J'aurais presque envie de les féliciter.

Puis j'aperçois un élément moins sympathique : un arbre à chat. Je ne peux m'empêcher d'éprouver une méfiance naturelle envers ces animaux trop imprévisibles. Dommage, c'était un sans-faute jusque-là ! Des plantes, une bibliothèque et un tapis dans le fond qui avait l'air fort joli. C'est simple, j'étais à deux doigts d'apprécier mes voisins sans les connaître.

Comment se fait-il qu'ils débarquent en plein confinement ? J'ai entendu parler à la télé d'autorisations spéciales quand la situation personnelle nécessite un déménagement, mais quand même, comment organiser un tel micmac en cette période ? Ils ont vraiment dû galérer.

Mon chien vient nicher sa truffe humide dans ma paume.

— Ah, ça partait si bien, mon Nono... Oui, oui, on va dehors !

Je récupère un gilet ainsi que mon masque fait maison, cousu avec des perles sur toute la bordure supérieure.

Celui-là serait digne d'Audrey Hepburn – je crois même que je le préfère à celui en léopard. Voilà que je m'autoproclame designer de masques… Le confinement apporte sa dose de désœuvrement !

Après un grand tour dans le quartier, le long des berges de l'Isère, toutes proches de mon petit immeuble, quand Nono semble enfin s'être dégourdi les pattes, nous rebroussons chemin. De mon côté, j'en ai profité pour faire quelques petites foulées sur place. Je me dirige vers chez moi en accélérant le pas : déjà 19 heures, je ne voudrais pas rater les applaudissements de 20 heures, mon petit rendez-vous quotidien.

À 21 heures, et pour la deuxième fois de la semaine, je me prépare des pâtes au pesto. Pour le coup, je suis ravie que Farid, mon ex, ne soit pas là pour me juger ; il critiquait toujours mon manque d'imagination culinaire.

Fin prête, je rejoins mon canapé chéri, que Nono a également adopté, quand je tombe « nez à nez » – à une ruelle de distance – avec mon nouveau voisin. En effet, juste à côté de la plante verte de la dernière fois se trouve un homme. Il a la peau foncée, d'une belle couleur ambre. Vêtu d'un tee-shirt, il tient un mini-arrosoir dans sa large main. Je lui donne la trentaine, comme moi.

Gênée, je lui souris sans réfléchir, et il m'imite, ses yeux, que je suppose d'un brun sombre, clignant plusieurs fois. Il ajoute un léger signe de tête. Après une hésitation, je fais de même, ayant peur d'avoir l'air trop froide si je me rassois ou l'ignore. Comment dit-on « Bienvenue chez vous » avec les mains, de derrière sa fenêtre ?

Sans savoir pourquoi, j'articule « Bienvenue ». À part si cet homme s'y connaît en lecture labiale, il y a peu de chances qu'il comprenne le message. Pourtant, mon intention doit être assez claire, car son sourire s'élargit.

Nous restons là, bêtement, face à face, et il semble aussi embarrassé que moi. Finalement, il pointe le doigt vers le bas et dit quelque chose que je ne capte pas.

Indécise, je jette un œil dans la ruelle. Il n'y a rien. À cette heure, plus personne ne va faire ses courses ou le fameux jogging autorisé. Puis je réalise qu'il montre sans doute ce que je porte, à savoir mon repas. Par déduction, je pense qu'il me souhaite donc un bon appétit.

— Merci ! j'articule à retardement avant de hausser les épaules et de lui adresser un petit au revoir de la main.

Nokia déboule et me percute presque – cela lui arrive souvent. Je doute qu'il maîtrise bien son schéma corporel pour être aussi maladroit à son âge ! Je remarque le regard du voisin, accompagné d'un sourire en coin. Quand on a un chien, on repère ce genre de comportement bienveillant – ou pas – à l'égard de son compagnon. L'avis que je porte sur mon nouveau voisin s'améliore ; j'adore qu'on craque sur Nono, c'est une preuve de goût.

Nous nous fixons et, une toute petite seconde, je regrette qu'il y ait ces vitres et ce bitume entre nous. J'aurais pu le remercier. J'aurais même pu parler à un autre être humain. Je lui aurais demandé où se trouve son chat, par exemple. Pourtant, nous en restons à deux sourires et quelques gestes mimés.

Il me fait un signe de la main en retour, puis je me rassieds.

Nokia approche la tête pour renifler mon assiette.

— Dis donc, toi ! Et les bonnes manières, Nono ? Je ne partage pas les pâtes au pesto, désolée. Tu pourrais être Charlie Hunnam que ça serait pareil.

3

Les jours suivants, sans que je cherche à le provoquer – ni à l'éviter, d'ailleurs –, je « croise » souvent mon nouveau voisin. Mon habitude du café de 10 heures sur le balcon y est pour beaucoup, tout comme mes autres incursions sur mon semblant d'extérieur – qui doit faire un mètre carré. Je n'ai jamais tant rentabilisé cette extension de mon petit chez-moi, c'est *the place to be* du moment. J'avais tendance à aller en terrasse de brasserie ou à me balader dans les rues de Grenoble mais, actuellement, je suis bien obligée de composer avec.

Le voisin a l'air d'avoir un peu les mêmes réflexes. Il semble vivre seul ; personne d'autre n'est visible derrière les vitres. C'est étrange, vu la taille de l'appartement, plus adapté à un couple, à mon sens. Enfin si, il y a quelqu'un d'autre : le félidé qui l'accompagne. Une chose longiligne et grise. Le chat doit être assez jeune, car il saute sur chaque rebord de fenêtre avec un certain panache et observe attentivement les – rares – allées et venues de la ruelle.

Mon voisin est très poli, on ne peut pas lui enlever ça. Il me salue avec son mug ou sa salière – ça, c'était la dernière fois, ce qui a renforcé mon impression d'un « Bon appétit » cordial. Je lui souris aussi et fais mine de ne pas épier ses habitudes alimentaires. Le fait qu'il ait l'air de cuisiner commence à me donner des complexes. Il est absent de longues heures, j'en déduis que son métier ne peut être exercé en télétravail et que ses locaux ne sont pas fermés à cause du covid. Soignant ? Caissier ?

Ma traduction est presque achevée. Je tiens ma position de yoga – le corbeau – vingt bonnes secondes. Une fois qu'on a compris le truc, c'est simple. Quatre semaines de confinement. Déjà. Seulement ? Je ne saurais dire.

Il est 10 heures, je sors sur mon balcon, tasse à la main. Franchement, pour un mois d'avril, on aura rarement vu un temps si chaud.

Je porte un tee-shirt léger, et je réfléchis à ressortir un short d'été. Visage offert au soleil, accoudée au garde-corps, vu le peu d'impératifs que j'ai, je pourrais rester là plusieurs heures à faire le plein de vitamine D.

— Bonjour.

La voix a beau être plutôt douce, je sursaute et me renverse du café sur la main. Heureusement qu'il a refroidi.

— Excusez-moi, je ne voulais pas vous faire peur. Mais ça me semblait étrange de ne pas vous saluer quand nous sommes tous les deux dehors, et comme vous aviez les yeux fermés depuis un moment... cela devenait de plus en plus bizarre.

Je dévisage mon voisin une minute, puis souris : depuis quand attendait-il de pouvoir capter mon attention ? Il doit percevoir mon amusement, car il hausse les épaules avec ironie.

Son balcon est à l'ombre, contrairement au mien, mais accoudé comme il l'est, un peu en avant, le soleil vient frapper ses cheveux bruns. Ses yeux légèrement en amande semblent pétiller. Parler à travers une ruelle à un semi-inconnu ajoute encore à l'étrangeté de la situation.

Sa peau me paraît plus claire, comme si l'ambre de son teint avait été mis en pleine lumière. Sa carnation semble le merveilleux mélange d'une multitude de métissages et j'en serais presque jalouse, étant pâle avec une tendance à rougir facilement – un héritage de mes ascendants normands.

— Vous ne vous êtes pas fait mal ?

Je secoue la tête.

— Bonjour, excusez-moi, je rêvassais. Il n'y a pas de souci. Je vais juste mettre mon tee-shirt au sale.

Sûrement gênés, nous nous réfugions derrière nos tasses respectives. C'est tellement déroutant de se parler, chacun d'un côté de la chaussée... Et en même temps, c'est dans l'air du temps, très « gestes barrière ».

— C'est étrange, on dirait qu'on s'est placés à distance pour respecter les recommandations officielles, remarque mon voisin.

Sa réflexion est si raccord avec la mienne que j'éclate de rire.

— C'est vrai.

Un miaulement sonore nous interrompt, et il baisse la tête en même temps que moi. Son chat se frotte à sa jambe, avant de lever une patte quémandeuse.

— Ce n'est pas du lait, réplique-t-il aussitôt.

Il me dévisage à nouveau, puis m'avoue avec une moue :

— Elle réclame sans cesse à manger ou à boire, on pourrait croire que je l'affame.

Après une hésitation, il ajoute, les sourcils froncés :

— Ce n'est pas le cas...

— Je n'en doute pas, elle n'a pas l'air famélique. Comment s'appelle-t-elle ?

Une moue amusée me répond.

— Eh bien, c'est un peu bizarre, en fait. Elle appartenait à... mon ex, qui a décidé que partir à l'autre bout du monde était son chemin de vie, et que ce joli félidé et moi étions trop encombrants. Je me suis retrouvé avec la garde à plein temps ; il paraît que j'étais le plus qualifié pour ça... mais on s'entend bien, donc ça va.

Ne comprenant pas trop sa dernière remarque, je me demande comment je suis censée réagir à cette confession. L'abandon d'un animal me hérisse toujours le poil. Pour autant, je ne me vois pas critiquer une inconnue. J'ignore aussi si la rupture est récente et donc un sujet sensible. Par prudence, je me concentre sur la question initiale.

— Ça doit être un nom affreux ou particulier pour que vous le cachiez... Pas Adolf, quand même ?

Mon voisin part dans un éclat de rire.

— Trump ? Oh, mon Dieu, je gémis en imaginant une pauvre bête nommée ainsi.

— Oh non, je l'aurais rebaptisée illico.

Doucement, il secoue la tête.

— Non, mon ex avait des défauts, comme chacun, mais pas celui-là. Je ne suis pas le genre de mec qu'elle aurait choisi, sinon, remarque-t-il en faisant un geste sans équivoque vers sa peau pour en souligner la couleur.

Je ne me laisse pourtant pas abuser : il ne m'a pas encore dit le nom du chat. Soudain, il se retourne, et un bruit vague me parvient, sûrement la sonnerie d'un téléphone. Il fait mine de s'en aller, puis se ravise et me salue d'un signe de tête.

— Désolé, je dois répondre. Bonne fin de journée...

Je lui souris et rentre à mon tour chez moi.

Mon smartphone sonne : c'est Cynthia, en visio sur WhatsApp. Avec le nombre de cas de covid qui ne cesse d'augmenter parmi le personnel ou les résidents dont elle s'occupe, son boulot est devenu particulièrement compliqué, aussi discutons-nous plus irrégulièrement qu'auparavant.

Je réponds aussitôt, soulagée de l'entendre.

— Cynthia, super, je suis contente de te parler !

— Je m'ennuie, on fait un truc ?

Amusée, je secoue la tête.

— Les grands esprits… J'avoue que je n'avais pas une folle activité, je viens de renvoyer ma traduction.

Nous nous donnons les dernières nouvelles, puis Cynthia évoque à nouveau son spleen mâtiné d'ennui du jour.

— J'ai touché le fond, ce matin, quand j'ai contemplé mes doigts de pied et que j'ai hésité à les mesurer.

Dubitative, je la dévisage à l'écran.

— Les mesurer ?

— Je crois que l'un d'eux est plus long que les autres.

Le confinement étant ce qu'il est, les réalités de la vie – tout comme les priorités – sont bouleversées. J'explique à mon amie la différence entre le pied grec, égyptien et romain.

J'ai appris toutes ces informations, d'une importance capitale, il y a peut-être six ans, quand une rock star idiote que j'adorais à l'époque avait dit à la télé aimer qu'une fille ait le pied égyptien, et que j'en avais cherché la signification, priant pour correspondre à ce drôle d'idéal. Ô rage, ô désespoir, jamais aucune rock star – du moins pas celle-là – ne pourrait s'enticher de moi !

— T'es sûre de tout ça ?

— Évidemment. Il y a même d'autres types de pieds : germain, celte… Cyn, quand on se souviendra un jour de cette conversation, je ne crois pas qu'on puisse nous trouver des excuses, fais-je valoir calmement.

Au lieu de m'écouter, elle se tortille à l'écran : elle est en train de retirer ses chaussettes. J'en aperçois d'ailleurs une, ornée de petites fraises, quand elle la jette sur son canapé.

Cynthia relève la tête brusquement, bouche bée.

— J'ai le pied grec.

Sans pouvoir m'en empêcher, je pouffe pour de bon.

— Ravie pour toi. Décidément, on va devoir prêter serment de ne jamais reparler de cette discussion. C'est trop...

— Et toi, tu as quel type de pieds ? me presse-t-elle.

Je fais mine de me frapper le front.

— Écoute, je t'adore, mais ça devient...

— Allez ! Qu'as-tu prévu aujourd'hui ? Un ciné ? Une petite séance à la salle, un peu de cardio ? Ou tu comptais visiter l'expo temporaire sur les félidés du Muséum d'histoire naturelle ?

Elle mime des guillemets à « temporaire ». Et là, j'ignore si c'est la fatigue ou un stress latent qui me mine, mais j'en ris aux larmes avec elle. Sa blague n'est pas si drôle ; on sait que nous ne risquons pas de sortir de chez nous pour faire toutes ces activités, et c'est bien le pire. Pourtant, je me gondole avec elle. L'espace d'une conversation totalement improbable, sans chaussettes, nous laissons un peu de côté la réalité.

— Prends une règle, lance Cynthia, quand, après une heure à parler de tout et de rien, nous nous apprêtons à raccrocher.

Comme pour ses diverses injonctions précédentes, je préfère l'ignorer plutôt que d'avoir à la raisonner. Mon chien me tourne autour, et je comprends parfaitement le message : il est temps d'aller le balader.

— Cyn, merci, je me sentais bizarre ce matin et tu m'as changé les idées avec brio. Qui aurait cru qu'il fallait juste parler de pieds pour aller mieux ?

— À défaut de le prendre...

Je grimace.

— Cette blague est nulle, même venant de toi. Ne te laisse pas tomber dans la médiocrité, confinement ou pas.

Aussitôt, elle dresse un biceps contracté à son maximum, en mode femme forte, et je secoue la tête. Tant que j'ai quelques amies timbrées, je dois pouvoir traverser cette période sans trop de casse.

4

Cette fois, c'est moi qui l'aperçois en premier. Il s'étire, installé sur une des chaises de sa table de jardin, qu'il a disposée sur son balcon. Il porte un pull à rayures larges, présentant un dégradé de gris. Le félin, dont je ne sais toujours pas le nom, se prélasse à ses pieds.

Je dois immensément m'ennuyer, car je me suis trituré les méninges hier pour percer le secret. Anticipant le salut, je me déplace sur la gauche, pour me situer plus dans son champ de vision et, au moment où je le vois tourner la tête vers moi, je me lance :

— Salut, voisin.

Sa bouche se détend spontanément en un sourire, et je me sens un peu bête avec mon approche.

— Salut. Ah, merci d'être celle qui entame la conversation aujourd'hui. J'avais peur que vous ne me preniez pour un homme louche...

— Parce que vous refusez de me dévoiler l'identité de votre chat ou parce que vous « stalkez » des inconnues depuis votre balcon ?

Vu son âge, proche du mien, je parie sur le fait qu'il saura traduire ce terme.

— Touché.

— Je viens juste d'apparaître, cela dit, je fais remarquer, amusée.

— C'est ce que vous dites...

Je ris, alors qu'il se redresse. Comme il a une tasse, je lève la mienne en guise de reconnaissance.

— Je crois que les marchands de café vont voir leur chiffre d'affaires flamber, j'en consomme plus qu'avant, pas vous ?

— Pas vraiment... Je n'en bois jamais, ajoute-t-il devant ma surprise. C'est du thé.

Mon regard dérive malgré moi vers sa cuisine, où j'aperçois la machine à café, bien visible. En entendant son rire bas, je le dévisage et réalise m'être trahie : il sait que j'ai scruté tout son appartement, bravo !

— La cafetière dans ma cuisine est un cadeau, je l'ai gardée pour les invités.

— Oh... Désolée, la vue étant un peu plongeante, je distingue assez bien chez vous.

Cet aveu doit vraiment me donner l'air d'une détraquée ; je n'aurais pas dû me moquer de lui. C'est ce qui s'appelle un retour de karma. Nous nous dévisageons sans mot dire. Finalement, il hoche la tête.

— J'adore votre luminaire dans le salon. Très beau et original, on dirait un origami géant.

À mon tour de me retourner, contemplant cette envolée de papier qui m'a séduite dès que je l'ai remarquée dans le magasin du cours Berriat. Il doit bien plus voir mon intérieur que je ne le pensais. Je n'ai aucune idée de l'efficacité des rideaux que j'ai installés pour me protéger du vis-à-vis – comment le pourrais-je ?

Je lui fais face à nouveau et l'observe boire son thé. Le fait de lui parler alors qu'une chaussée nous sépare, même si elle est peu passante et m'oblige donc à forcer un peu la voix, continue à me perturber. Après un instant de silence, je tente :

— J'ai eu des idées pour le nom de votre chat.

Il baisse sa tasse et prend un air étonné.

— Oh... j'écoute.

— J'ai cherché ce qui pourrait être gênant. J'ai pensé à quelque chose de trop banal, comme Minou, Minette ou Félix.

Il secoue la tête à chaque proposition. Raté.

— D'accord, sinon je me disais que ça pourrait être un hommage à une passion devenue plus difficile à assumer avec le temps. Un groupe de musique, par exemple ?

— Du genre ?

L'affaire est délicate, imaginons que je parle des 2 Be 3 ou des Spice Girls et que ce sont ses groupes préférés, ai-je envie de le vexer ? Après tout je déteste qu'on critique ma période The Cranberries.

Prudente, je finis par hausser les épaules.

— C'est trop vaste pour que je me lance dans des propositions.

Visiblement pas dupe, il sourit plus largement et attend.

— Ou le titre d'une vieille chanson avec un rythme bien entraînant. *Since U Been Gone* de Kelly Clarkson ? Une chanson de Justin Bieber ?

Il plisse les paupières.

— Ou un titre de film ? Petit chat, t'appellerais-tu Titanic ?

Je fais un bruit avec ma bouche pour attirer l'attention du félin – en pure perte. Son propriétaire éclate de rire.

— Titanic ? Imaginez le karma sur la tête de ce pauvre animal ! Non, ce n'est pas ça.

J'avale la fin de mon café et réfléchis à voix haute :

— Un mot bizarre ? Un héros de dessin animé de notre enfance ? Un serial killer ? Un...

— Vous avez une imagination débordante, finit-il par me couper quand le flot de mes paroles commence à ralentir.

J'ignore si c'est un compliment et lui avoue, gênée :

— Oh, je suis surtout du genre à cogiter sur des détails.

— Il va me falloir vous dire son nom, en somme ? Pour vous rendre service ?

— Tout à fait ! je confirme avec un large sourire.

La vibration de mon téléphone sur la table du salon me parvient. J'hésite une seconde à l'ignorer, mais ma mère devait me joindre dans la matinée et elle semblait un peu déprimée hier.

Je me redresse, car je m'étais accoudée à la rambarde, et lui fais signe.

— Désolée, on m'appelle. Bonne fin de journée !

— Merci… pour la discussion. Vous devez être la première personne avec qui je parle depuis que j'ai quitté le travail.

— Avec plaisir ! je lui lance en refermant la baie vitrée sur un dernier au revoir.

Et c'est vrai. J'apprécie beaucoup ces petits intermèdes dans mon quotidien solitaire.

Je décroche au dernier moment, évitant de peu Nono, qui traîne au milieu du passage.

— Allô ?

C'est effectivement maman. Je m'installe pour pouvoir papoter tranquillement, allant même me refaire un café pendant qu'elle enchaîne quelques banalités d'usage. Et si le nom du chat était suffisamment cucul ou girly pour gêner mon voisin ? N'a-t-il pas parlé de son ex ? Peut-être a-t-il un fond macho ?

Je me reconcentre aussitôt sur ma mère et notre discussion.

— C'est bon, ma tasse est remplie.

— Tu en es à la combientième ?

— Ça va, c'est un déca, je rétorque pour qu'elle me laisse tranquille, bien que ce soit faux.

Elle a lu un article sur les ravages de la caféine, ce que je regrette amèrement chaque fois que nous nous voyons et qu'elle me rappelle à l'ordre.

— Tu me disais que tu étais inquiète ? Tu as des symptômes qui...

Mon angoisse jamais bien loin réapparaît aussitôt, comme une flamme ravivée. Même ma respiration s'est accélérée et je tente de le lui cacher.

— Non, pas moi, ma puce. Mais Rose, par contre...

Rose est, disons, ma tante de cœur. Ma mère m'explique rapidement que, depuis trois ou quatre jours, elle présente des maux de tête et qu'elle se sent anormalement fatiguée.

— Elle s'est trouvée un peu fébrile, ce matin, bien qu'elle n'ait pas de température, c'était peut-être une fausse alerte. Tu sais comme on s'inquiète vite, en ce moment, souffle ma mère.

Je repense à la veille, quand ma gorge serrée a commencé à me faire peur, avant que je ne me morigène, me disant que je psychotais bêtement et allais finir hypocondriaque.

— En temps normal, elle n'aurait pas consulté mais, là, son médecin lui a proposé une consultation en fin d'après-midi. À tous les coups il n'aura même pas de test, geint ma mère.

— Mamichou, tu sais que ce n'est sans doute rien. Rose est souvent malade l'hiver, et oui, ça n'est pas impossible que ce soit le covid, mais...

Formidable : ma tentative pour la rassurer est un échec cuisant. Changeant de tactique, je l'écoute s'épancher un long moment et réalise que le fait de parler lui fait déjà du bien. Quand nous raccrochons, je lui fais promettre de me donner des nouvelles.

— Je t'aime, prends soin de toi.

J'ai failli ajouter : « Évite de te rendre chez Rose », trop inquiète pour ma maman et ses antécédents médicaux, mais je me suis retenue. Ça me semble trop cynique, trop… réaliste. Elle sait à quoi s'en tenir avec cette pandémie, non ?

Le cœur lourd, je tente une séance de yoga pour me calmer, doutant fortement d'y arriver si facilement…

5

Le lendemain, je suis assise dans mon canapé quand le téléphone sonne. Ce que nous redoutions est confirmé : vu le profil à risque de Rose et les symptômes qui s'aggravent, le médecin est quasiment sûr qu'il s'agit bien du covid, même s'il ne peut la tester pour le moment.

Je suppose, vu l'ampleur de la crise, que cela devait forcément arriver : un proche autre qu'un lointain contact Facebook est atteint. Y être confrontée n'est pas simple.

— Ma puce, je ne sais même pas comment l'aider, gémit ma mère.

J'y réfléchis.

— Tu peux lui préparer des plats ou aller lui faire des courses que tu déposerais devant chez elle ? Ou lui faire livrer une sorte de kit de survie ?

— Comment ça ?

— Tu sais, quelques CD ou une compil que tu lui ferais, un bon bouquin ou deux... Ça lui montrerait que tu es là. Je peux aussi le faire de mon côté.

Ma mère renifle au téléphone. Savoir qu'elle pleure sans que je puisse la prendre contre moi pour la réconforter me serre le cœur.

— Tu as toujours des idées adorables, merci, Zozo.

Je hausse les épaules en guise de réponse. Ma mère, qui a prévu d'aller au drive de son supermarché, finit par raccrocher. Force est de l'admettre : je suis un peu brassée. Je réfléchis à la manière de témoigner mon soutien à Rose plus que par un bête SMS.

J'hésite à appeler Cynthia aussi sec, ayant besoin à mon tour de me confier, mais j'y renonce ; elle a déjà beaucoup à gérer avec son travail et elle est littéralement sous l'eau compte tenu de l'absence de trois de ses collègues et de plusieurs résidents malades. Elle n'a vraiment pas le temps pour mes propres ennuis.

Mes émotions sont trop emmêlées pour que je sois sûre de la meilleure attitude à adopter.

Je me redresse dans le canapé, mon regard dérive vers la fenêtre du salon. Mon voisin est en train d'arroser la petite plante de sa cuisine. Lorsqu'il m'aperçoit, il me fait un signe de tête avec son sourire habituel, un peu en coin. Il porte le même pull qu'hier.

Je tente de lui répondre, mais impossible. Ma bouche semble figée, comme refusant cette politesse pourtant bien utile pour éviter de montrer que l'on est préoccupé. Malgré la rue qui nous sépare, il a l'air de le remarquer. Les sourcils froncés, il repose son arrosoir. Je le vois hésiter puis il me fait un signe en direction de son balcon, sans doute pour me proposer de discuter. Sauf que ma gorge serrée me trahirait et j'ignore si j'arriverais à parler. Je secoue finalement doucement la tête pour refuser.

Il mime de nouveau quelque chose, facile à traduire cette fois : « Une minute » ou « Attendez-moi ».

Me disant que son téléphone doit sonner, j'en profite pour rallier la cuisine et me faire une tisane. Quand j'entends les premiers applaudissements, je passe la tête par la fenêtre, ne trouvant même pas le réconfort habituel dans ce petit rituel.

Quand chacun regagne son intérieur et que les fenêtres sont closes, j'ai le moral en berne. Je retourne au salon pour voir si mon voisin a réapparu. Et, en effet, il semble m'attendre à sa fenêtre, muni d'une grande feuille de papier qu'il me présente. Dessus est inscrit :

Tout va bien ?

J'hésite à mentir, pourtant l'anxiété me ronge. Impossible de me forcer à sourire. Alors je finis par lui adresser un signe de dénégation. Je vois sa tête penchée tandis qu'il écrit de nouveau. Je contemple son profil que je trouve beau.

Le bloc réapparaît :

Envie d'en parler ?

La question est simple, basique même. Je suppose que j'en aurais fait de même avec n'importe qui. Pourtant, je ne me sens pas de sortir sur le bacon et de lui crier les ennuis de santé de Rose. Ce serait peut-être plus logique de lui répondre par écrit à mon tour, en lui donnant mon numéro de portable, par exemple. Indécise, je me mordille les lèvres.

Sur un coup de tête, je cherche autour de moi et dégotte enfin quelques feuilles de papier. Au marqueur noir j'y inscris en majuscules :

Je crois que j'aimerais savoir le nom de votre chat, en fait.

Je lui montre ma réponse et le laisse déchiffrer, puis passe à la deuxième feuille que j'ai préparée :

Vous ne pouvez pas me le refuser, si ?

Il secoue la tête, et je le vois sourire. Il passe une main dans ses cheveux plusieurs fois, comme s'il réfléchissait. Puis il finit par écrire :

Difficile de répondre de manière concise.

C'est logique. Retour à la case départ : lui donner mon numéro ? Sortir pour lui parler et m'attendre à ce qu'il me questionne sur mes contrariétés ? En face, une autre pancarte est apparue.

Attendez.

Surprise, j'obéis. Je le vois se pencher pour écrire, puis il réapparaît, à son balcon cette fois. Il tient quelque chose de blanc à la main, se met de profil et lève le bras. Avant que j'aie pu comprendre son intention, l'avion de papier plane et atterrit pile au milieu de mon balcon.

Comme hébétée, je reste plantée quelques secondes. En face, un nouveau message est apparu.

Je n'ai aucun symptôme de la maladie.

Nouvelle feuille :

Lavez-vous les mains après l'avoir jeté. Par précaution.

L'idée est à la fois touchante et étrange ; il semble s'inquiéter pour moi... Ce que je déteste avoir à prendre de telles précautions, fichue pandémie ! Cette réflexion me ramène à l'état de Rose.

Avec un soupir lourd, je sors et récupère la feuille que je déplie. L'écriture est fine et serrée.

Désolé, je crois que je vais vous décevoir. Vous aviez l'air de déployer tant d'imagination dans cette recherche... En fait, quand ma copine de l'époque et moi avons adopté notre petit compagnon, nous avions un cruel manque d'imagination. Elle se contentait de l'appeler « le chat », en attendant de trouver, selon elle. Puis elle nous a quittés et je me suis dit, un peu désabusé, qu'un truc drôle ou décalé serait sympa. Comme Chatterton (il y a le mot « chat » dedans, je préfère préciser sinon ça peut sembler étrange). Ou Miaouss (j'espère que vous avez la réf'). Ensuite, mon cerveau tordu a décidé que ça serait plus marrant de choisir quelque chose de plus... inattendu. J'étais très fatigué, à l'époque, je vous prie de me croire. Deux ans après, j'assume carrément moins... Son nom est donc...

Fin. Je fronce les sourcils et retourne la feuille sous le coup d'une inspiration. Je relis plusieurs fois l'unique mot inscrit, relève les yeux, puis secoue la tête.

Il me fixe toujours, cette fois sa lèvre retroussée en coin oscille entre amusement et sourire d'excuse. J'éclate de rire. Lentement, il hausse les épaules comme pour se dédouaner.

J'ignore quand la magie a opéré, pourtant, je me sens mieux. Sur une feuille, j'inscris rapidement :

Merci.

Il hausse de nouveau les épaules.

Quand on peut aider...

Puis il penche la tête, et écrit :

Lavez-vous les mains maintenant.

Il ne bouge pas mais je vois une sorte de gravité dans son regard. Mon cœur a une drôle d'accélération. Je reconnais ce sentiment. Je ne l'ai pas éprouvé depuis longtemps. Depuis Farid, en fait. Quand j'y croyais pour lui et moi, au tout début. Quand il y avait ce truc entre nous, cette petite étincelle.

Je me dirige vers le lavabo le plus proche, celui de la salle de bains, et frotte ma peau en comptant jusqu'à trente. Mais l'idée de ne pas retrouver mon voisin au balcon me tarabuste.

À mon retour, je suis presque essoufflée. Cela m'étonne et me laisse pensive. Et force m'est de le constater : il n'est plus là. Déçue, je penche la tête et découvre avec surprise un nouvel avion. Il n'y a pas à dire, il se débrouille bien ! Il y a fort à parier que, si j'essayais de l'imiter, mon message finirait dans le caniveau.

Je récupère donc la missive et la déplie pour la lire.

Désolé, une urgence. Prenez soin de vous et faites un câlin à la grosse boule de poils noirs que j'ai aperçue. Avec le vent qu'il y a depuis quelques jours, on a eu de la chance que mes missives s'en sortent si bien. Je n'ai perdu qu'un avion, qu'il me faudra aller repêcher dans la rue.

Comme signature, il a juste inscrit : « Votre voisin ». Dommage, j'aurais aimé avoir aussi son nom, tant qu'à faire, pas que celui du chat. La prochaine fois, je suppose.

Mon téléphone vibre sur ma table et je décroche d'un swipe du coude avant de prévenir Cynthia :

— Attends ! Je dois me laver les mains, je me dépêche.

Je saisis les deux avions, les replie et les pose au-dessus de mon frigo – ainsi mis en quarantaine, ils ne seront sans doute pas contagieux et j'aurai peut-être envie de les relire ; après tout je n'ai pas reçu de courrier manuscrit depuis au moins cinq ans.

J'ouvre de nouveau mon robinet et récupère ma savonnette, m'apprêtant à compter jusqu'à trente une fois encore...

6

La semaine qui suit, je reçois plusieurs avions et nous discutons tous les matins de vive voix. Cela fait déjà cinq jours, et Rose doit revoir son médecin, qui pense pouvoir enfin la tester. J'ai finalement pu expliquer au voisin – dont étrangement je ne connais toujours pas le prénom, comme s'il était tabou de lui poser cette question, quand, de mon côté, je m'épanche sur le sort de mes proches – ce qui m'avait rendue triste le premier soir.

Nous nous sommes mis à dresser par hasard une liste de ce qui nous manquait pendant le confinement.

— Les pâtes, au début, admet-il. J'en mange régulièrement en temps normal.

Repensant à mon propre péché mignon, difficile de le contredire. La différence est que je consomme tellement de pâtes que, bien avant le confinement, j'en avais déjà un stock assez indécent, avec mon habitude de tester les nouveautés et les formes originales sur lesquelles je tombais dans les rayons. J'en étais venue à bout en quinze jours.

— Le chocolat, j'annonce après un délai de réflexion. Blanc. Noir. Au lait. Et, bien sûr, le PQ. À un moment donné, il n'y en avait plus... J'ai frôlé le point critique, mardi dernier.

Mon voisin éclate de rire.

— À part ceux qui ont dévalisé les rayons, je crois qu'on a tous vécu ça.

— Ce qui m'aide le plus moralement reste le chocolat. Maintenant qu'il y en a à nouveau en rayon...

Il me répond par un sourire en coin. J'ai bêtement envie de l'imiter mais je me retiens.

— Il y a aussi les applaudissements du soir. J'y participe souvent de ma cuisine, de l'autre côté de mon appartement. En somme, n'importe quelle initiative citoyenne qui prouve que les gens, même enfermés chez eux, cherchent à communiquer, à partager et à se retrouver.

Cela doit être la plus longue tirade que je lui ai faite, pourtant je ne regrette rien. Tant pis si j'ai l'air un peu mièvre, j'en pense chaque mot.

— Vous avez vu passer cette vidéo de Venise, où des Italiens faisaient un apéritif avec de longues perches, chacun trinquant d'une maison à l'autre ? je demande, alors qu'il me dévisage avec une curieuse expression.

Il secoue finalement la tête, comme pensif.

— Eh bien, même si ça ne m'a pas semblé très sécuritaire, quelque part, j'ai trouvé ça beau et humain, je reprends. Ils se rassemblaient, ils restaient joyeux ensemble, et se rapprochaient d'inconnus, à défaut de pouvoir serrer leurs proches contre eux.

Son téléphone sonne, il doit le porter sur lui. L'air désolé qu'il m'adresse me trouble un peu mais réveille les papillons dans mon ventre, que j'ai déjà repérés une fois ou deux, qui se font décidément plus présents.

— Allez-y. Désolée de vous embêter avec mes histoires...

— Vous ne m'embêtez pas du tout. Je comprends tout à fait ce que vous voulez dire. Prenez soin de vous, d'accord ? s'enquiert-il avec un étrange sérieux, me dévisageant pour la première fois.

Nos regards restent rivés l'un à l'autre une très longue seconde, juste avant qu'il ne décroche. Je baisse les yeux, gênée, et réalise... que les idées qui me traversent l'esprit sont idiotes ! Déjà, il a disparu dans son appartement et je rentre dans le mien, préférant restaurer une certaine distance.

Un soir, je sors la tête par la fenêtre de ma cuisine, où j'ai pris l'habitude d'applaudir, soit parce que j'ai fini de manger et range la vaisselle, soit parce que je prépare mon repas. De ce côté, les immeubles sont organisés autour de diverses cours intérieures et de garages privés, en une sorte de grand U. Je me situe proche de l'arrondi.

Une fois les encouragements et autres claps sonores terminés, j'hésite à accélérer un peu pour aller dans le salon, vérifier si j'aperçois mon voisin que je n'ai pas vu de la journée. Quand je m'apprête à fermer le battant, je repère une silhouette d'homme, dans la pénombre, sur un parking à deux ou trois cents mètres. La silhouette se démène quelques minutes, puis un faisceau lumineux apparaît, qui projette sur le mur blanc d'un immeuble les premières images d'un court-métrage d'animation.

Interdite, je les regarde défiler. De presque tous les bâtiments, chacun, chez lui, peut voir le film. J'admire un concentré d'émotions, sans aucune parole mais d'une grande finesse, sur le harcèlement scolaire, comme seul le studio Pixar sait le faire. Plusieurs autres courts-métrages suivent, drôles, tendres, mignons... Quand la séance s'arrête, je reste un moment, dans l'espoir que ça reprenne.

La nuit s'est épaissie et la silhouette de l'homme est de moins en moins visible. Je le devine plus que je ne le vois ranger son matériel et s'en aller. Les gens autour de moi sont encore aux fenêtres. Je secoue la tête, surprise. C'était étrange... mais sympathique. Vraiment.

Depuis, l'homme a réapparu tous les soirs. Nous avons eu un extrait de concert de Yann Tiersen, qui m'a donné envie de visionner *Amélie Poulain*, et une prestation filmée de l'éblouissant Cirque du Soleil. Ce qui était magique, c'était tous ces gens à leur fenêtre ou à leur balcon, qui regardaient la même chose sans se connaître. J'en ai d'ailleurs vu réapparaître avec une bouteille de bière ou un verre à la main.

Ce soir-là, l'homme sort de nouveau, on ne le distingue pas bien, si ce n'est qu'il a l'air plutôt grand et fin. Ses cheveux semblent bruns et il porte sans doute un pull sombre. Un léger vent me fait penser qu'on risque de devoir bientôt refermer la fenêtre sans profiter de cette animation improvisée. 20 heures sonnent, et je me joins au concert d'applaudissements.

Pour Cynthia, à qui je n'ai pas pu parler depuis trois jours, et qui semble épuisée. Pour mon voisin médecin généraliste, Baptiste. Mais aussi pour ces gens dans les hôpitaux, qui tiennent, car ils n'ont pas le choix et doivent chaque jour continuer, sourire, rassurer, soigner...

Nono vient et s'installe à mes pieds, comme s'il était attentif et s'efforçait de comprendre ce que son humaine fait tous les soirs.

Quand les applaudissements diminuent, nous sommes plusieurs à rester, attendant visiblement la prochaine invention de l'homme du parking, qui s'agite autour d'un diable contenant son matériel. Puis une musique éclate, rapide, tonitruante. Je sursaute presque en reconnaissant les premières notes d'un vieux tube des Jackson Five. Le choix est judicieux : qui ne connaît pas ce titre ?

Une salve d'acclamations et de sifflements lui répond, que j'accompagne – qui parviendrait à s'empêcher de fredonner un des titres les plus emblématiques de Michael Jackson à ses débuts, sérieusement ?

En face de moi, j'aperçois un couple qui danse dans sa cuisine et, amusée, je me rends compte que cette joyeuse fièvre se propage. Plusieurs personnes les imitent. Une jeune ado en particulier, à un immeuble de distance du mien, commence à se trémousser en rythme. Leurs mouvements à tous sont tellement fluides et naturels que l'envie de me joindre à eux s'estompe ; je suis trop fascinée par le spectacle qu'ils m'offrent.

Cela ne dure pas très longtemps, mais pendant une vingtaine de minutes, notre DJ improvisé, du centre de son parking, lance quelques morceaux. Mes voisins du dessous doivent vraiment aimer Queen, qui clôt cet interlude musical, car je les entends chanter à tue-tête avec Freddy. À leurs voix particulièrement aiguës et fausses, je pouffe toute seule.

Bien trop vite à mon goût, l'homme finit par éteindre la sono qu'il a reliée à son ordinateur. Plusieurs personnes le sifflent, enthousiastes. Il a un vague hochement de tête, puis, sur un geste de la main, s'en va avec ses affaires.

Aucun de nous n'a bougé de chez lui, respectant strictement les règles. Pourtant, nous avons partagé quelque chose tous ensemble. En temps normal, je dis seulement bonjour à ces gens que je croise dans la rue, et voilà que je sais à présent que la petite brunette d'à côté danse comme une déesse, que M. Sanju du deuxième chante comme une casserole… et que je vais assurément écouter en boucle *Blame it on the Boogie* ce soir !

— Allez, Nono, on va manger. Et on vérifie si le voisin est là ou si un avion nous attend sur le balcon pour compléter la collection.

Qui s'étend maintenant aussi sur le buffet.

— Je vais même te donner un morceau de fromage, mais tu devras garder le secret.

Son accélération me fait penser qu'on est sur la même longueur d'onde et qu'il ne me balancera pas.

7

Le lendemain, je sors pour mon café habituel de milieu de matinée sur le balcon. Mon premier réflexe est de regarder le sol, mais rien. Ce qui est logique, il n'y a pas de raison que mon voisin m'envoie chaque jour un petit avion. Non, je ne suis absolument pas déçue, bien évidemment.

Je relève la tête et tombe en arrêt devant le bloc-notes qui repose contre le pot de la plante à sa fenêtre.

Bonne journée !

Mon sourire s'élargit de lui-même. Pensive, je sirote ma boisson. Et si, moi aussi, je lui envoyais un message ? Peu importe quoi, juste un signe de reconnaissance pour ses discussions et attentions régulières à propos de Rose, dont l'état de santé continue de m'inquiéter.

Comme l'inspiration me fait défaut, je rentre et surfe en ligne, tâtonnant avec différents mots clés sur mon moteur de recherche. Enfin, j'ai mon idée et me mets à l'ouvrage. J'exhume d'un placard où je les garde tout mon stock de Post-it, puis compare les couleurs. L'heure suivante, je la passe à constituer un grand arc-en-ciel sur la vitre de mon salon. Les couleurs ne vont pas ; il n'y en a que cinq, mais on saisit le concept. Sur chaque Post-it disposé au centre, j'écris une lettre pour former un « Merci ».

L'après-midi, quand je retourne sur mon balcon, nulle trace de mon voisin. Par contre, à la fenêtre deux étages au-dessous de son appartement, d'autres œuvres réalisées en Post-it sont apparues. Je remarque un Pac-Man et un grand cœur rose contenant, lui aussi, un grand « Merci ». À ce moment seulement, je tilte : on dirait que je m'adresse aux soignants, pas à un gentil inconnu qui a tenté de me faire sourire. Amusée, je me décide à conserver l'arc-en-ciel quelques jours et y ajoute même un fantôme, pour effrayer le Pac-Man d'en face...

Ce petit jeu dure toute la semaine. Je croise moins souvent mon voisin, comme s'il était débordé, et son appartement semble abandonné. Il me laisse néanmoins plusieurs messages du même ordre que le premier : « Bonjour », « Il va faire beau » et « Il y a des pâtes au supermarché rue Ambroise Croizat. J'ai craqué et pris deux paquets », ce qui devient officiellement sa plus longue missive. Elle tient d'ailleurs sur une sorte de grand carton, qu'il dépose à côté de la plante verte.

Ce matin-là, mon téléphone sonne alors que j'ai à peine eu le temps de mettre le pied par terre. Je décroche en bâillant.

— Allô ?

— Alors, il y a quoi à la fenêtre ?

J'éclate de rire : Cynthia semble presque plus passionnée que moi par la surenchère en cours dans le quartier. Je me précipite donc pour regarder à l'extérieur. Je vérifie si j'aperçois mon voisin, mais il n'y a qu'un nouveau carton « Bon café ! » dans sa cuisine. Déçue mais pas vraiment étonnée, je détaille ensuite les vitres autour de moi.

— Pac-Man a été détrôné par Bob l'éponge ! Il est super bien fait en plus.

À présent, plusieurs personnes de la ruelle se sont lancées dans la « guerre des Post-it ». L'idée que j'en sois à l'origine sans l'avoir prémédité me semble très drôle.

— Et toi, tu as quoi sur celle de ton salon ? s'enquiert-elle.

— J'ai remplacé le fantôme par un avion. Ça m'a pris une bonne heure.

— Pourquoi un avion ?

Je réalise que je n'ai pas encore parlé du voisin à Cynthia. Sans doute parce que j'ignore comment faire.

— Comme ça... Je compte faire un chat, ensuite.

— Toi, un chat ? Tu les détestes, remarque Cynthia d'une voix surprise.

Je repense à celui qui habite en face et à son maître.

— Non, je... m'en méfie juste un peu, c'est tout. Et toi, comment ça va ?

Détourner la conversation me semble plus sûr. Cyn, épuisée, ne percute pas et embraie aussitôt sur son quotidien complexe, à coups de blouses fabriquées dans des sacs poubelles et de masques reçus la veille de la part d'enfants de résidents. Au moins, la solidarité s'organise.

Pendant que je l'écoute, je me mets en quête d'un modèle pour réaliser mon futur félin en Post-it. C'est sûr, mon voisin va aimer...

8

Plus que les applaudissements auxquels je tiens, il y a désormais la surprise journalière du DJ du parking.

Hier, c'était un air que j'ai retrouvé grâce à mon application Shazam. *Casta Diva*, extrait de l'opéra *Norma* de Bellini. Je n'avais jamais apprécié ce genre de musique... jusque-là. Je n'étais pas prête à me faire foudroyer par la voix de Maria Callas et l'émotion qu'elle transmet. Lorsque le morceau s'est arrêté, mes poils de bras étaient dressés.

Que le DJ passe des Jackson Five aux courts-métrages de Pixar ou à un opéra d'un jour à l'autre est chaque fois surprenant. Je n'éprouve aucune lassitude, j'ai juste envie de savoir ce qu'il nous réserve pour la fois suivante. Dans ma vie, à l'heure actuelle, qu'est-ce qui soutient la comparaison, honnêtement ? La monotonie liée à l'absence de contacts se fait ressentir, et les petits inattendus du quotidien me manquent cruellement. Les Post-it, le voisin, les applaudissements, les séances du DJ, tout ça me fait du bien. L'angoisse latente que provoque le confinement cesse enfin de m'oppresser. Dans ces moments de réunions éphémères aux balcons, tous, nous écoutons le grand brun grâce à son ordinateur, son projecteur et ses enceintes.

Il est 20 heures. Je sors comme d'habitude et applaudis avec les autres. Je baisse ensuite la tête, à la recherche du DJ – il me faut lui trouver un nouveau surnom, ce n'est pas comme s'il mettait chaque soir de la musique ! Il s'est déplacé depuis quelques jours, son ancien poste en plein milieu du parking étant sans doute trop exposé aux rafales de vent qu'on subit dernièrement.

Que va-t-il proposer ? Et dans combien de temps sera-t-il à court d'idées ? Ça va bien finir par arriver, car le confinement « fêtera » bientôt ses deux mois. Je serai déçue, je crois. Je tente de m'y préparer, pourtant je refuse bêtement cette pensée, comme si l'inconnu était magicien.

Une musique retentit, célèbre. Celle d'un des plus grands studios hollywoodiens. Surprise, je me demande s'il a prévu de passer tout un film ce soir, mais c'est en fait une bande-annonce, reconnaissable à la présence d'une voix off, d'un rythme rapide et d'un titre apparaissant en géant avec une date de sortie.

Ainsi défilent les trailers des œuvres du 7e art de ces cinquante dernières années, en une joyeuse farandole sans aucune logique. Alors que je le croyais parti sur des classiques, comme *Le Dictateur* ou *Les Enfants du paradis*, bientôt *Alien* et *Les Dents de la mer* me détrompent. Quand, juste après, c'est au tour de *Mon voisin Totoro*, j'éclate de rire.

Sa rétrospective n'obéit à aucun ordre, nous sautons du plus grand blockbuster au film décoré par la Palme d'or. Et quelque part, j'adore l'idée : notre culture est faite de ce gai mélange, d'hétéroclisme. Je découvre des titres que je n'avais jamais vus, comme *Allemagne année zéro*, et me retrouve avec une envie folle de visionner de nouveau *Arsenic et vieilles dentelles*. Nous voguons entre l'humour, l'angoisse et le burlesque. Les musiques sont entêtantes et je sais que je vais chantonner jusqu'au coucher celle de *In the Mood for Love*.

Quand cela s'arrête, je réalise que j'y aurais bien passé la soirée sans problème. Une rétrospective de tous les trailers, du plus efficace au plus ridicule, en passant par celui qui nous montre la moitié du film avant d'être entré dans la salle, est décidément un excellent passe-temps. Je suis sûre que Cynthia aussi adorerait.

Dans l'immeuble d'à côté, j'entends une femme crier, les mains en porte-voix :

— Merci !

Nombre d'autres voisins l'accompagnent. Sans réfléchir, je les imite, le pensant du fond du cœur. Je crois qu'aucun de nous ne serait à l'aise à l'idée d'applaudir cet homme mais, quelque part, ce qu'il fait, ce moment qu'il nous offre quotidiennement, nous fait du bien. Il mérite une forme d'hommage.

Vivement demain !

Le soir suivant, je m'accoude à la fenêtre de ma cuisine cinq minutes en avance avec un déca et un châle en mohair d'une douceur incomparable sur les épaules. Je bois à petites gorgées et contemple le ciel, couvert. L'idée me frappe qu'en applaudissant de ce côté je rate peut-être l'occasion de le faire de concert avec mon nouveau voisin. Puis je me demande s'il se prête à cette tradition. Peut-être pas. Tous les habitants ne s'y adonnent pas, même si beaucoup d'entre eux s'y sont mis.

La rumeur d'une discussion me parvient, me rendant nostalgique ; je n'aurais pas refusé de voir soudain Nono doté de la parole pour papoter avec lui. Les gens du dessous parlent de choses idiotes, comme on le fait tous, ces temps-ci, à croire que manger un paquet de pâtes quand il n'y en a plus un seul en rayon est l'urgence vitale du moment. C'est sûrement une manière de se rassurer et de garder un certain contrôle dans une période compliquée. Pourtant, même cette conversation-là, je l'apprécierais.

Mon célibat ne me pesait pas, il était choisi. Pour moi, il était préférable à une relation de routine, qui vous englue sans que vous arriviez à vous l'avouer. J'ai mis un terme à tout avec Farid il y a six mois, sans regrets. Jusqu'à ce confinement. Certains manques sont réapparus. Ma prochaine moitié finira bien par se présenter, je dois juste lâcher prise... Enfin, pas maintenant, alors que je vis en tête à tête avec ma télé, mon ordi, un chien et une bibliothèque ! La période n'est pas propice, mais ça viendra. À moi de continuer de veiller à me tisser un quotidien moins solitaire à coups d'avions en papier et de Post-it.

Et puis, ma famille est présente. Rose a même enfin des signes d'amélioration niveau santé. Cynthia participe de moins en moins à nos « repas visio », car elle doit accepter de nombreux remplacements tant son équipe est mise à mal par le covid ; ils tournent la plupart du temps avec la moitié des effectifs, mais nous nous envoyons encore des messages quand elle en a le courage.

Je n'ai d'ailleurs jamais tant appelé mes proches ou fait preuve de petites attentions ; ça aussi, ça me semble une sorte de bénéfice inattendu de cette situation. Prendre soin de mes liens familiaux, amicaux et amoureux devrait rester dans mes priorités, même dans le futur, pour l'« après-confinement ».

Il est 20 heures, mes voisins commencent à applaudir. En catastrophe, je pose ma tasse et les imite. Le temps humide a refroidi quelques personnes. Nous nous livrons au rituel quotidien quand j'entends soudain un clairon. Comme les autres habitants, je me penche au-dehors, cherchant à localiser l'instrument. Il se trouve dans l'immeuble en face du mien, au quatrième. Clairement, son propriétaire a besoin d'un peu d'entraînement, car son *Hymne à la joie* a morflé !

Finalement, nous nous arrêtons tous à peu près simultanément et je me redresse, dans l'attente de l'intermède qui va suivre. J'attends avec impatience de voir des images apparaître sur le mur blanc comme les soirs précédents... mais rien. Il reste bêtement blanc. Je jette des coups d'œil un peu partout, à la recherche de la silhouette habituelle, en vain.

— Oh non, je gémis à voix basse.

— Vous avez raison, mademoiselle Morisot. Cela va me manquer, s'il décide de s'arrêter.

Surprise, je baisse les yeux et aperçois la tête de ma voisine du dessous.

— Oui, c'est vrai.

— Bonne soirée, mademoiselle.

— Bonne soirée, je réponds avec un temps de retard, continuant à fouiller du regard les cours intérieures entre les immeubles.

Morose, je finis par embarquer avec moi dans le salon, en plus du club sandwich que je viens de me faire, ma tablette de chocolat préférée. Je la pose sur le tabouret d'appoint qui jouxte le canapé et mange mon en-cas après une rapide vérification : non, le voisin d'en face n'est toujours pas chez lui. Décidément !

Je lance un film que je ne regarde que d'un œil, l'ayant déjà vu. Un papillon de nuit s'est égaré sur mon plafond, auquel il se cogne à intervalles réguliers. Cela me semble tôt dans la saison, mais nous avons eu des températures étrangement estivales il y a peu.

Alors que l'héroïne à l'écran est en pleine course-poursuite dans les rues de New York, je reprends un carré de chocolat ; vive le magnésium ! De mon autre main, je caresse le doux museau de mon chien.

Alors que mon salon baignait jusque-là dans une semi-pénombre, une soudaine lumière attire mon attention. Je me redresse : c'est éclairé chez mon voisin ! Sans m'interroger plus sur la raison de mon acte, je me précipite au balcon. Franchement, je suis ridicule d'agir ainsi. Vraiment. Combien de chances y a-t-il qu'il vérifie aussi si je suis là ou sorte juste parce qu'il a envie de me parler ? Aucune.

Mais quand je le vois apparaître dans son appartement, mon cœur accélère et je souris. Il n'en saura rien, de toute façon ; il fait sombre, tant pis si je suis une idiote esseulée derrière sa balustrade et que je me raccroche à quelques échanges insignifiants avec un inconnu.

Tout à coup, il s'approche de sa fenêtre et, je ne peux en douter, il regarde vers chez moi. Mon cœur accélère un peu plus. Quand il m'aperçoit, il se fige. Je le vois hésiter, puis sortir.

Regagner mon salon aurait l'air encore plus idiot. Me cacher est hors de question... Peut-être devrais-je trouver une bonne excuse, comme le fait que je pense à m'acheter un télescope car je me passionne pour les constellations ?

— Bonsoir, lance-t-il.

— Bonsoir.

Je lui souris, mais il ne peut le remarquer.

— Vous avez passé une bonne soirée ?

Je songe au DJ absent, à mon repas en solo... S'il n'y avait pas Nono dans mon dos, dont la queue vient de me battre les jambes, j'aurais bien envie de me plaindre.

— J'ai connu mieux, mais ça va. Et vous ?

Je me retiens d'ajouter que je l'ai peu vu ces derniers jours ; cela paraîtrait complètement déplacé. Il semble approuver mais la semi-obscurité, malgré la lumière de son appartement, n'aide pas vraiment à distinguer quoi que ce soit.

— Moi aussi, beaucoup de boulot en ce moment.

— Vous bossez à l'extérieur, pas de télétravail possible ? je m'enquiers, même si je connais déjà la réponse.

— Non, pas dans ma branche. Ça s'est beaucoup intensifié cette semaine, normalement c'est plus calme, mais on a eu plusieurs urgences...

J'entends Nokia dans mon dos et suppose qu'il a dû attraper le papillon de nuit, le gros malin. L'été, c'est aux guêpes qu'il s'attaque, aux mouches et à tout ce qui traîne ! Je partage mon toit avec un serial killer.

— Vous travaillez dans quelle…

— Mademoi… voisine ? Ah ! C'est idiot de ne pas savoir votre prénom, remarque-t-il soudain d'une voix contrariée.

Je réponds sans réfléchir :

— Zoé.

— Zoé, reprend-il, votre chien a-t-il volé quelque chose sur la table basse ? De là où je me trouve, je distingue mal…

Je fais volte-face et regarde autour de moi, le souffle suspendu. Le papier aluminium de ma tablette traîne effectivement par terre, mais nulle trace de chocolat. Comme si je refusais d'y croire, je contemple fixement Nokia, qui se tient debout sur le tapis, juste devant la télé. Même si je sais que c'est stupide, je me baisse et vérifie un peu partout au sol, sous la table et le canapé, me disant que Nono l'a peut-être poussée avec sa queue.

Au fur et à mesure que la certitude s'impose à moi, je comprends l'étendue de la catastrophe. La tablette était quasiment entière, et j'ai dû en manger quelques carrés. À cette dose, c'est forcément grave, mon chien vient de s'empoisonner ! Jamais il n'avait fait mine de toucher à mon chocolat, la culpabilité me ronge aussitôt.

Les restes dans mon assiette de chips ont aussi disparu, prouvant que le voleur a tout raflé sur son passage.

— ZOÉ !

L'appel de mon voisin me parvient, réussissant à traverser la panique qui me tétanise. Je me redresse, toujours agrippée au papier d'aluminium.

— Il a mangé du chocolat ?

— Oui, je gémis, en ressortant par la porte-fenêtre.

— Quel type ? Blanc, noir, au lait ?

— Noir. Avec des éclats de caramel.

L'avouer à voix haute me fait un drôle d'effet, j'ai l'impression de confesser avoir pris un rail de coke. Il reprend aussitôt :

— Combien pèse votre chien ? C'est un retriever à poil plat ?

J'approuve, perdue.

— Femelle ?

— Non, c'est un mâle, mais il a un petit gabarit.

— Son poids ?

— À peine plus de vingt-huit kilos, je crois.

— Et combien de chocolat a-t-il mangé ? persiste mon voisin avec un calme olympien.

Je vérifie sur l'emballage.

— Pas loin de deux cents grammes, j'ai du mal à calculer...

Je le vois secouer la tête, même si je ne distingue pas précisément ses traits.

— C'est peut-être grave, il faut l'amener au plus vite à la clinique. Un lavage d'estomac pourrait lui éviter le pire. Je suis vétérinaire, ajoute-t-il après une hésitation.

— Un la...

— C'est le moyen le plus sûr, son organisme ne doit pas commencer à absorber le chocolat. Vous avez une voiture ?

Je lui fais signe que non.

— Je n'en possède pas non plus, mais mon cabinet est à côté. Je peux aussi le porter si... Écoutez, il est capital d'agir rapidement. Je vous retrouve en bas, descendez avec lui.

Quand il se retourne, je reste une seconde en arrêt, comme paralysée, et réalise une chose idiote. Je n'avais jamais vu mon voisin ainsi, de dos. Et le pull qu'il porte, je le reconnais. Sous cet angle, légèrement en plongée, il devient évident qu'il est le DJ du parking. Je reconnais parfaitement la silhouette. C'était donc lui ?

Un jappement de mon chien me ramène brusquement à la réalité. Je réagis enfin, me précipite à l'intérieur et enfile une polaire, des chaussures, puis récupère mon sac. Je mets rapidement une laisse à Nokia, me demandant si le faire marcher peut aggraver les symptômes ou accélérer le processus digestif. C'est ce à quoi mon voisin faisait allusion, non ?

Quand j'arrive dans le hall de mon immeuble, je vois à travers la porte vitrée une silhouette. Pas totalement surprise, je me dépêche d'ouvrir en appuyant sur le bouton qui déverrouille la porte.

Dehors, c'est bien lui, mais paré d'un masque et armé d'une brouette. Le détail est assez incongru pour m'arrêter.

— Je me suis dit que ça serait plus sûr s'il accepte de monter dedans. Si on fait vite, on peut lui faire un lavage d'estomac puis le perfuser, ça lui laisse de bonnes chances de se remettre. Je n'aurai qu'à le garder en observation ensuite.

Sa voix me semble un peu étouffée par le masque. C'est étrange de le voir si proche et inaccessible à la fois, derrière cette nouvelle barrière qui nous sépare.

— Tenez...

Il me tend une boîte en carton qui contient un unique masque jetable.

— C'est le dernier qui me restait dans la voiture pour le cabinet, précise-t-il.

Consciente que mon chien pourrait y laisser sa vie, je me force à me bouger. Cette espèce de stupeur n'a pas lieu d'être, que je sois choquée ou pas. Il y a urgence !

— Nono, grimpe là-dedans !

Je tapote la brouette de la main et mon chien étant plutôt joueur, il y monte aussitôt. Puisque nous devons respecter la fameuse distance de sécurité et les gestes préconisés, j'enfile le masque.

— Je vous laisse me suivre ? demande mon voisin. J'ouvre le chemin.

Sans plus attendre, il fait marche arrière et s'adresse doucement à Nokia. Ce dernier n'a pas changé de comportement pour le moment. La petite boule d'angoisse que je ressens semble empirer.

Une fois la stupeur passée de ma découverte sur la double identité de mon voisin DJ, la réalité s'impose à moi : si Nono venait à avoir un grave problème à cause du chocolat dont je me goinfre tous les soirs, je me sentirais infiniment coupable et serais inconsolable. Me donner deux claques ne suffirait pas devant tant de bêtise de ma part.

— Si nous croisons la police, je me demande comment nous allons justifier ce drôle de jardinage nocturne, souffle-t-il.

La réflexion me tire de mon marasme. J'imagine la scène et souris presque. C'est le moment que Nono choisit pour se secouer dans la brouette. J'accélère le pas pour l'inciter au calme, tout en gardant un mètre de distance avec mon voisin.

Mon chien se calme. Aïe. A-t-il gémi ? C'est le début de l'empoisonnement ? Pour tromper l'angoisse, je reprends la parole :

— Vous avez une brouette... en appartement ?

— En fait, c'est à un ami. Devant la clinique, il y a une bande de terre, et je devais m'en occuper pour nettoyer et rempoter quelques plantes...

— Oh...

Oh ? Formidable sens de la repartie. Le trottoir n'est pas aménagé, et alors que mon voisin le prend de travers, je me retrouve à pousser avec lui pour stabiliser la brouette.

— Nous sommes presque arrivés, promet-il tandis qu'il passe l'obstacle en essayant de secouer Nokia le moins possible.

Quelque chose en moi ne peut s'empêcher de noter sa douceur et son sang-froid.

Mon voisin n'a pas menti : son cabinet se trouve à moins d'un kilomètre de notre ruelle, en bordure du campus universitaire. Il marche d'un bon pas, et nous arrivons rapidement. Devant le bâtiment, je remarque les plantes dont il m'a parlé.

Quand nous atteignons la porte, il pose la brouette le temps de récupérer la clé dans sa poche, puis manœuvre pour entrer avec son chargement canin, tandis que je lui tiens le battant.

— Vous avez du gel hydroalcoolique juste là, me prévient-il, avant de continuer à faire avancer Nokia jusqu'à une salle à l'arrière.

Comme annoncé, mon pauvre Nono a droit à un lavage d'estomac avant que le chocolat ne fasse des dégâts. Visiblement, du moment que ça fait moins de deux heures, on peut réagir efficacement ; passé ce délai, la digestion et donc les effets secondaires commencent. Il met mon chien sous perfusion, par précaution, et me décrit la suite des opérations :

— À ce stade, il faut surveiller si d'éventuels symptômes apparaissent, mais c'est peu probable, nous sommes allés vite.

— Que faites-vous quand cela fait plusieurs heures ?

— Cela dépend de ce que l'animal a mangé et de la race, donc du poids. On n'a pas d'antidote, comme je vous le disais, nous devons soigner les effets secondaires qui apparaissent au fur et à mesure et prier. Quelquefois, le chien sera juste dérangé. Cependant, si la quantité ingurgitée est importante, c'est plus délicat.

Derrière nos masques, nous parlons avec plus d'aisance. Alors qu'il désinfecte sa table d'examen, ne sachant comment aborder le sujet, je finis par me jeter à l'eau :

— Vous êtes bien l'homme qui se rend dans le parking pour passer de la musique, des extraits de films et ce genre de choses, n'est-ce pas ?

Il suspend son geste alors qu'il s'apprêtait à nettoyer une tablette.

— Je... Oui, j'ai eu cette idée grâce à notre discussion sur l'apéro entre balcons en Italie... et en vous voyant aussi triste et inquiète. Un DJ célèbre a proposé un concert depuis chez lui dans une rue de New York, mais il a provoqué un attroupement. Alors j'ai préféré me rendre dans un lieu neutre et le faire à un moment où les gens étaient chez eux, donc occupés en intérieur... C'était dérisoire, mais je me suis dit que ça pourrait vous aider à retrouver le sourire.

Soudain, il se fige et me contemple, comme s'il réalisait ce qu'il avait confessé.

— Et remonter le moral d'autres gens, ajoute-t-il.

Dans mon ventre, une nuée de papillons s'agite. Sa gêne et sa pudeur me touchent plus que de raison.

— Cela m'a manqué ce soir, j'ose enfin lui avouer.

Il me dévisage bien en face, cette fois, et je n'ai de lui que son regard pour déchiffrer son expression cachée derrière le masque.

— J'ai dû gérer une urgence ici. Il y a eu un regain de consultations. Les gens paniquent avec la pandémie, nous avons des animaux lavés au gel hydroalcoolique et dont la peau a été très abîmée, des histoires d'abandon... rien de très joyeux.

Je grimace aussitôt, sentant de la lassitude et de la colère dans sa voix. Je le comprends tellement.

— Quel est votre nom ?

— Kumail Theba.

Quand il me parle de sa voix basse et musicale, je suis suspendue à ses lèvres. Est-ce lié au fait de l'entendre me parler d'aussi près ? Un peu fascinée, je répète à voix basse :

— Kumail ? Je ne connaissais pas ce prénom... Je le trouve très beau.

Ma remarque est d'une bêtise à pleurer.

— C'est un prénom courant au Pakistan, dont mes parents sont originaires.

Le silence entre nous se prolonge, je sens mon cœur accélérer.

— Moi, c'est Zoé Morisot. Kumail, je vous remercie. Je doute qu'on ait jamais fait quelque chose d'aussi gentil pour moi... et pour les autres.

Ses paupières se plissent légèrement.

— Surtout pour vous, en fait.

J'espère qu'il me voit sourire derrière le masque.

— Surtout pour moi, je répète doucement. Merci. D'autant que vous étiez débordé avec votre métier. Mais surtout, merci pour mon chien. J'aurais été... Vous savez.

Il acquiesce avec sérieux. Un courant invisible passe entre nous, j'en jurerais.

— C'est normal.

Je repense à son aveu manuscrit, et l'envie de le taquiner me vient.

— Bien sûr, vous avez un « Chien », vous aussi.

Il se recoiffe, presque gêné.

— Chaque fois que je dois confesser que mon chat s'appelle Chien, je me dis que la honte est l'horrible prix à payer pour mon trait d'esprit.

Amusée, je pouffe.

— C'était peut-être un chat qui avait..., vous savez... du chien, comme on dit.

En sortant cette vanne, je réalise qu'elle est assez nulle ; pourtant, nous en rions tous les deux. La fatigue, assurément. Ou ce léger flottement, cette chose infime dans l'air, bien présente malgré l'odeur de désinfectant.

Oui, ce soir, il se passe quelque chose d'inattendu, et pas que pour mon pauvre Nokia.

Deux jours plus tard, Nono est sagement allongé à mes pieds. Après avoir remisé le chocolat dans une boîte en fer bien fermée sur la table basse du salon, je sors sur mon balcon. En face, il apparaît. Nos regards s'accrochent. D'un même rythme, nous applaudissons les soignants. Ce petit rituel auquel je tenais, côté cuisine, a encore plus de sens. Le regard de Kumail rend cet instant particulier. Si ce soir il se trouve chez lui, demain, il reprendra le chemin du parking pour jouer les DJ. En plus de son surcroît de travail, son enceinte portative l'a lâché, et il en a racheté une dans une boutique à proximité, qui a créé son propre drive.

J'ai hâte d'être à demain. Mais ce qui compte le plus, maintenant, c'est l'après-confinement. Nous en avons déjà parlé, Kumail et moi : nous irons boire un café, et un thé pour lui. Même si ce sera dans des gobelets à emporter, qu'on sera assis à deux mètres l'un de l'autre le long de l'Isère. Je suis prête à patienter le temps qu'il faudra. Une semaine ou dix, peu importe. Je vais attendre qu'on puisse enfin sortir librement.

Le déconfinement viendra plus tard, mais mes sentiments, eux, ont déjà quitté ma balustrade.

MA MÈRE, SON CHAT, MA DÉPRESSION

Cécile CHOMIN

Journal d'une chatte en confinement

Étape 1 : leur montrer qui est le maître !

J + 7 qu'elles sont chez moi toute la journée... J'en peux plus. Avant, y en avait qu'une, la vieille, maintenant y a sa fille – un peu moins vieille.

La vieille part chaque matin dans le jardin et revient chaque midi ; je la tolère un peu plus mais ne la respecte pas pour autant. Elle va chasser, sérieux ? Car elle ne ramène rien ! Pas une croquette ni même un morceau de lézard...

La jeune, elle, râle non-stop. Des poils de chat par-ci, par-là, je ne vois pas où est le problème. Elle aussi, elle en laisse partout ! Au moins, les miens sont doux.

Ça ne va plus être possible. Va falloir que j'écrive au gouvernement pour qu'elles puissent sortir de nouveau, pour que leurs amis viennent les chercher. En même temps, pas sûr que la jeune en ait, des amis... C'est un peu le problème. C'est pour ça qu'elle me colle, dans les rares moments où elle ne gueule pas à propos de mes poils.

J'en ai marre de ses câlins ! Suis pas une chatte mignonne, toute chou ! Suis un fauve, un méchant fauve ! Comment vais-je dominer le monde, moi, si j'ai toujours du parfum à la vanille sur mon pelage et des écharpes autour du cou ?

Les bisous, faut arrêter, c'est pas hygiénique. Elles vont ramener un microbe, ces cruches, tu vas voir.

Ce matin, j'ai essayé de leur faire peur en les menaçant du regard : z'ont rien compris, elles m'ont trouvée adorable. C'est déprimant...

Un jour, je dominerai le monde ! Un jour...

Bon, là, je vais dormir, suis crevée. Mais attention, regardez-moi bien, humains : demain est un autre jour, craignez-moi ou repartez, j'ai des siestes en retard !

Une semaine que je suis chez ma mère à Chartres. Une semaine que j'ai l'impression que c'est la fin du monde. En même temps, la fin du monde… ne serait-ce pas un soulagement ? Pas pour les autres, peut-être, mais pour moi ? On peut pas recommencer, les gars ? J'étais pas prête, en fait, pour cette vie. Non, et puis soyons sérieux, c'est un brouillon. La vraie histoire, elle débute quand ?

Comment ai-je pu tomber si bas ?

En prime, je parle à un chat. Il ne me reste vraiment plus rien, même pas ma dignité. Si au moins il comprenait, mais celui-là est le plus idiot et paresseux de la terre ! On mettrait deux mannequins avec des perruques pour nous remplacer, ma mère et moi, qu'il n'y verrait que du feu et se contenterait de miauler pour réclamer des croquettes entre deux siestes.

Bing. OK, c'est l'heure de ma conf' call avec l'équipe. C'est quoi, déjà, cette fois ? WhatsApp ? Zoom ? Ça fait une semaine que le confinement a commencé et j'ai l'impression d'être passée ceinture noire en gestion d'applications, en création d'avatars et en dépression. De toute façon, ce confinement, c'est un coup monté des hôpitaux psychiatriques, non ? Le but, c'est de rendre tout le monde complètement fou, j'en suis sûre.

Comment ai-je pu tout perdre ? Cela dit, je n'avais pas grand-chose, c'est peut-être ça le problème de base.

Un boulot que je déteste, pas vraiment d'amis – ma seule et unique meilleure amie étant partie vivre aux États-Unis il y a cinq ans – et plus un sou en poche. Évidemment, vivre en plein centre-ville et dépenser tout mon salaire en loyer, c'était pas une bonne idée. Mais me faire plaquer par Antoine et perdre en plus mon confort de vie, c'était pas possible.

Alors je me suis obstinée, j'ai voulu faire croire que tout me réussissait et que j'avais eu une promotion. Je lui ai dit que je gardais l'appartement haussmannien à Paris avec les plafonds hauts et les moulures. Eh oui, je suis comme ça, moi, grande princesse. Quelle idiote ! Enfin, j'ai tenu un an, quand même. C'est pas toi qui l'aurais fait, hein, Lucifer ? Toi, tu as tout compris à la vie. Des croquettes, de bons endroits pour faire la sieste, une eau potable et plus de coucougnettes ! Au moins, pas d'ennui, pas d'histoires de cœur ou de sexe foireuses. Je t'envie, le chat, parfois j'aimerais être toi, poils en moins, bien sûr.

Plus je continue à caresser la chose paresseuse en lui racontant ma vie, plus je me trouve pitoyable.

Bing. Deuxième bip de rappel. Je me connecte enfin sur le lien envoyé par e-mail afin de rejoindre l'équipe en ligne.

— Bonjour, les *brunchers* !

C'est nouveau ça, les « brunchers » ? Dylan est à fond, on dirait qu'il a couru dix kilomètres avant de mener la conférence et qu'il a encore des réserves pour une série d'abdos.

— Je viens de me faire une séance de muscu à l'agence, vous verrez, j'ai réagencé les locaux. Dès que ce petit microbe sera passé, on reprend et on change le rythme. Ce sera sport chaque matin pour toute l'équipe et petit jus détox – j'ai trouvé de nouvelles recettes *online*. Et hop, ensuite, *job and joke* jusqu'au soir !

Note pour plus tard : démissionner à la fin du confinement. J'y pense depuis longtemps, mais là c'est la goutte d'eau. Je ne survivrai pas à des séances de sport matinales et à la pratique du franglais toutes les deux phrases.

Assistante de direction dans une entreprise de volets roulants électriques. Passionnant. Une équipe jeune, certes, mais malgré mes 29 ans, je ne me retrouve pas en eux. Comme si j'étais plus mature. Se faire plaquer par son petit copain au bout de quatre ans de vie commune parce qu'il est tombé amoureux de sa tante par alliance, ça ne s'invente pas ; ma maturité doit venir de là, comme un fruit tombé trop mûr sans avoir jamais été cueilli.

Je pourrais me plaindre et dire « ça n'arrive qu'à moi » mais ça n'est pas mon genre. Enfin, disons surtout que c'est ma mère qui le dit et me le répète quarante fois par jour – soixante-dix fois même – depuis que j'habite chez elle. Et ça ne fait qu'une semaine...

— Dylan, j'ai une idée pour relancer la courbe, lance Bob. On est précurseurs sur le segment des fenêtres à guillotine, donc vu que les volets roulants métallisés de la collection Azur sont notre vache à lait, on peut se servir de la marge à quarante pour financer une campagne publicitaire et ainsi développer les guillotines !

— Yes, c'est *trendy*, les guillotines, ça fait penser aux fenêtres américaines, complète Rébecca.

— ... et à la Révolution française, si on garde ce nom...

Ça, c'est mon intervention. Qui fait retomber le soufflé comme s'il venait de sortir du four.

Dylan soupire et reprend à mon intention :

— Vic, Vic ! Sois pas *desperate* comme ça. Il nous faut du positif, les temps sont durs, ça ne fait qu'une semaine qu'on est en confinement et on ne sait pas pour combien de temps encore. Peut-être un mois, deux, une année même...

Pitié...

— ... on peut pas se permettre d'être à contre-courant. On doit absolument se serrer les coudes et développer les idées de chacun. On n'oublie pas : Edison n'a pas inventé l'ampoule électrique du premier coup, il a...

— ... trouvé mille façons de ne pas la créer avant de réussir ! renchérit l'équipe au complet, dont cette phrase est devenue le mantra depuis que Dylan l'a désignée « formule du mois ».

Lucifer se prélasse à côté de moi, s'étire, puis décide d'aller grignoter quelques croquettes. Le chemin le plus court étant le plus efficace, il va tout droit, passe sur mon clavier, appuie sur dix touches simultanément et, quand il arrive enfin, avec son gros derrière, à passer de l'autre côté du bureau, je me rends compte que l'écran de mon ordinateur portable est à l'envers. Je ne savais même pas que c'était possible !

— Ben, enfin, Vic, me dit Bob en riant, faut pas tout prendre au premier degré ! Pourquoi t'as la tête à l'envers ?

Mince, eux aussi me voient ainsi, évidemment. Toute l'équipe se marre à mes dépens, et je me rappelle que je dois attendre la fin du confinement pour démissionner. Si ça dure un an, je vais craquer avant...

— En parlant de premier degré, je trouve ça très productif et *win win* de mixer les équipes et les compétences. Vic, tu vas travailler avec Bob durant les trois prochaines semaines et créer un business plan intégrant les étapes nécessaires pour le lancement des fenêtres à guillotine. Et tu as raison : changeons le nom, soyons créatifs, soyons uniques, soyons fous, soyons…

Je n'entends pas la fin de la phrase, mon esprit vagabonde en direction d'une lettre de démission, d'un gain au loto, d'une expatriation – sujet remis en question avec la fermeture de tous les aéroports et l'interdiction de passer les frontières à cause du coronavirus.

Mon pire cauchemar : bosser sur un projet en binôme avec quelqu'un de l'équipe et sortir de mon trou. Ça m'allait très bien d'être une pseudo-assistante de direction et de faire un boulot de secrétaire tout en me moquant de la non-clairvoyance de leurs idées lumineuses.

— OK, boss. *We can do it !* répond Bob sans trop d'entrain.

No, we can't ! Je ne suis pas américaine, le « Tout est possible », je n'y crois pas. Je suis plutôt du genre française : râleuse qui veut conserver ses acquis et qui l'assume très bien – avec une pointe de mauvaise foi aussi, peut-être. Mais fière de l'être, *of course.*

— *Perfect,* pas de *deadline* pour l'instant, on verra plus tard en fonction de l'évolution du pangolin dans le monde !

— Arf, arf.

Toute l'équipe se marre, et une question tourne en boucle dans mon crâne dépité : trouvent-ils vraiment les blagues et les slogans de Dylan si drôles ou ont-ils juste envie de garder leur travail, de peur d'être au chômage en pleine crise du covid ?

Journal d'une chatte en confinement

Étape 2 : leur faire comprendre qui commande.

OK, je ne dominerai pas le monde de suite, vu qu'elles sont tout le temps dans mes pattes.

La vieille dit que c'est le week-end, elle reste ici la journée maintenant, vêtue du chiffon qu'elle appelle « nuisette ».

La jeune est en pyjama étrange, un truc qu'on dirait fait en poils de... chat. J'aime pas la concurrence. J'essaie de compenser en disséminant les miens dessus mais rien n'y fait, j'arrive pas à recouvrir son odeur de la mienne. J'abandonne.

Je suis séquestrée dans sa chambre, le soir, avec de la musique à fond, et elle me montre des photos ou des vidéos. Je tente de lui dire que, sur les clichés, les types ne sont pas assez poilus, qu'ils ont l'air trop humains, mais elle n'écoute rien et continue de palabrer en parlant d'« homme idéal ». Navrant.

J'avais l'espoir qu'elle m'aide dans ma conquête du monde mais je laisse tomber : elle est idiote.

J'ai trouvé quelque chose pour me venger. Je sors. Et puis je rentre. Et puis je leur demande à nouveau de sortir. C'est très drôle, ça a l'air de les énerver.

Quand même, elles doivent bien savoir que leur rôle premier, c'est de jouer les portiers, non ?

Elles ne comprennent pas ma demande, alors je miaule. Tout le temps. Elles craquent et elles ouvrent. Ouvrent. Ouvrent encore. Hihi. J'aime bien rentrer et sortir. Ça s'appelle « rentrir » en langage chat. « Sortrer », ça marche aussi.

Bref, ça m'occupe jusqu'à trouver le plan parfait. Mon but est proche, je ne dois pas l'oublier : un jour, je dominerai le monde ! Un jour...

— Maman !

Elle me gonfle.

— Victorine, ça suffit. Tu es chez moi, donc tu te plies à mes règles.

— Aller sur des sites de rencontres pendant le confinement et flirter à distance, c'est pas une règle mais une raison de plus pour finir en asile psychiatrique !

— Merci ! répond-elle, choquée.

— Je parle pour moi. Avoir cette conversation avec toi est déjà amplement suffisant.

— Tu veux savoir ton problème ?

— Non.

— Tu es coincée, Victorine. Vieille fille et coincée. J'ai l'impression que tu ne t'es pas lavée depuis deux jours... et enlève-moi ce pyjama !

— On est dimanche ! Et toi aussi, tu en portes un.

— Une nuisette sexy, nuance ! J'ai un *date* dans quelques minutes, je veux que mon rencard voie le meilleur.

Oh non, elle ne va pas s'y mettre, elle aussi.

— Comment ai-je pu, moi, si libérée et si vivante, accoucher d'une fille aussi gauche ? J'ai dû me louper.

— En m'appelant Victorine, peut-être...

— C'est ton père qui a choisi le prénom.

— On ne parle pas de papa, paix à son âme. C'est facile d'accuser les morts.

— Eh bien il n'avait qu'à rester, après tout, il aurait pu se défendre.

— Tu crois qu'il l'a voulu, son cancer ?

— Ça ne m'étonnerait pas que, là où il est, ça l'arrange de ne pas participer à cette conversation, lui qui ne voulait jamais prendre part aux conflits !

— Tu es... Tu es...

— Grande ? Belle ? Intelligente ? Ne cherche plus, ma chérie : la nature est injuste. Enfin, tu dois bien avoir un peu de moi quand même.

— J'espère bien que non.

OK, arrêt sur image. Ça peut paraître étrange vu de l'extérieur, mais ma mère et moi avons toujours communiqué ainsi. Ça doit être notre façon de nous dire « je t'aime ». Malgré ses bizarreries, quand je l'ai appelée il y a quinze jours pour lui dire la vérité sur ma situation, elle n'a pas fait de commentaire. Elle a juste déboulé chez moi le soir même, à 23 heures, et m'a dit :

— Maintenant, on arrête les bêtises. J'ai la voiture et la remorque en bas. On vide ton appartement, tu viens vivre à la maison à Chartres, et on verra plus tard. Ton proprio sera si content que tu partes qu'il ne te demandera peut-être pas les trois mois de préavis et te laissera tranquille.

Je n'avais pas la force de protester, j'avais trop pleuré les dernières fois en réalisant que, mon compte bancaire étant en pleine expansion – côté négatif –, je ne pouvais plus payer le loyer car je dépassais l'extrême limite de mon découvert autorisé, négocié âprement. On a vidé l'appartement, fait un voyage chargé en camionnette, et à 6 heures du matin, ma mère m'offrait une bière dans son jardin. C'était sa façon à elle de se changer les idées et de me dire qu'on n'en parlerait plus. On passait à autre chose.

Pour elle, tout est dans la façon de rebondir. Une contrariété ? Pas de souci, on met un petit mouchoir dessus et, hop, on passe à autre chose. Les démons sous le lit et les sorcières dans le placard ? Ils n'ont qu'à y rester. Pour maman, c'est simple : il suffit de ne pas s'attarder sur le problème. Et j'avoue qu'au stade où j'en étais ça m'allait très bien.

Lucifer passe devant nous et j'ai l'impression qu'il me regarde avec un air écœuré. Je deviens folle, je pense. Ce chat m'inquiète, mais moins que le tournant que prend ma vie.

Aujourd'hui, deuxième semaine de confinement et début du plan machiavélique de mon boss pour me gâcher la vie : me faire bosser en binôme. J'ai une réunion téléphonique avec Bob. Comment peut-on s'appeler Bob ? Dixit celle qui s'appelle Victorine.

Je mets quinze minutes à me connecter, mon ordinateur portable ayant décrété qu'il ne trouvait pas le Wifi. Disons aussi que j'ai passé le week-end à essayer de remettre l'écran dans le bon sens, mais dommage collatéral : j'ai perdu une grande partie des raccourcis clavier. L'informatique n'a-t-elle pas été créée pour aider l'homme et lui faciliter la vie ? J'ai l'impression que c'est le début de la domination de la machine sur l'homme. Will Smith avait tout faux avec *I, Robot*. Ce ne sont pas des robots humanoïdes qui prennent le dessus, c'est plus insidieux : c'est l'ordinateur lui-même. Pas de main, pas de bras, pas d'œil, juste un clavier et un écran terne. Les PC nous ont asservis, lentement mais sûrement, et il est trop tard pour faire machine arrière.

— Bon, allez, on s'y met. Tu as des idées ? me demande Bob après avoir fait semblant de ne pas être agacé par mon quart d'heure de retard.

— Des idées ? Comment ça ?

— Ben... tu as dû y réfléchir ce week-end, non ?

— Oui, bien sûr.

— Tu n'y as pas réfléchi, c'est ça ?

— Si, si.

— Écoute, Vic, on gagnera en temps et en efficacité si tu te montres honnête. Ce projet ne t'emballe pas, hein ? Je peux comprendre. Tu sais, moi-même...

— Ah, toi aussi tu trouves ça nul le retour des fenêtres à guillotine ?

— Euh... non, car à la base c'était mon projet. C'est pour ça que Dylan m'a mis dessus.

Mince. Je m'en sortirai pas avec une pirouette, là.

— Oh, pardon. Ce que je veux dire, c'est que c'est sympa mais, bon, il y a du boulot, quoi.

— Oui, c'est le principe d'un travail, Vic. Après, je comprends que tu n'y arrives pas puisque ce n'est pas ton projet. Quand je suis arrivé dans la boîte, j'ai dû travailler sur les fermetures invisibles et, au début, je n'y croyais pas du tout, c'était très dur.

— Mais ça marche super bien pourtant.

— Oui, c'est justement ce que je veux te dire. Parfois, c'est la chose à laquelle tu crois le moins qui t'emmène le plus loin.

— Tu dois avoir raison. Je vais m'y mettre, promis. Je me demande par où commencer, c'est tout.

— On ne sait pas combien de temps va durer le confinement, on ne sait même pas si la boîte va s'en remettre à cause du manque à gagner, alors il vaut mieux y croire et continuer d'espérer plutôt que regarder le navire sombrer sans rien faire, tu ne crois pas ?

— Tu dois avoir raison. Disons que je suis plutôt du genre à partir en voyage avec le gilet de sauvetage et à attendre sur le radeau que la catastrophe survienne.

— Alors tu es servie : la catastrophe est là et on est sur le radeau. Il faut maintenant rejoindre la rive.

Je ris car il n'a pas tort. On parle pendant une heure, sans vraiment avancer. Finalement, ça me fait penser à autre chose et le temps passe vite.

— Bon, on travaille chacun là-dessus pour demain et on se rappelle à la même heure, ça te va ? me demande Bob au bout d'un moment.

— Oui, pas de problème. Et cette fois j'aurai plein d'idées sur la communication.

Enfin j'espère... Alors que je fais le geste d'éteindre mon ordinateur, Lucifer passe soudain sur la table. Je me méfie et protège aussitôt mon clavier en mettant les mains dessus. Lucifer me regarde d'un air de pitié, pose son gros derrière à côté du PC et fait comme si de rien n'était en se léchant les pattes.

— Mouais, genre tu n'allais rien faire...

— Oh, merde, lance une voix depuis mon ordinateur.

Je regarde l'écran et aperçois le caleçon de Bob en gros plan. J'écarquille les yeux devant les canards jaunes et la connexion s'interrompt brusquement, sans que j'aie le temps de préciser que ma phrase ne lui était pas destinée : Bob vient de mettre fin à la conférence vidéo. Mon malaise grandit tandis que je regarde bêtement mon fond d'écran. Antoine et moi en vacances au ski. Pourquoi ai-je encore cette photo, moi ? C'est incroyable, il faut que je voie un homme en caleçon pour m'apercevoir enfin de ce détail !

Je vais sur Internet et cherche une image qui pourrait me convenir, mais l'heure tourne. Je n'ai pas encore lu mes e-mails, ni rappelé les clients que je devais joindre. Je n'ai toujours pas trouvé de fond d'écran ni envoyé de message à Bob pour rompre le malentendu. Cela dit, son caleçon est rigolo. Et il a de belles cuisses...

— C'est ça, tu vas me faire croire que ce sont ses jambes que tu as regardées ? me dis-je à voix haute pour me sermonner.

Je crois que je suis en manque. Peut-être que ma mère a raison et que je devrais m'inscrire sur un site de rencontres. « Site de rencontres » et « mère » dans la même phrase me fait prendre conscience de ma folie passagère.

Je décide de procéder par ordre de priorité. Premièrement, ce fond d'écran n'est vraiment plus possible. Je prends mon téléphone, m'allonge sur mon lit et me décide pour un selfie. Erreur. La caméra en mode selfie n'est vraiment pas de qualité et la résolution de l'image est mauvaise – ce qui doit renforcer mon côté terne et mon air épuisé. Je remets le smartphone dans le bon sens et prends une série de photos, pour m'apercevoir que je l'avais laissé en mode selfie ! J'ai donc dix clichés de Lucifer en train de mâchouiller mon câble d'ordinateur, juste sous mes yeux.

— Idiot de chat ! Descends de là.

Je lui jette un oreiller dessus, mais la bête a été plus rapide et est sortie de ma chambre, laissant ses poils roux voler dans un nuage de substances allergènes.

Je constate cela dit qu'il est plus photogénique que moi ; je ferai donc de lui mon fond d'écran et ce sera comme une menace personnelle pour les prochaines années : « Si tu ne prends pas les bonnes décisions, tu retourneras chez ta mère avec le chat des Enfers. »

Je bosse tout l'après-midi, mais rattraper mon retard s'avère compliqué. À 19 heures, ma mère passe la tête dans ma chambre et me tend un verre de vin.

— Tiens. Quitte à avoir une vie pourrie, autant qu'elle soit enivrante.

Je n'ai pas le courage de protester et accepte le verre. Je continue de bosser pendant deux bonnes heures, ma mère passe de temps en temps me ravitailler en vin sans que j'aie à décoller la tête de mes e-mails.

Quand elle vient m'annoncer que la bouteille est finie et qu'il faudrait que je mange, je m'inquiète de mon niveau d'ébriété.

— Et alors ? Tu comptes prendre la route ? me demande-t-elle, sarcastique.

— Non, mais je me demande si je n'aurais pas dû relire deux fois mes messages avant de les envoyer.

— Mais non, tout ce que l'on fait, c'est par instinct. Ne jamais se méfier de son instinct ! La seule chose honnête avec toi sur cette terre.

— Oui, eh bien mon instinct me dicte de relire mes e-mails et de ne plus boire.

— Viens dîner avant.

— Je dois envoyer un texto important.

— À qui, un client ?

— Non à un collègue. Il y a eu un moment gênant tout à l'heure et je dois lui envoyer un message que je repousse depuis ce matin.

— Ah, ah, intéressant ! Raconte.

Elle s'installe sur mon lit, sans aucune gêne ni aucun respect pour mon espace intime. Une nouvelle preuve qu'il faut toujours tourner sa langue dans sa bouche avant de parler après avoir ingurgité une demi-bouteille de vin ! Comme elle me harcèle, je lui relate mon anecdote, qui ne semble pas l'intéresser tant que ça.

— Oui, il bosse en chemise et en caleçon. Rien d'anormal, j'ai vu aux informations à midi que beaucoup le faisaient.

— Ce n'est pas le problème. Le problème, c'est ton chat !

— Ah, nous y voilà : ça lui retombe toujours dessus.

— J'ai laissé entendre à Bob qu'il comptait faire un truc louche, mais je m'adressais à Lucifer !

— Eh bien, pour une fois, ça mettra un peu de piment dans ta vie. Allez, viens dîner, j'ai fait des courgettes.

— Encore ?

— Oui, tu as des kilos à perdre.

— Maman, je mesure un mètre soixante pour cinquante-cinq kilos. Ça va, non ?

— Tout le monde va grossir avec le confinement, tu seras bien contente dans quelques semaines de ressembler à une sirène quand tous seront énoooormes. Demain, séance de sport dans le jardin. Tu ne peux plus y échapper, il y a du soleil. Ma maison, mes règles, n'oublie pas.

Comment l'oublier ? Bon, elle ne m'a jamais fait le moindre commentaire sur le départ d'Antoine, hormis un « bon débarras », ni sur la mauvaise gestion de mes finances. Mon installation ici est l'occasion pour elle de « reprendre sa fille en main », comme elle aime le répéter à longueur de journée.

Je descends manger mes courgettes comme quand j'avais 10 ans, insouciante, idiote, sans me méfier de ma dysfonctionnelle de mère. Erreur.

Journal d'une chatte en confinement

Étape 3 : leur montrer de quoi je suis capable, héhé (rire sadique).

Je ne comprends plus rien.

La vieille a crié ce soir : « Youpi, c'est le week-end ! »

C'est le drame. Elle ne sortira pas faire des courses et va rester H-24 chez moi à glander...

Très très mauvaise domestique, d'ailleurs. Il faudra que je songe à en changer. J'ai miaulé pendant une heure ce matin, mais rien n'y fait, elle est idiote. Au milieu des quatre cent vingt-six croquettes de ma gamelle, on voyait le fond ! Il manquait les quatre dernières qui comblent le bol. Elles veulent clairement m'affamer ; il était temps que j'agisse.

Je suis donc sortie et revenue avec mon « offrande ». Bon, j'avoue, je comptais prendre un petit lézard et j'ai trouvé un gecko assez balaise. J'ai pensé que le message serait d'autant plus clair quand je lui arracherais la tête sous leurs yeux. OK, j'ai pas super bien géré, il m'a fait le coup du mort et s'est enfui dans la chambre de la jeune...

Elle a crié, la vieille a ri – elle n'est peut-être pas perdue, celle-là, je vais essayer de la rallier à ma cause –, et puis la jeune a pris un chiffon et a jeté mon repas par la fenêtre... depuis le premier étage... Ce sera de la charpie !

J'ai galéré à monter le gecko dans la gueule, et l'autre, elle balance mon jouet en deux minutes. Je me vengerai, cette nuit, je ferai pipi dans ses chaussures.

En ce moment, la jeune râle et dit qu'elle veut se casser, vivre loin de sa mère. Se confiner ailleurs.

Intéressant. Je sais pas ce que ça signifie, mais peut-être que j'aurai mes quatre cent trente croquettes quotidiennes, là où elle va partir. À surveiller. Je la suis partout depuis ce matin, mais elle m'a crié dessus quand elle est tombée dans les escaliers en essayant de m'éviter.

Navrant.

Pour le coup, je vais dormir. Je verrai si je descends chercher un nouveau lézard. Ou un serpent. Elles vont bien finir par comprendre, c'est sûr. Hier, j'ai grignoté le câble de l'ordinateur, mais la jeune m'a grillée avant la fin du sabotage.

Demain, je dominerai le monde ! C'est sûr, ce sera demain ! Ou alors dimanche... C'est bien aussi, dimanche...

Je ne lui parle plus. Combien de temps vais-je tenir dans cette maison, à Chartres, à croiser ma mère et à cohabiter avec sans lui parler, quand on est isolées du reste du monde ? Je n'en sais rien. Mais avec son chat dangereux, c'est fini !

Elle a osé. Elle m'a laissé aller dîner l'autre soir pour voler mon téléphone et envoyer un message à Bob. Comment connaît-elle mon code de déverrouillage ? Je suis a priori trop prévisible, et la troisième semaine de confinement a sur ma mère des conséquences inquiétantes. Elle s'ennuie donc elle se mêle de la vie des autres et se transforme en espionne soviétique prête à tout pour obtenir des informations.

`Joli caleçon, mais je préfère les éléphants aux canards ;)`

Avec un smiley clin d'œil ! Il a l'air lubrique, en plus, ce smiley. Je me demande si, par téléphone, le médecin accepterait de me prescrire les antidépresseurs que j'ai pris après le départ d'Antoine. Certainement, beaucoup doivent en avoir besoin, d'ailleurs. Surtout ceux qui cohabitent avec leur mère.

1. Démissionner
2. Aller vivre sous un pont.

Voilà mes deux objectifs à la levée du confinement.

J'ai arrêté de regarder les informations, c'est trop anxiogène, ce compteur indiquant le nombre de morts par jour. Non, mais dans quel pays vit-on ? La dernière fois que j'ai regardé BFM, j'ai compris qu'on était loin d'en avoir fini. Sachant que je ne peux pas faire le mur comme quand j'étais ado, pas mettre fin à mes jours par overdose de courgettes, pas partir à l'étranger, ni aller pleurer chez des amis... il ne me reste aucune option. Je suis coincée avec ma mère – et son chat –, avec moi-même et mes problèmes existentiels.

J'essaie de me gaver de chocolat pour au moins réussir ma crise de foie, mais c'est ma mère qui fait les courses et elle n'en achète plus depuis qu'elle en a retrouvé sous mon oreiller. Oui, sous prétexte de faire mon lit, elle fouille aussi ma chambre ! C'est un mauvais rêve, ce n'est pas possible autrement. Sans le savoir, je suis montée dans une DeLorean et me suis retrouvée dans le passé, à l'époque horrible de mon adolescence. Pour acheter ma tranquillité, malgré le fait que je ne lui parle plus, je la suis tous les matins pour faire du sport dans le jardin.

Cette femme n'est pas humaine. Peut-être que moi non plus, et je vais bientôt m'en apercevoir ? On a des super pouvoirs qui se déclenchent vers quoi, 30 ans, c'est ça ? Donc plus qu'un an à tenir. Quand les sœurs Halliwel ont-elles su qu'elles étaient des sorcières ? Salem doit le savoir, lui, vu qu'il passe ses journées à me surveiller. J'ai cru pouvoir en faire un complice, au début, en regardant des vidéos avec lui, le soir, mais en fait, c'est un espion à la solde de ma mère. Je ne dois pas lui faire confiance... et surtout, je dois reprendre mes cachets pour quand je fais des crises d'angoisse. Je crois que je suis en train d'en faire une belle : j'appelle maintenant Lucifer Salem... S'il se met à me parler, je me jette par la fenêtre.

J'essaie de me calmer en visionnant une série idiote sur mon téléphone, mais c'est plus fort que moi, je relis pour la trentième fois mes échanges avec Bob, qui ont suivi le texto envoyé par ma mère – cette usurpatrice d'identité – quand il a répondu :

Je suis désolé. Ce n'était pas de la provocation ou du harcèlement. Je ne voulais rien faire, j'ai juste pensé que tu ne verrais jamais le bas et j'avais chaud en pantalon chez moi.

Aucun souci, excuse-moi pour ma phrase, je parlais au chat !

Ton chat porte un caleçon canards ?

Quelle horreur, ça allait de mal en pis...

Non ! Je n'avais pas encore vu ton caleçon à ce moment-là. Et le message sur les éléphants... oublie-le.

Je ne pouvais quand même pas lui dire que c'était ma mère, non ? C'est pire, je crois, ça fait mytho qui n'assume pas.

Encore désolé. Je suis en couple. D'ailleurs c'est compliqué, en ce moment.

Là, je n'ai pas compris. Il croyait que je le draguais, c'est ça ? Oui, forcément, vu l'allusion à la trompe d'éléphant.

Au moins, avec ce genre d'élément en plus, la réflexion sur ma démission serait vite menée.

Je lui ai souhaité bon courage et nous n'en avons plus reparlé. Pour déculpabiliser, j'ai bossé comme une folle sur la partie marketing de notre projet – le développement de ces saletés de fenêtres. Depuis, lors des quelques conférences vidéo que nous avons faites, aucun de nous n'a abordé le sujet et nous sommes bien plus productifs, comme si j'étais soudain devenue une passionnée de « guillotines ».

D'ailleurs, Bob se débrouille toujours pour se lever ou s'asseoir durant la réunion, afin que je puisse bien remarquer qu'il porte un pantalon.

Aujourd'hui, nouveau point avec l'équipe : chaque binôme doit présenter l'avancée du dossier qui lui a été confié.

Je m'installe dans le salon, car il fait très chaud dans ma chambre et j'ai besoin d'espace pour étaler mes papiers. Ma mère me prévient qu'elle a prévu de se faire bronzer dans le jardin. Je ne vois pas le rapport, mais comme je ne lui parle plus, je ne peux pas lui poser la question.

Le début de la réunion est d'un ennui incroyable, et la nouvelle phrase de Dylan me plaît encore moins que les précédentes.

— Et *listen* : « Derrière chaque lion se cache un lionceau qui a tété sa maman. »

Où est-il allé la chercher, celle-là ? Je le soupçonne de l'avoir inventée.

Vient notre tour de présentation. Bob décrit notre avancement avec autant d'entrain qu'un enfant qui fait ses devoirs. Autant vous dire que manger des brocolis est plus réjouissant que d'écouter son monologue monocorde ! J'ai l'impression qu'il va décéder à chaque fin de phrase. À voir la tête des autres à l'écran, je ne suis pas la seule à penser cela. Dylan semble carrément se désintéresser du sujet en inspectant les cuticules autour de ses ongles.

Je suis à deux doigts d'intervenir tant le supplice est insupportable quand je vois leurs visages à tous se décomposer. Bob n'a pas l'air sur la même longueur d'onde, tant il semble dans un monde parallèle, comme sorti de son corps, en pleine expérience paranormale. Tout à coup, il s'arrête, bégaie, puis finit par se taire, l'air ahuri. Je ne comprends rien et essaie de voir sur chaque écran ce qui a pu les mettre dans cet état catatonique.

L'angoisse me prend à la gorge comme si la fin du monde était annoncée – l'état ubuesque de la situation à l'international n'étant plus à prouver en ce moment. C'est Dylan qui finit par reprendre la parole. Les autres respirent enfin et leur pouls repart.

— Vic, qui est cette jeune dame derrière toi ? Ton « amie » ?

Je les regarde sans comprendre, puis l'information, s'insérant lentement en moi, finit par atteindre mon cerveau. Les signaux d'alerte sont tous au rouge, je me retourne d'un seul bloc. Non, elle n'a pas osé !

— Coucou, ma chérie. C'est sympa de te voir travailler avec toute ton équipe. Bonjour, les jeunes !

Sans me retourner j'entends des « bonjour » polis sortir de l'ordinateur, certains choqués, d'autres joyeux, un particulièrement hilare.

— Mais c'est pas vrai ! Soooooors ! Va dans le jardin, où tu veux, je m'en fiche, mais laisse-moi travailler ! Pars loiiin !

La fin de ma phrase n'est plus qu'une supplique de panique.

— Eh bien, au moins tu me parles de nouveau, c'est agréable. Je vais dehors, chérie. Au revoir ! lance-t-elle en se penchant pour voir l'écran et en agitant frénétiquement la main.

— Habille-toi ! m'entends-je crier quand elle sort par la baie vitrée dans le jardin, sur lequel donnent les balcons des maisons mitoyennes.

Mon cœur bat à cent à l'heure, je crois sincèrement que l'Apocalypse m'aurait fait moins d'effet que ma mère se promenant entièrement nue derrière moi pendant ma réunion. Je me retourne lentement, cette fois-ci. L'angoisse m'envahit, accentuée par le silence des collègues.

— Désolée... ma mère... elle...

— C'est rien, c'est rien, me rassure Dylan d'une voix apaisante. Ce sont des choses qui arrivent. Enfin, pas souvent, mais ça doit bien arriver parfois. De toute façon, à situation exceptionnelle... situation exceptionnelle ! Bon, merci, Bob, pour ce... cette... ta présentation, quoi. On va peut-être arrêter la réunion, hein ? Sof et Quentin nous débrieferont leur projet plus tard. Enfin demain.

Tout le monde acquiesce, semblant avoir du mal à retrouver l'usage de la parole. Chacun quitte la réunion au fur et à mesure, et je reçois un message de Dylan sur le tchat, qui me demande de rester connectée. Je suis foutue. Je n'aurai même pas réussi ma démission puisque je vais être virée !

Je retiens mon souffle et Dylan prend la parole doucement, comme on s'adresse à un enfant de 5 ans :

— Vic, si tu as un souci, on peut en parler. Si ta maman vit chez toi, on peut l'aider à trouver un logement après le confinement. Ou peut-être qu'elle a besoin, tu sais, d'un... soutien psychologique.

Qu'est-ce qui est pire : qu'il pense que ma mère vit chez moi ou qu'il la croie déficiente mentale ? Je devrais lui laisser croire qu'elle l'est, ça me sauverait la mise. Sauf que, si elle l'apprend, elle sera capable du pire, et je ne sais pas combien de temps ce confinement va durer. Je ne veux pas me mettre l'ennemi à dos plus qu'il ne l'est déjà. Trop risqué. Et je n'ai pas assez d'antidépresseurs pour gérer.

J'explique à Dylan que j'ai dû rendre mon appartement parisien, et que comme il était trop tard pour en chercher un autre avec l'annonce du confinement, je suis allée, dans l'urgence, m'installer chez ma mère à Chartres. Mensonge amoindri.

Je précise qu'elle est plutôt excentrique, et que son attitude lui a permis de se venger d'un différend que nous avions eu. Je trouve mes propres explications idiotes au moment où je les prononce. Moi-même, je n'y croirais pas, mais Dylan n'insiste pas et semble réellement inquiet.

— OK. Je me plaignais d'être coincé avec femme et enfants – nous sommes à deux doigts de faire adopter notre adolescente – mais, finalement, la situation de chacun est compliquée. C'est important de comprendre que c'est difficile pour tous et de savoir écouter, ça rend moins égoïste. Si je peux faire quoi que ce soit… On a un très bon psychologue partenaire, si tu en as besoin, il consulte en ligne.

— Non, merci, Dylan, elle ne voudra jamais.

— Je parlais pour toi. Ça ne doit pas être évident ce que tu vis. Tu peux m'appeler pour en discuter ou appeler un professionnel, les frais seront pris en charge par la boîte.

Bravo. J'ai gagné le pompon ! J'ai remonté le moral du patron en lui exposant ma vie pitoyable, c'est déjà ça. Au moins, je ne suis pas virée et je garde mon salaire. Si cette situation s'arrête un jour, je peux espérer retrouver un appartement et partir loin de cette Kryptonite qu'est ma mère ! Je demande au moins cent fois à Dylan de m'excuser, le rassure quant à ma capacité nerveuse à poursuivre sans lâcher et le remercie de ne pas me mettre à la porte, ce qui le fait sourire – il ne semblait pas avoir eu une telle idée.

Journal d'une chatte en confinement

Étape 4 : prendre sur moi.

Pour ceux qui ne le savent pas, nous, les chats, adorons nous ennuyer. Malheureusement pour moi, les deux frappées en ont décidé autrement...

J'ai donc été inscrite à un cours de danse. Déprimant.

La vieille a décidé qu'elle allait m'enseigner les principes de base.

Je rame, mais je rame... J'essaie de faire semblant de la suivre pour l'amadouer, mais décidément, y a un pas que je ne retiens pas.

Bon, reprenons, où en étais-je de ma conquête du monde ?

C'est sûr qu'en jupon je suis beaucoup moins crédible, maintenant ! Va falloir tout recommencer. Les chats du quartier se moquent de moi dès qu'ils entendent une musique salsa !

Cette nuit, j'ai essayé de filer les chocottes à la jeune. Je l'ai regardée fixement, de près, pendant qu'elle dormait...

Elle a ouvert les yeux et je lui ai soufflé mon haleine de croquettes sur le nez. Elle a crié, j'ai ri.

Soyons honnêtes : mes plans n'avancent pas vite.

J'ai cru comprendre qu'elles seraient chez moi jusqu'au 11 mai... J'ai aucune notion du temps, mais je sens que ça va être long, trop long. Faudrait que je songe à augmenter le loyer. Je vais passer à cinq cent trente croquettes par jour, ça sera un bon début.

Bon, je dois y aller. J'ai cours de yoga à 19 heures, et si je commence en retard, ensuite, je suis paumée.

Après-demain, je dominerai le monde. Oui, c'est ça, après-demain, car demain il y a salsa de 10 heures à midi.

N'oubliez pas : méfiez-vous !

La conquête du monde a commencé, héhé (rire démoniaque).

Déprimant. Ma mère fait tout pour ignorer mes réprimandes. On dirait une enfant mal élevée. Faudrait que je songe à en parler à mamie, d'ailleurs, qui a été trop laxiste. Si je trouve un jour quelqu'un qui veut bien de moi – malgré ma folle de mère – et que nous avons des enfants, il faudra clairement que je me renseigne sur les principes d'éducation fondamentaux, afin d'être certaine qu'ils ne se trimballent jamais à poil devant le patron d'un autre !

Elle a décidé qu'elle ne s'adressait plus qu'au chat. Elle prend des cours de danse en ligne, car l'école où elle est inscrite envoie une vidéo par semaine aux adhérents pour qu'ils pratiquent et ne perdent pas leurs acquis. Vu comme je l'entends râler, Lucifer doit être un piètre danseur.

Pour ma part, je me suis inscrite à des cours de yoga… Je n'ai trouvé que ça pour canaliser mon trop-plein de je ne sais quoi. Bon, je ne suis pas souple, c'est le premier constat, et pas patiente non plus, c'est le deuxième. Lucifer s'en sort mieux que moi dans certaines positions qui semblent avoir été créées pour les chats qui se prélassent au soleil – pas pour une femme en pleine crise existentielle, dont la dépression latente ne demande qu'une bonne occasion pour surgir.

J'hésite à refuser le steak de tofu que ma mère me prépare. Et si je me lançais dans une période de jeûne, pour protester contre une éducation loupée ?

Maryssa, une de mes collègues, m'appelle sur mon portable. C'est inquiétant, elle ne me contacte jamais. Enfin, c'est une bonne occasion pour quitter la table sans me faire taper sur les doigts.

— Je voulais te dire que je trouve ça génial !

— Quoi donc ?

— Cette relation avec ta mère ! Que tu t'en occupes comme ça...

Et allez, encore une qui pense que ma mère est toquée.

— Vous vous êtes pris la tête, c'est ça ? C'est une vengeance ?

Waouh, Maryssa remonte dans mon estime. Comment a-t-elle deviné ?

— On faisait pareil avec ma mère, enchaîne-t-elle. Comme des sœurs : inséparables mais tout le temps à se crêper le chignon.

Elle me raconte alors quelques anecdotes et je ris de bon cœur. Je lui explique ma situation, sans lui évoquer le texto qu'elle a envoyé à Bob, mais Maryssa me pose tellement de questions que je finis par lui raconter. Et une question en entraînant une autre...

— Excellent ! Tu sais qu'il s'est séparé de sa copine ? C'est Franck qui me l'a dit.

— Franck ? Il connaît Bob ?

— Ben oui, ils sont arrivés ensemble il y a trois ans. C'est d'ailleurs Franck qui a fait entrer Bob dans la boîte, il me semble, ou l'inverse. Toujours est-il que Bob n'est plus avec sa copine. Ça allait déjà mal, mais le confinement a été le point final à leur histoire. Ça ne faisait même pas un an qu'ils étaient ensemble et elle l'a trompé.

— Oh ! Mais comment sais-tu tout ça ?

— Parce que Franck et moi… on se voit un petit peu, quoi.

— Vous vous voyez ?

— Ben oui, tu sais, les soirées tous les derniers jeudis du mois où tu ne viens jamais… On fait des karaokés, on va dans des bars sympas du quartier. Un soir, on s'est rendu compte qu'on s'aimait bien avec Franck… On a vachement de points communs. Enfin, disons qu'on a commencé à s'en rendre compte quand le confinement est arrivé. Donc, concrètement, on ne sait pas trop. Surtout qu'on n'a jamais… enfin tu vois, quoi.

— Échangé vos arobases ?

— Voilà, c'est ça ! rit-elle. On parle tous les soirs à la même heure en visio.

— Waouh, et vous faites chauffer la 4G…

— C'est un peu ça.

Je l'imagine rougir à l'autre bout de la ligne.

— Il faudrait que je vienne un jeudi soir pour me faire une meilleure idée de Franck, en dehors des conférences vidéo.

Il a les dents du bonheur et un début de calvitie. C'est vrai qu'il a l'air gentil, et c'est un des seuls de la boîte à continuer de me parler comme si j'étais intéressée par les stratégies à court et moyen termes de l'entreprise. En bref, il est naïf.

Le confinement a des effets étranges sur tout le monde. Quand certains couples se séparent, d'autres se forment, certains se rendant compte que l'horloge biologique tourne et surtout que le physique ne fait pas tout. Le charme, l'humour et la complicité sont des ingrédients incontournables d'une bonne entente, comme les glaçons dans le rosé ou les Doritos avec le guacamole – entre autres.

On discute encore quelques minutes, sans parler une seule fois boulot, ce que je trouve très agréable et ce qui me surprend. C'était une de mes appréhensions et une des raisons pour lesquelles je n'allais jamais à ces soirées mensuelles.

— Si tu ne manges pas tes courgettes, tu les auras au goûter et tu les mangeras froides ! crie ma mère depuis la cuisine. J'en ai maté des plus coriaces que toi ! poursuit-elle. Mais que suis-je bête, c'était toi enfant...

Maryssa pouffe de rire et je souris malgré moi devant l'opiniâtreté de ma génitrice.

— Profite, je te dis, me conseille Maryssa.

— Et toi, comment va ta maman ?

— Elle est morte il y a un an maintenant.

Journal d'une chatte en confinement

Étape 5 : faire croire que l'on se rend
et leur faire baisser la garde.

Que ne faut-il pas faire pour domestiquer cette sous-espèce animale qu'est l'humain !

Elles me trouvent mignonne, ah oui ? Je vais leur en donner du mignonne, moi.

J'en peux plus de ce confinement, elles sont encore chez moi et grignotent mon espace vital. Ça va durer jusqu'à quand, ces histoires ?

Ils doivent pas avoir de chat, au gouvernement, sinon mon collègue les aurait tous virés depuis longtemps, c'est sûr.

Faut que je prenne les choses en main : je vais devoir éduquer mes collègues moi-même !

Conseils aux chatons novices :

- *Laisser son ventre bien en vue pour qu'ils aient envie de le caresser et, hop, leur arracher l'avant-bras !*
- *Miauler la nuit, en pleine phase de sommeil profond, entre 2 heures et 4 heures du matin, en ouvrant grand*

sa gueule – ça fait plus de bruit. Cette méthode a le double avantage de leur faire peur et de les faire culpabiliser : ils pensent qu'il n'y a plus de croquettes ou d'eau dans la gamelle et se lèvent pour vérifier. Quand ils s'aperçoivent que tout est normal, deux méthodes conseillées :

  - *Courir vite se planquer sous le lit.*
  - *Faire croire qu'on voulait autre chose – rentrer dans la seule pièce de la maison dont la porte est fermée par exemple.*
  - *J'aime aussi la variante qui consiste à fixer un point invisible pour leur faire croire qu'on a vu un fantôme... Le doute dans leurs yeux est tordant de rire. Mais qu'ils sont bêtes...*

- *Faire semblant de jouer avec une ficelle ou un truc sympa qui pend – un fil du pull qu'ils portent, c'est le top – et en profiter pour leur planter les griffes dans la peau.*
- *Manger le plus possible de croquettes sans mâcher afin de recracher un cône de croquettes devant la porte de la salle de bains ou au pied du lit – plus efficace s'ils sont pieds nus – sans oublier de partir en courant.*
- *Être introuvable quand ils appellent pour un câlin.*
- *Se montrer joueur quand ils recherchent le calme.*
- *Dormir sur l'oreiller afin qu'ils développent une allergie aux acariens – arme fatale : les poils, servez-vous-en !*

Et le meilleur pour la fin :

- *Laisser des poils partout sur les affaires de la jeune, la griffer régulièrement, lui cracher dessus à l'occasion. Dès que la vieille arrive, prendre un air adorable, triste, vulnérable... Vous serez tranquille pendant quelques heures, le temps que la crise familiale explose.*

Je vous laisse, elles vont manger, c'est l'heure pour moi de faire ma toilette, puis de recracher mes poils sous forme de boule juste à côté de leur table... Après, j'irai dormir. Former les autres à la domination, c'est épuisant...

J'ai arrêté de me battre. Ça ne sert à rien, cette femme est plus forte que moi. À midi, c'est courgettes à la plancha aux petits oignons caramélisés – c'est vrai que c'est assez bon. Depuis une semaine, elle cuisine tout à la plancha dans le jardin. Ça confère aux plats un air estival. Problème : il pleut régulièrement depuis plusieurs jours et elle s'obstine. Je dois lui tenir le parapluie pendant qu'elle cuisine. C'est le charme de la vie avec ma mère. Ou pas.

On se croirait dans une publicité dont le message serait « Carpe diem ». Sa phrase préférée, c'est : « Il ne faut pas attendre que la pluie cesse pour danser, mais apprendre à danser sous la pluie. » D'ailleurs nous l'avons fait, littéralement. Lors du dernier cours de salsa – que j'ai suivi avec elle –, il fallait faire une *rueda* deux par deux, je me suis donc retrouvée embarquée pendant son heure de classe virtuelle. C'était folklorique ! Déjà, une *rueda* à deux, c'est impossible. Mais c'était très drôle au final, car le prof avait tout de l'organisateur de club de vacances. Il s'est soudain mis à pleuvoir, mais elle a décidé de continuer coûte que coûte. Elle ne voulait pas perdre dix minutes à rentrer l'ordinateur portable. Et puis il était à l'abri, lui, sous la pergola.

Pour une fois, Lucifer a été exempt de cours, le chanceux ! J'ai pris froid, par contre, j'en suis sûre. Ma mère me certifie qu'il n'y a aucun rapport, mais elle m'a fait une soupe de courgettes le soir même pour me réchauffer.

Hier, c'était des courgettes farcies, avant-hier, un gratin de courgettes, demain, des tagliatelles de courgettes... Elle a parlé de changer ce week-end en préparant une ratatouille... à base de courgettes ! Quand je vais à la selle, c'est vert, je commence à m'inquiéter. Ingrate que je suis, je me plains. Peut-être devrais-je plus regarder les informations, pour constater que nous sommes en pénurie, qu'il n'y a plus de légumes à part des courgettes et que ma pauvre mère, pour ne pas m'inquiéter davantage, le prend avec le sourire et me fait croire que c'est son choix, alors qu'en fait elle se sacrifie tous les jours et vend son rein au marché pour m'en rapporter ? Peut-être qu'il faut que j'arrête de regarder les séries noires sur Netflix, aussi. Ou peut-être faut-il que je me débarrasse de Lucifer en pleine nuit ? Au pied d'un orphelinat, par exemple ? Les pensionnaires seraient ravis d'avoir un gentil petit chat pour veiller sur eux. Moi, je ne sais pas apprécier à sa juste valeur celui qui saute sur mon lit à 3 heures du matin, crache sur un démon invisible et repart comme si de rien n'était. Je ne dors plus ! La situation est déjà assez compliquée, pas besoin de ce chat qui prend un malin plaisir à me réveiller toutes les nuits. Je vais en faire de la chair à saucisse !

Le manque de sommeil me rend irritable, et vu que je dors très peu, des idées me viennent pour la campagne publicitaire des fenêtres à guillotine – ce qui prouve ma situation désespérée.

Je triture les courgettes et le steak de soja dans mon assiette comme un enfant capricieux.

— Ils ne vendent plus que des courgettes au supermarché ?

— Pourquoi tu dis ça ? demande ma mère d'une voix aiguë.

— Je me disais que c'était peut-être comme la pénurie de papier toilette… plus aucune tomate, radis, salade, petit pois… Tiens, même des blettes feraient l'affaire.

— Je n'achète pas les courgettes au supermarché, mais chez un petit producteur à la sortie du village. Tu as entendu parler de cette razzia sur le papier toilette ? Les gens sont fous, non ? Si c'était vraiment la fin du monde, le plus essentiel serait donc d'avoir les fesses torchées ?

— Oh, maman, arrête. Alors, ton petit producteur ?

— Tu te rends compte, il y a aussi une pénurie de sucre ! Je voulais essayer un flan de courgettes, je crois qu'il faut en mettre une pointe…

Tout en parlant, elle s'éloigne dans le couloir. Je la soupçonne de me cacher quelque chose. À creuser, cette histoire de courgettes. Les soudaines addictions de mon extravagante de mère ne cachent jamais rien de bon, et celle-ci dure depuis le début du confinement. C'est étrange.

C'est l'heure de ma conférence hebdomadaire avec Bob. Alors que je m'apprête à l'appeler – en avance pour une fois –, je reçois un texto :

`Désolé, j'ai un souci perso. Peut-on s'appeler juste après manger ?`

Je lui réponds :

`Pas de problème, appelle-moi quand tu veux.`

J'en profite pour répondre à mes e-mails. Ma mère passe la tête dans l'entrebâillement de ma porte vers 18 heures et m'apporte un petit verre de porto, mon péché mignon.

— Ça n'est pas un peu tôt pour l'apéritif ? dis-je d'un air soupçonneux.

— Non, jamais pendant un confinement. Il n'y a plus d'heure pour rien. Tu as vu le nombre de gens qui font des apéros virtuels ? C'est génial !

— Oui, le samedi soir à 19 heures, pas en semaine à 18 heures.

— C'est un détail. Je ne vois pas pourquoi il faut s'arrêter à une date ou un horaire précis.

— Pour ne pas devenir alcoolique.

— Quelle importance ? On ne sait pas pour combien de temps on en a, et le nombre de morts ne cesse d'augmenter. Quitte à partir, autant que ce soit en ayant fait la fête.

— Waouh, qui êtes-vous et quand me rendez-vous le corps de ma mère ?

— Tu sais, chérie, parfois c'est à se poser des questions, quand même. Je veux dire : qu'est-ce que l'homme a fait pour en arriver là ? Tu aurais cru cette situation possible, toi ? As-tu vu, au fait, comme le taux de pollution a baissé ? C'est incroyable ! On a la preuve que notre mode de consommation tue la planète, qu'on surconsomme, qu'on gâche, qu'on détruit les ressources, mais ça ne nous empêche pas de continuer. Tu vas voir, bientôt, ce sera masque obligatoire pour tout le monde. On n'est même pas fichus de vivre sur une planète et de respirer correctement...

— Josiane Séraphine Camille, calmez-vous. Je comprends le problème.

— Oh, là, là, on dirait un psy quand tu m'appelles ainsi. Et que comprends-tu ?

— Qu'on va avoir besoin de plus d'alcool...

Voilà comment ma mère et moi descendons une bouteille de porto avec des cubes de melon et du jambon serrano. En parallèle, j'essaie de comprendre d'où lui vient cette mélancolie profonde. Certes, il y a de quoi, dans la situation actuelle. Mais si elle, une optimiste tombée dans un chaudron de bonne humeur à la naissance, en arrive à douter du bien-fondé de l'existence de l'être humain, moi, la dépressive notoire qui voit toujours le fond de la gamelle, je suis foutue. Je m'applique donc à lui remonter le moral. À prêcher pour une paroisse qui n'est pas la mienne, en faveur d'un combat que je n'ai jamais mené : la vie et ses bons côtés.

— Ça pourrait être pire..., s'amuse alors ma mère.

— Pire ?

— Oui, on pourrait avoir voté pour Trump...

Je ne sais pas pourquoi, cette phrase me rend hilare, et nous partons dans une crise de fou rire. L'alcool accentue l'ascenseur émotionnel. On parle de choses tristes, difficiles, on fait des blagues idiotes, des critiques faciles. Le temps suspend son vol, on met enfin des mots sur des angoisses profondes et, finalement, les démons sortent du placard. En fait, ce n'est pas si douloureux.

Non, nous ne vivons pas une période de guerre comme celle que nos grands-parents ont connue, mais les nouvelles générations connaissent la peur du terrorisme, qui peut frapper n'importe où et n'importe quand et celle, désormais, d'un virus, qui se propage plus vite que son ombre, et dont les conséquences sont encore inconnues. Alors, une soirée exutoire, ça fait du bien !

— Je suis désolée, me dit alors ma mère. Je t'ai fait trop boire et ton ordinateur ne fait que sonner.

— Mince.

Je m'aperçois que Bob a essayé de me joindre trois fois. En même temps, il est 20 heures, je ne suis pas censée travailler jour et nuit. C'est l'inconvénient du télétravail, on est à la maison donc il n'y a plus aucune frontière entre le pro et le perso. On franchit les barrières et il est trop tard pour faire marche arrière...

Au début, c'était tout beau, génial de se dire qu'en fait le présentiel n'était pas nécessaire, que travailler depuis chez soi était tout aussi pratique : moins de déplacements et donc moins de pollution mais, honnêtement, même moi qui suis asociale, je donnerais n'importe quoi pour une réunion en chair et en os ! Pour un point en face à face durant lequel, enfin, je pourrais déchiffrer les expressions des autres en voyant clairement leurs visages, je pourrais prendre un cappuccino à la machine à café, croquer dans un des croissants chauds qu'apporte un des membres de l'équipe chaque matin, me retenir de rire quand Dylan galère à écrire au feutre sur le tableau sans en mettre partout sur sa chemise...

Chose très surprenante : mon équipe me manque. Quand j'en fais part à ma mère, elle ne semble pas surprise. Évidemment, rien ne lui échappe.

— C'est normal, ma chérie. C'est quand on vit en autarcie qu'on comprend à quel point les relations humaines sont importantes. Le confinement fait émerger le syndrome de l'enfant gâté.

— C'est-à-dire, docteur ?

— Quand tu as tout, tu ne veux rien, ou du moins autre chose. Quand tu n'as plus cela, tu te rends compte que ça te manque. Dans ton cas, il s'agit des gens.

— Moi ? Mais je ne supporte personne !

— Mais si, voyons, à petite dose, c'est tout. Et tu t'es fait une nouvelle amie, pas vrai ?

— Maryssa ? Je n'irais pas jusque-là, mais c'est vrai qu'on s'appelle beaucoup depuis quelques jours.

C'est devenu un rituel journalier de s'appeler et de se raconter notre quotidien, sa relation avec Franck, mes déboires avec les fenêtres à guillotine et ma mère dysfonctionnelle – mais attachante.

— Tu devrais rappeler ton Bob. S'il a essayé de te joindre plusieurs fois, c'est peut-être qu'il a un souci.

— C'est vrai, mais j'ai la tête qui tourne, j'ai un peu trop bu. Nous n'aurions jamais dû boire du porto, c'est trop fort et sucré !

— Mais non, mais non. Qu'importe le flacon, pourvu qu'on ait l'ivresse. Et rassure-toi, mon cœur, nous finirons peut-être alcooliques mais, grâce à notre cure de courgettes, nous ne serons pas en surpoids ! Je ne sais pas si tu as remarqué, mais tu as perdu. Et je crois même que tu as des abdos qui se dessinent, depuis que tu suis les cours de yoga et ceux de danse avec moi. Il reste juste à faire quelque chose pour tes cheveux et, hop, la transformation en princesse sera réussie.

— Hein ? Mes cheveux ?

— Envoie un message à Bob, dis-lui que tu l'appelles dans une demi-heure.

— Une demi-heure ? Mais pourquoi ?

— Parce que, d'abord, je vais m'occuper de toi ! Ouvre-moi cette bouteille de vin, j'arrive dans cinq minutes.

En prenant mon portable, je lis que Bob s'excuse de me déranger et me demande l'autorisation d'appeler tard car, s'il a eu une journée difficile, il a aussi eu une super idée qu'il aimerait partager avec moi. Le pauvre, il doit croire que je m'en moque complètement ! Une pointe de culpabilité me saisit. Je lui réponds que j'avais éteint mon téléphone et mon ordinateur mais que je suis disponible pour 20 h 30, si c'est toujours bon de son côté. J'angoisse à l'idée qu'il m'en veuille ou qu'il soit déçu de mon manque de réactivité, ou pire : qu'il ait trouvé un autre binôme !

Tout à coup, je m'inquiète des pensées qui tournent en boucle dans ma tête. Moi, angoissée que quelqu'un prenne le relais sur les fenêtres à guillotine ? Eh bien oui, ce projet, c'est mon bébé, mon travail – enfin, celui de Bob et moi – et je ne veux pas qu'une tierce personne le récupère. J'ai de bonnes idées, moi aussi, et je veux les présenter à Bob avant de les exposer à Dylan. Je ne tolérerai pas que quelqu'un me coupe l'herbe sous le pied. Non mais !

— Hein, Lucifer ? On va lui casser la gueule, à celui ou celle qui reprend le projet en duo avec Bob, d'accord ?

— Miaouuuu.

— Tout à fait. À coups de griffes ! On va lui faire comprendre que…

Je n'ai pas le temps de poursuivre cet échange hautement intéressant avec le félin roux que je reçois un texto rassurant :

`Super, je t'appelle à 20 h 30.`

— Bon, ça va, il a compris que j'étais sa seule interlocutrice. Il a raison d'être rationnel, j'étais à deux doigts de lui envoyer le chat pour la nuit !

— Miaou.

— Oui, oui, c'est une torture de t'avoir et de ne pas pouvoir dormir.

Tandis que Lucifer me dévisage, une évidence s'impose à moi.

— Maman ! Je crois que j'ai trop bu !

Journal d'une chatte en confinement

Étape 6 : retourner à l'état sauvage !

J'ai fini par me résigner : elles ne partiront pas tout de suite.

Je suis même devenue philosophe et j'en ai conclu que « si la montagne ne vient pas à Luci, Luci ira à la montagne ». Ou le jardin plutôt. C'est bien, le jardin.

Il faut que je prouve au monde entier que je suis une vraie chasseuse, une chatte de gouttière, que je sais me battre, escalader des murs et affronter les dangers. Ils auront peur, comprendront que je peux dominer le monde et me mettront sur le trône que je mérite.

Elles sont dans le jardin, j'ai pas trop compris pourquoi. Bronzer, paraît-il.

Je les suivrais bien, mais qu'est-ce qu'il fait chaud ! Et puis j'ai croisé le chat du voisin… Lui et moi, on avait clairement défini nos territoires, mais là où elles ont installé leur transat, ben c'est pas trop le mien. Mon collègue m'a regardée méchamment, je crois que ça signifiait :

« Attends qu'elles partent, je te refais la crête façon Iroquois ! »

Note pour plus tard : ne plus aller dans le jardin.

J'ai essayé de me confronter à un arbre. Il paraît que c'est un truc de chat pour fuir l'ennemi.

D'abord, j'ai tenté de faire mes griffes sur le tronc, mais j'ai pas réussi. C'est nul, ce truc, rien à voir avec mon griffoir de luxe ! Impossible d'avoir une accroche et ça fait mal aux coussinets.

Puis j'ai essayé d'atteindre une branche. Y monter, c'est déjà très dur, mais descendre... J'ai dû louper la formation dans mon enfance.

Résultat : je suis restée coincée dans l'arbre et je suis passée pour une quiche. En prime, j'ai dû miauler. Bon, la bonne nouvelle c'est que j'ai pas si mal dressé ma vieille humaine : elle est venue m'aider illico. Elle n'avait pas prévu de se faire arracher les avant-bras au passage, mais bon, c'est pas ma faute : j'ai paniqué.

J'ai vu le chat des voisins, au loin, se moquer de moi. Enfer et damnation : il sait maintenant que, s'il me course, j'arriverai pas à grimper dans l'arbre ! Ou que je devrai attendre qu'un humain vienne m'en descendre. Ça va me décrédibiliser dans tout le quartier, cette affaire.

Alors comme ça, on se moque de moi ? Mais je m'en lave les coussinets ! J'ai ma vengeance : j'ai mangé de l'herbe, au moins six touffes différentes ! Je sens que la purge arrive, j'ai des haut-le-cœur. Héhé, elle va voir, la jeune. Qu'est-ce qu'elle a dit, tout à l'heure ? « Oh, pauvre chaton qui ne sait pas descendre de l'arbre et qui appelle sa maman... »

Je vous laisse, elle se lave et je crois que j'ai une boule de poils coincée dans la gorge. Il faut que je l'évacue devant la porte de la douche...

N'oubliez pas : on se moque, mais le maître, c'est moi ! Enfin, le maître au premier étage de la maison mitoyenne, là, c'est moi.

Quant à dominer le monde, ça viendra... un jour ! Mais pas tout de suite.

Je vais vomir, je me sens pas très bien, tout à coup.

— Luuuciiifer !

C'est pas vrai ! Primo, j'en suis à ma troisième douche de la journée pour faire passer ma gueule de bois, et rien n'y fait, elle s'accroche à moi. Deuzio, cette saleté de chat vomit devant la porte de la douche et, bien entendu, je mets le pied dedans. Ah, j'ai un haut-le-cœur ! Ah, c'est horrible ! Je rentre illico dans la cabine et fais couler le jet d'eau salutaire.

Qu'est-ce que j'ai bien pu dire à Bob, hier soir ? Dans quel pétrin je me suis fourrée ? Je revois ma mère arriver avec le lisseur et le maquillage. En une demi-heure, elle m'a transformée en vamp à la Jessica Rabbit. Heureusement que c'était un appel en visio car, de près, il aurait vu les quinze couches de fond de teint et de fard à paupières superposées. Une horreur. Je me suis endormie ainsi, ou plutôt : je suis tombée dans le coma ainsi, et je crois que je peux mettre ma taie d'oreiller à la poubelle. Je n'arriverai jamais à enlever les taches de liner, de mascara et de bave qui ont coulé dessus.

Je suis une épave. Hier soir, j'étais sexy – à en croire les commentaires de Bob –, mais ce matin, je ressemble au *Titanic* gisant après plusieurs années au fond de l'océan :

un rafiot rouillé dont il ne reste que les vestiges d'un luxe disparu à jamais.

Je me rappelle que, quand j'ai décroché mon téléphone, Bob a fait :

— Waouh. Tu sors, ce soir ?

— Bien sûr, j'ai rendez-vous avec mon chevalier servant, ai-je dit en brandissant Lucifer qui passait par là – et qui m'a mordu la main au passage.

— Pourquoi cette tenue ?

— Pour moi, pour me faire plaisir. On ne peut pas se faire belle pour annoncer des bonnes nouvelles à son coéquipier ?

— Bien sûr que si, tu as bien raison, a-t-il ri. Et avec la journée pourrie que j'ai passée, je me dis que je devrais en faire autant.

— Oh, oh, j'en connais un qui a besoin d'apérothérapie. Qu'est-ce que tu bois ?

— Rien, a-t-il répondu avec le sourire le plus mignon de la terre. Mais toi, j'ai l'impression que tu as déjà bien commencé.

— Oui, je crois que je suis un peu gaie, mais pas encore saoule. Il y a des jours pour être à jeun et des jours pour être gai, et là, c'est un jour à être...

— Complètement déchirée ?

— Non, mais un jour à se lâcher.

— Eh bien, lâche-toi plus souvent ! C'est sexy, ces cheveux détachés. Je me suis toujours demandé à quoi tu ressemblais sans tes chignons habituels. Ta couleur brune fait ressortir tes yeux verts, que je n'avais jamais vus si clairs.

— C'est normal, ils sont noyés dans l'alcool. Plus un brin de maquillage de la part de mon esthéticienne de mère et, hop, la transformation est opérée. Mais assez parlé de moi. Le chat m'a clairement mis un râteau ce soir, donc pourquoi ne te joindrais-tu pas à moi ? Va te remplir un verre de je ne sais pas quoi, mets-toi sur ton trente et un et raconte-moi ta journée compliquée.

— Pour ça, il va nous falloir beaucoup d'alcool...

— J'ai des réserves, t'inquiète pas.

C'est ainsi que Bob a posé son smartphone et est revenu avec une bouteille de rhum, vêtu d'une chemise blanche et d'un nœud papillon qui m'a fait beaucoup rire. On devait parler boulot, mais je me rappelle qu'il m'a raconté que son ex-copine était passée chercher ses affaires – a priori le confinement ne s'applique pas pour elle, qui habite chez ses parents depuis leur séparation, deux pâtés de maisons plus loin. Elle lui a fait vivre l'enfer, lui a dit qu'il était coincé, qu'elle ne l'avait jamais aimé et que sa seule qualité était le sexe.

— Et tu l'as mal pris ? ai-je demandé, surprise.

— Ben oui, on te dit que tout est nul chez toi sauf ça.

— Franchement, mieux vaut ça que l'inverse. Imagine on te dit : « Tu es génial, drôle, beau, intelligent, mais au lit... quelle horreur ! Qu'est-ce que t'es nul, je ne me suis jamais autant ennuyée qu'avec toi, j'en profite pour faire ma liste de courses ou penser à autre chose ! » Moi, je meurs !

Il a ri.

— C'est pas faux, dit comme ça. Mais bon, elle ne me trouve pas stupide et laid non plus, elle me trouve juste ennuyeux.

Là, il s'est levé pour aller prendre des glaçons dans son frigo et j'ai eu la chance de voir un caleçon à fleurs. J'ai explosé, hilare :

— Comment un type avec des sous-vêtements aussi originaux peut-il être ennuyeux ?

Nous nous sommes bien amusés, nous avons beaucoup bu et pas du tout parlé de boulot. Je me rappelle ses yeux rieurs, ses cheveux bruns, son caleçon fleuri… Par contre, j'avoue avoir oublié la fin de la discussion, je ne me rappelle même pas avoir raccroché – ce qui me contrarie le plus.

En sortant de la douche pour la énième fois, et après avoir surveillé où je mettais les pieds pour ne plus avoir de mauvaise surprise, j'ai regardé mon téléphone et suis tombée sur un texto de Bob :

`Merci pour hier soir. Je sens mes cheveux pousser sur ma tête mais ça m'a fait du bien.`

Je souris. Ouf, je n'ai rien dû dire de grave.

`De rien, c'est de sentir tes cheveux qui te fait du bien ?`

Contente de ma blague nulle, je vais pour m'habiller quand je reçois un nouveau texto :

`Non, c'est ce que tu m'as fait… je ne savais pas que c'était possible à distance et, franchement, waouh.`

L'air se raréfie dans mes poumons. Qu'est-ce que j'ai fait ? J'ai couché à distance avec mon collègue ? Enfin, techniquement, ça ne doit pas être possible, à moins que je n'aie conduit en état d'ivresse, bravant une dizaine d'interdictions, pour le rejoindre chez lui… Ai-je fait l'amour virtuellement avec Bob ? Si oui, pourquoi n'en ai-je aucun souvenir ? Et comment m'y suis-je prise ? Je ne saurais même pas m'y prendre à jeun, alors sous l'emprise de l'alcool...

Ce confinement a réveillé le pire en moi, c'est catastrophique. Je commençais à me sentir bien dans cette boîte... Va-t-il vraiment falloir que je démissionne ? C'est la panique. Ça ne peut pas être pire, je ne sais pas gérer ce genre de situation. Heureusement, finalement, qu'on est enfermé chacun chez soi, ça me laisse le temps de réfléchir.

— Chérie ! Écoute les informations ! Ça y est, on déconfine le pays au fur et à mesure ! Victoriiiiiine ! crie ma mère depuis le rez-de-chaussée.

Si, en fait, ça peut empirer.

Au bout de trois cafés, la solution apparaît dans mon cerveau : si on nous déconfine, je peux partir vivre à l'étranger. Loin, pour ne pas que ma honte me rattrape.

Ma mère passe à côté de moi dans la cuisine.

— Allez, viens bronzer dans le jardin, tu es cadavérique. Je ne sais pas à quelle heure tu t'es couchée hier soir, mais ça devait être tard, vu ta tête. Tu ressembles à Morticia Addams !

— Maman, rassure-toi : grâce aux courgettes, j'aurai toujours un beau teint.

— Ah, ravie que tu le reconnaisses. Mais on va arrêter, c'est tomates maintenant. Il n'a plus de courgettes.

— *Il ?*

— Oui, Maurice, le petit producteur dont je t'ai parlé. De toute façon, il m'a enfin invitée à prendre un verre quand on pourra de nouveau sortir, donc plus besoin de lui acheter toutes ses cagettes. Je croyais qu'on ne passerait jamais le cap du sexe par téléphone, mais il s'est enfin décidé à sortir avec moi.

Je recrache mon café et me dis qu'il est vraiment temps que j'aille acheter un billet en ligne pour une destination lointaine. Ainsi, ma perversion, je la tiens de ma mère.

— Tu as vu, on va être déconfinés, mais uniquement sur le territoire français. On ne pourra même pas quitter le département, dans un premier temps !

Et voilà, mon dernier espoir est tué dans l'œuf. Cette femme m'aura donc tout pris ?

Je songe à me jeter corps et âme dans la consommation de courgettes ou de tomates, à vivre recluse avec des chats et à me faire oublier du reste du monde quand mon portable m'indique l'arrivée d'un nouveau texto. Désespérée mais curieuse, je le consulte.

À la sortie du confinement, tu penseras à m'envoyer l'adresse de l'école de yoga qui propose ces cours. Je veux vraiment y aller avec toi, ça m'a fait beaucoup de bien. Et grâce à ce que tu m'as montré, je n'ai plus mal au dos. Alors si j'y vais toutes les semaines, j'imagine les bienfaits !

— Yes ! J'ai pas couché avec !

— Pardon ? me demande ma mère, la poêle dans une main, remplie de tomates en morceaux qui crépitent étrangement.

— Non, non, rien. Je ne suis pas une cause perdue comme toi, ça me rassure.

— *Une cause perdue ?* Moi, au moins, je me suis amusée pendant ce confinement et j'ai découvert beaucoup de choses avec Maurice...

— Stop ! Je ne veux pas savoir. Je ne veux aucun détail, maman. Le psy me coûtera assez cher. Je retiens juste que je suis une fille bien, saine, en qui je peux avoir confiance, même après avoir bu une bouteille de porto.

Et hâte aussi d'être déconfiné pour faire toutes les autres choses dont on a parlé... (fameux clin d'œil lubrique)

OK, peut-être ne suis-je pas si pure et saine que ça, finalement.

Journal d'une chatte en déconfiture (ou en déconfinement, c'est pareil)

Étape 7 : rien.

Mais qu'est-ce que c'est que cette histoire ? Maintenant, elles sortent sans me demander mon autorisation ? J'ai très mal élevé ces humaines, moi... Elles n'ont aucun respect pour la chatte qui leur a tenu compagnie ces deux derniers mois, qui a su les occuper en trouvant chaque jour une activité ludique. Remplissage de gamelle, carressage de somptueuse fourrure...

Voilà, le journal de bord du chat qui domine le monde s'achève, car... j'ai réussi !

Enfin, partiellement.

Elles ont voulu recouvrer leur liberté, et comme elles culpabilisaient de me laisser seule, elles ont acheté une machine à croquettes !

Figurez-vous qu'il y a bien le compte à l'intérieur et, trois fois par jour – j'ai calculé – ça fait du bruit et ma nourriture tombe. Elles ont passé une matinée complète sur cet appareil magique. Je les ai entendues parler de grammes, de kilos, de pounds, bref, elles ont pesé, mesuré, cherché sur Internet, lu ce qui était écrit sur le sac de croquettes, etc. Puis, fières d'elles, elles ont posé ce truc à la place de ma jolie gamelle Cat Perfect et ont décidé d'aller danser dans le jardin.

J'ai préféré ignorer la nouveauté et j'ai continué l'écriture de mon autobiographie Le Chat : seul unique animal important *– en gros, j'ai fait la sieste. Tout à coup, je les ai entendues rentrer en courant en disant : « C'est l'heure, c'est l'heure ! » Ça a fait du bruit et, hop, des croquettes sont tombées !*

Je suis allée manger, elles étaient ravies et m'ont applaudie. Comme si j'avais fait la chose la plus intelligente du monde. Bon, on n'en est pas loin, certes, mais quand même.

Et alors que je me régalais, la machine a fait du bruit et a recraché des croquettes ! Trop bien. Et encore, et encore... Ça a duré quinze minutes et j'ai obtenu toutes celles de la boîte. Quel bonheur !

Enfin, je crois que c'était pas prévu. Il leur aura fallu deux jours de réglages. La vieille a fini par comprendre : c'étaient pas des kilos ou des pounds, mais le nombre de « libérations de croquettes ». Trente-cinq, c'étaient pas trente-cinq grammes, mais trente-cinq rations de cinquante grammes chacune ! Je sais pas dans quoi elles travaillent, mais j'espère que c'est pas au ministère de la Santé, sinon on est foutus.

Bon, l'essentiel est que je possède désormais un distributeur de croquettes magique. J'en ai quand même plus que d'habitude, car la machine magique en verse trois fois par jour ! La vieille a abandonné les réglages, héhé. Parfois, il suffit d'être patiente...

Ça semble aller bien mieux, en tout cas, entre la jeune et sa mère. « Il y a un homme là-dessous, ou là-dessus », m'a confié la vieille un soir. Je sais pas trop ce que ça veut dire, mais elle avait l'air heureuse. Pour le coup, je me retrouve comme avant avec la vieille. Ça me va, je préfère qu'elle reste avec moi, en fait. J'aime pas trop que mes humaines soient loin. Elles me manquent, sinon, car on s'attache à ces grandes bêtes. Bon, faut sortir un peu quand même pour aller bosser et me remplir la boîte magique, n'oubliez pas !

Bientôt d'autres chats ? Ce sera pour votre bien, humaines, vous verrez. Et puis il suffit de prendre une deuxième machine magique. Je la réglerai pour vous.

En tout cas, je les ai, mes cinq cent trente croquettes quotidiennes. C'est qui la meilleure ?

Si c'est pas de la domination du monde, ça...

Une semaine que la vie reprend doucement. Ou plutôt qu'elle continue, mais pas tout à fait comme avant. Car, après tout, si pour certains, ce confinement a été une parenthèse, pour moi, ça a été une révélation.

Hier, j'ai passé des heures avec Maryssa au téléphone, et la première chose que nous avons prévue, c'est une sortie entre filles au bar à cocktails dont elle me parle depuis plusieurs semaines. Bon, certes, ça ne sera pas pour tout de suite, car le déconfinement ne se passe pas comme on l'aurait rêvé et les établissements sont toujours fermés. Il y aura un « avant » et un « après », c'est certain. Les gens ont changé, mais pour combien de temps ?

Ma mère est sortie aujourd'hui pour aller voir son Maurice. Elle est revenue avec un étrange sourire, et j'ai l'impression qu'elle a dix ans de moins. Prendre une leçon de vie par sa mère, c'est quand même symptomatique de la situation dans laquelle était ma vie d'« avant ».

Conférence avec Dylan pour faire un bilan sur l'avancée de nos projets respectifs. Quand il prend la parole, il est bizarre, il a l'air moins enjoué que d'habitude.

— Robin, *it's your turn*, lance la voix atone du chef.

— Robin ? demandé-je sans comprendre. On avait dit que Bob entamerait la réunion !

Tout le monde rigole, je ne comprends pas. Ma mère se balade-t-elle nue derrière moi ? Je me retourne par acquit de conscience, mais je ne vois que Lucifer en train de se lécher le derrière consciencieusement. Impossible qu'ils l'aient vu, il est par terre.

— Bob, c'est le diminutif de Robin, précise Franck à mon intention.

— Oh, je n'étais pas au courant.

— Eh bien, il semblerait que, malgré tout, tu aies encore des choses à apprendre sur Robin, se moque Dylan.

Robin, c'est un prénom beaucoup plus sympa que Bob !

— C'est moi qui l'ai toujours appelé Bob, dit Franck en riant. Un souvenir d'ado... *Bob l'éponge*. Tu le saurais si tu étais venue aux soirées, Victorine...

— Celles du jeudi soir, oui, je sais. Mais ça, c'était l'ancienne Victorine, la nouvelle sera présente à toutes les prochaines.

Acclamations de toute l'équipe, qui siffle et applaudit, ce qui me fait sourire.

Étrange, moi qui ai toujours cru qu'ils me proposaient pour le principe, je m'aperçois qu'ils sont vraiment contents à l'idée que je me joigne enfin à eux. Après tout, pendant ce confinement, ces réunions hebdomadaires ont créé une micro-famille, et j'ai l'impression d'avoir découvert ceux avec qui je travaille.

« Parce que, pour une fois, tu as été obligée de regarder en face au lieu de fuir », m'a dit ma mère un soir où je lui exposais mon ressenti vis-à-vis des collègues. Elle n'a pas tort, c'est comme si la vie était un jeu de cartes : les distributions sont toujours identiques et on sait à l'avance le jeu que l'on a en main. Avec le confinement, les cartes ont été redistribuées et chacun a dû faire avec son nouveau jeu. Pour certains, les complications étaient plus importantes et il a fallu improviser, quand pour d'autres, au contraire, ça a été l'occasion de tout mettre à plat et de recommencer autrement. Ce qui est mon cas. Et j'aime bien la tournure que prend cette nouvelle partie.

Robin, communément appelé Bob, fait son exposé et j'ajoute par-ci, par-là des éléments et des données chiffrées. On forme un beau duo, tous les deux, et les autres sont enthousiastes, sauf Dylan. Mon anxiété croît au fur et à mesure. Et s'il avait eu vent de la tournure que prenait notre relation, à Bob et moi, et que ça ne lui plaisait pas ? Mince, il y a peut-être une clause, dans mon contrat, m'interdisant toute relation extraprofessionnelle avec un collègue ! J'ai certainement enfreint la règle 68-B alinéa 3 et je ne m'en suis même pas rendu compte. Même si, techniquement, nous n'avons fait que flirter par appel visio et qu'il n'y a rien eu… Il est peut-être déjà trop tard pour l'expliquer à Dylan ?

Le malaise me gagne et je fais tout pour que mes interventions soient réussies. J'expose les bienfaits des fenêtres à guillotine en dix points clés, dont l'argument principal est l'aération de la maison sans crainte de cambriolage. Le final, c'est Bob qui s'en charge. Il envoie notre PowerPoint par e-mail à toute l'équipe, lequel comporte une illustration desdites fenêtres redesignées – le service marketing nous a un peu aidés. Dylan nous félicite, dit que le projet est béton, mais le son de sa voix sonne faux. Les autres font leur présentation et, après un dernier tour de table, Dylan clôt la réunion. Tout le monde applaudit – à l'américaine, comme Dylan l'aime tant. Prenant mon courage à deux mains, je lui envoie un message et lui demande de rester connecté car j'ai à lui parler. Tout le monde se déconnecte ; il ne reste que lui et moi dans la conférence vidéo.

— Dylan, je suis désolée, dis-je en guise d'introduction.

— Pourquoi ?

— Ben tu sais, pour Bob et moi. Enfin, Robin et moi. Si tu trouves ça malvenu, je ne sortirai pas avec lui. On a tissé un lien, certes, mais il ne s'est rien passé, je le promets. Et si tu penses que c'est négatif en matière d'esprit d'équipe...

— Pardon ? Mais non, pas du tout, voyons. Ces rapprochements font partie des choses positives de ce confinement. Maryssa et Franck, Bob et toi... Je ne suis pas de ces patrons qui ont peur des conséquences des relations amoureuses entre collègues. La vie est trop courte pour être subie, alors, *go*, foncez ! De toute façon, sa copine était *so boring*. La seule fois où elle est venue, elle a cassé l'ambiance. Je le trouve beaucoup plus vivant depuis quelque temps, beaucoup plus souriant. Ce doit être l'effet Vic !

— Oh, d'accord. Merci, c'est gentil. J'apprécie cette marque de confiance.

— Si on ne fait pas confiance à son équipe, on n'avance pas. Il faut savoir prendre des risques.

— Mais qu'est-ce qui ne va pas ? Il y a un souci ? Tu es malade ? C'est vrai que tu nous demandes toujours en début de connexion comment on va ainsi que nos proches, mais toi ? Personne ne s'en préoccupe. Il y a quelque chose de grave ?

— Non. La santé, ça va. C'est l'essentiel en ce moment. C'est... l'entreprise.

— *L'entreprise ?*

— Oui, on a beaucoup perdu en chiffre d'affaires et... enfin...

— On va licencier ? Fermer ?

Une boule d'angoisse se loge dans ma gorge. Moi qui cherchais mille façons de démissionner, aujourd'hui, je suis prête à me battre bec et ongles pour garder ce job. C'est vrai, quoi, je suis dans une boîte à taille humaine, où les employés sont à l'écoute les uns des autres. Je l'expose à Dylan, qui sourit tristement.

— C'est bien une partie du problème. Combien de temps les gens vont-ils rester soudés quand je leur dirai qu'il va falloir faire des sacrifices ? Pas de prime d'été, nous allons devoir prendre des mesures drastiques...

— Au point de fermer pour arrêter l'hémorragie ? Ou il s'agit juste de geler les primes ?

— Pour l'instant, les primes. On verra si ça suffit. Tu le gardes pour toi. Il faut encore que je trouve les mots pour l'annoncer...

— Ça va aller. Je suis la secrétaire de direction, tu sembles l'oublier. Laisse-moi m'en occuper.

Dylan n'a pas le temps ni le courage de protester car je m'impose. Culottée, la fille, moi-même je ne sais pas si j'y crois !

Je raccroche, déterminée à trouver une solution pour l'entreprise. J'envoie un e-mail à tout le monde – excepté Dylan – et organise une réunion d'urgence pour l'après-midi même. Personne ne pose de questions, la majorité des collègues répond présent dans les dix minutes qui suivent. J'appelle Maryssa et Franck pour qu'ils m'aident à préparer le point – rectificatif : j'appelle Maryssa, mais il se trouve que, depuis l'autorisation de sortie à moins de cent kilomètres de son domicile, Franck est souvent chez elle, donc je fais d'une pierre deux coups. Puis j'appelle Bob, qui propose de me rejoindre.

Je vais voir ma mère en raccrochant, pour m'assurer qu'elle n'est pas contre la présence physique d'un inconnu, car sans tomber dans la paranoïa, il faut faire attention et respecter les fameux gestes barrière. Précaution inutile : elle est déjà en train de préparer des muffins qu'elle met au four pour le goûter... avec mon invité au caleçon canards ! Une vie sans risque n'a aucune saveur, pas vrai ?

Quand Bob arrive, ma mère est en maillot de bain. Il ne faut pas trop lui en demander non plus, elle nous a servi de la limonade fraîche et des muffins chauds – j'ai l'impression de vivre le goûter d'anniversaire de mes 10 ans car elle a sorti des ballons, des serviettes en papier jaune et une nappe assortie.

— Oui, tout jaune, car j'ai cru comprendre que vous aimiez bien les canards, lance-t-elle à Bob avec un clin d'œil.

J'ai envie de creuser un trou et de m'y enterrer, mais Bob rigole. Au moins, il a de l'humour. Qu'elle était idiote, son ex-copine, à le trouver rasoir ! Enfin, comme dit ma mère : « La chaussure qui ne va pas aux autres convient au pied de Cendrillon. » Pas très sexy, dit comme ça, mais la phrase tombe juste.

Bob et moi préparons la réunion et, quand chacun se connecte à 16 heures, nous sommes fin prêts pour notre business plan *so corporate*.

Au bout d'une heure, tout est calé. On invite Dylan à la conférence vidéo ; il se demande pourquoi l'équipe est réunie sans lui.

Franck lui expose les grands principes :

— On a changé le slogan mensuel.

— Ah, répond Dylan sans trop comprendre.

C'est Rébecca qui annonce ledit slogan, car c'est le sien qui a remporté tous les suffrages :

— « Se réunir est un début, rester ensemble, un progrès, travailler ensemble, une réussite. » C'est de Henry Ford, ajoute-t-elle, fière et souriante.

— On a réfléchi, annonce Bob, et on ne prendra pas de vacances cet été. Trop dangereux.

— Oh oui, les embouteillages, la pollution…, poursuit Maryssa.

Chacun y va de son commentaire.

— Sans parler des microbes ! annonce Quentin en prenant un air choqué.

— On ne veut pas prendre ce risque, dis-je doucement, guettant la réaction de Dylan. Et puis on souhaite continuer les réunions d'équipe, on ne peut pas se séparer de sa famille du jour au lendemain.

— On poursuit les conférences en visio tant que la situation n'est pas stable, ajoute Franck. Et on reprogramme les sorties du jeudi soir. D'ailleurs, la première, c'est demain. En virtuel, chacun chez soi, avec une recette à faire découvrir aux autres. On verra dès que les bars ouvriront de nouveau. On attend de voir si la situation se stabilise et si cette saleté de virus part d'elle-même...

Comme on proteste, il précise :

— Ben quoi, on peut être un incorrigible optimiste, non ? Bref, dès qu'on le peut, on se retrouve au bar de mon cousin à Montparnasse.

Chacun acquiesce.

— Vraiment, j'apprécie..., commence Dylan. Mais vous savez, les primes d'été...

— Les primes ? demande Maryssa. On n'en veut pas. On a conservé notre salaire à cent pour cent, ces derniers mois, et tous les salariés en France n'ont pas eu cette chance. Donc quand il le faut, la famille se serre les coudes. On en a tous parlé, grâce à Vic. Tu crois qu'on ne se doute pas que c'est difficile pour les patrons comme toi ? On est bien lotis, par rapport à d'autres. Beaucoup ont tout perdu. Les décès, les licenciements, les séparations... et ça ne va pas aller en s'améliorant. On n'a besoin de rien, hormis de continuer à travailler, et dans cette boîte. Si Vic la négative y croit, c'est qu'il ne peut rien nous arriver, non ?

Tout le monde rit, moi la première. Dylan sourit et prend la parole au bout de quelques instants :

— Je ne sais pas quoi vous dire. J'y crois, moi aussi. Je sais qu'on peut faire décoller le chiffre d'affaires. Mais ça va prendre du temps.

— On le sait ! lance Bob. Mais si c'était trop facile, on s'ennuierait, pas vrai ? Après ce que l'on vient de traverser, on sait au moins une chose : cette entreprise est solide grâce à toi, grâce à tes maximes de malade, grâce à ton franglais...

Dylan se joint de bon cœur à nos rires.

— Merci, répond-il, ému. Je dirais même : chers clients, tenez-vous bien, *we are the best !*

— *We are the best !* reprenons-nous en chœur.

Nous trinquons à distance et discutons pendant une heure. Dylan décide de lancer les « fenêtres liberté » – nos anciennes fenêtres à guillotine modernisées grâce à Bob et moi.

Quand nous raccrochons, nous nous retrouvons en tête à tête, dans le jardin, avec le jour qui décline. Ma mère arrive sur la pointe des pieds, tel un éléphant dans un magasin de porcelaine, et nous dépose un seau de glaçons contenant une bouteille de rosé. Elle s'éloigne, non sans m'avoir fait au passage un clin d'œil pas du tout discret.

— Attends, maman !

— Oui ?

— Quand je reprendrai un appartement, qui gardera Lucifer ?

— Mais c'est mon chat !

— Oui, mais il s'est nettement attaché à moi. C'est sur mes chaussures qu'il préfère vomir désormais.

— Commence déjà par prononcer son prénom correctement et tu auras peut-être le droit d'avoir un des bébés qu'elle porte.

Je reste sans voix. Elle sourit et reprend :

— C'est Luci, ma chérie, pas Lucifer. C'est une femelle ! Tu l'as toujours appelée ainsi sans m'écouter.

— C'est un gros problème chez moi, non ?

— De te tromper de sexe ?

Je ris et Bob aussi.

— Tu sais quoi ? Ça n'arrivera plus, promis. Il m'en aura fallu, du temps, mais je suis enfin prête à grandir.

Elle me sourit, je lève mon verre de rosé dans sa direction.

— Merci pour tout, maman !

RENDEZ-VOUS EN TERRAIN CONNU

Angéline MICHEL

1

— Bonjour, je m'appelle Gwenaëlle Morvan. J'ai rendez-vous avec Mme Grall.

— Oh, vous êtes la nouvelle ? L'influenceuse bretonne !

— Je... Je préfère l'intitulé « créatrice de contenu ». Disons que je m'entraîne sur les réseaux sociaux à titre personnel et mets à profit mes connaissances pour le boulot.

L'hôtesse d'accueil me jauge un instant avant de murmurer :

— J'adore la façon dont vous et votre jules réaménagez votre maison, en tout cas. Et avec l'aide des artisans du coin, dont vous faites la promotion ! Chapeau !

— Merci... Mme Grall est-elle disponible ? je réitère, quelque peu stressée par cette première journée au sein d'une nouvelle structure.

J'attends quelques minutes avant de voir apparaître la femme élégante et longiligne qui m'a fait passer mon entretien. Elle m'impressionne un peu. Je sais que si j'ai été retenue, ce n'est pas parce que mon profil l'a particulièrement impressionnée. Non, mon embauche n'était pas de son fait, et je l'ai vite compris. Mon interlocutrice semble nourrir une vive aversion pour tout réseau social quel qu'il soit. J'espère la faire changer d'avis et lui montrer que, sans marketing digital, une entreprise ne peut s'en sortir par les temps qui courent.

Elle me fait asseoir dans son bureau, un sourire poli sur le visage. Elle est belle, avec sa peau hâlée et ses grands yeux verts... Elle ferait un carton en tant qu'égérie d'une marque.

— Bien, c'est le grand jour ! Ce matin, je vous présenterai l'équipe autour d'un pot tout à fait décontracté. La convivialité et la bonne entente sont nos leitmotivs. Je compte sur vous, Gwenaëlle, pour que l'équilibre du groupe ne soit pas bouleversé par vos... activités.

Je rêve ou elle me prend pour une pimbêche ? Charité bien ordonnée commence par soi-même. Elle pourrait se montrer un peu tolérante...

— Madame Grall... nous ne nous connaissons pas encore, mais j'aime mon travail et je suis surtout ouverte et sociable. C'est pour cela que j'ai postulé au centre culturel de Douarnenez.

Elle me regarde un instant et finit par esquisser un sourire.

— Bien, dit-elle en me tendant ma fiche de poste, ceci vous guidera dans vos missions. J'aimerais que vous commenciez par les tâches reliées au pôle senior, c'est le secteur le moins dynamique. Nous verrons si vos talents nous apportent quelques adhérents supplémentaires d'ici à la fin de l'été.

— Parfait.

Merde. C'est la pire des segmentations. Ils ne savent pas se servir d'un ordinateur. Je suis foutue.

En rentrant à la maison, le soir, je passe sur le port avant de bifurquer dans une allée où je retrouve avec joie le jardinet de mon nouveau chez-moi : une bicoque de pêcheur aux volets en bois bleu. Je pousse la barrière miniature où les feuilles de lierre se sont enchevêtrées et pénètre dans une pièce à vivre qui sent bon le musc. Je me déchausse, admirant les murs d'un blanc immaculé que mon petit ami a passé des jours à repeindre. Cette luminosité tranche avec les poutres, que nous avons fait sabler... Ça mérite une publication.

Je prends un cliché sur le vif et le poste immédiatement :

`Tellement fière de mon jules, qui a accompli un travail pharaonique pour que cette maison soit le reflet de nos personnalités !`
`#equipedechoc #amour #poutresdetoutebeauté`

L'hôtesse n'avait pas tort, ce matin : Corentin et moi formons une très belle équipe et avons rendu à cet endroit défraîchi son charme d'antan. Le parquet craque sous mes pas et, déjà, des éclats de voix joyeux me parviennent de la cuisine. Les copains sont là !

Je pose mon panier sur la commode et file les embrasser. Thomas, Morgan et Justine sont nos meilleurs amis. À vrai dire, depuis l'acquisition de la maison, ils sont plus souvent ici que chez eux, mais nous passons toujours de très bons moments en leur compagnie.

Corentin m'embrasse et passe son bras autour de mes épaules.

— Alors, cette première journée ?

— Je suis affectée au pôle senior et ma chef me déteste.

Thomas pouffe de rire tandis que mes deux amies me regardent, interloquées.

— Oh...

— Ça va. Je vais réussir à inverser la vapeur !

La vérité, c'est que je commence à être nostalgique de mon poste chez Seamer, une société établie à Brest, à plus d'une heure d'ici. C'est grâce à cette entreprise de cosmétiques à base d'algues que j'ai commencé à me faire connaître sur les réseaux. Mon chef me considérait comme la véritable incarnation de la marque. Non seulement mes publications nous amenaient de nombreuses clientes, mais en plus, d'autres firmes à l'ADN breton m'ont proposé de travailler avec elles ! Armor-Lux ou Brittany Ferries font encore régulièrement appel à mes services.

Tout allait bien, jusqu'à ce que Corentin et moi passions devant le panneau À VENDRE de cette maison. Le coup de foudre. Exit, savons gommants, bonjour, thés dansants ! En attendant que mes activités d'influenceuse me rapportent un salaire dont je puisse vivre, je travaillerai auprès de Mme Grall. J'espère tenir le coup.

— Ils vont t'adorer ! roucoule Corentin dans mon cou.

Je l'embrasse et me sers une Coreff. J'espère qu'il a raison...

2

Une semaine plus tard, je salue Edmond, Gérard et Loulou sur le terrain de pétanque.

— Alors, qui gagne ?

— Edmond, comme d'habitude, mais il triche !

— N'importe quoi ! Jaloux ! lui rétorque le papi faussement râleur à ses côtés.

Je m'esclaffe et tente de les prendre en photo.

— Ah non, pas de cliché !

— Loulou, je le sermonne comme s'il s'agissait d'un enfant, soyez gentil et faites en sorte que je conserve mon emploi.

— Bon... mais c'est bien parce que c'est vous !

— Vous êtes trop aimable ! Un sourire, un ou deux lancers pour immortaliser votre talent... Je parle de celui d'Edmond, bien sûr. Pour ce qui est de celui des autres, ça laisse un peu à désirer ! je plaisante en m'éloignant sous les boutades et les éclats de rire.

Dans la grande salle communale, je retrouve mon groupe de chipies : Ghislaine, Marilou, Anita et Simone. Ces quatre-là sont irrémédiablement en train de jouer à la belote, à laquelle je ne comprends strictement rien – et ce n'est pas faute d'avoir essayé.

Après quelques clichés, Marilou me fait signe de m'asseoir près d'elle et m'invite à rejoindre la partie :

— Allez, mon petit !

— Si Mme Grall apprend que je m'amuse sur mes heures de travail, je vais me faire tirer les oreilles !

— Louise ! Tu veux surveiller la porte et nous avertir si Mme Grall arrive ? Oh, et prends une part de tarte dans mon Tupperware, l'attente sera moins longue ! gueule Marilou à son amie, qui se trouve pourtant à moins de trois mètres d'elle.

Louise est une vraie commère. Épier, c'est sa passion, alors elle ne se fait pas prier.

— Et puis, cela fait partie de ton boulot : comment veux-tu parler de la belote si tu en ignores les règles ? remarque Anita.

— Elle a raison ! s'égosillent les quatre mamies en chœur.

J'ai l'impression d'être dans un mauvais remake de la pub Tipiak, les coiffes en moins.

— Avant, tu veux bien nous programmer un peu de musique ? demande Marilou. Depuis qu'ils ont changé la chaîne, nous autres, on n'y comprend plus rien.

— Que voulez-vous écouter ?

— Le nouvel album d'Hugues Auffray ! s'exclament en chœur deux des mamies.

J'ouvre mon ordinateur relié aux enceintes et tape dans le moteur de recherche « Hugo Frais ». Rien.

— Vous êtes sûres qu'il est sorti, cet album ?

— Bien sûr !

Edmond passe derrière moi, s'immobilise et éclate d'un rire qui rameute les vingt-cinq vieux jusque-là éparpillés dans la salle.

— Ma petite, il s'appelle Hugues, pas Hugo ! me chuchote Anita, désemparée par le niveau médiocre de ma culture générale.

— Oh... pardon. Je ne connais pas.

— *Santiano ! Le port de Tacoma !*

— Ah, lui ? Oui, j'ai bien appris quelques-unes de ses chansons à l'école primaire...

Edmond rit tellement que des larmes s'insinuent au coin de ses yeux froissés.

— Si tu n'existais pas, Gwenaëlle, il faudrait t'inventer ! Cela faisait bien longtemps que je n'avais pas ri comme ça.

Je souris, un peu confuse que cela se passe à mes dépens, heureuse tout de même qu'il s'amuse autant, puis finis par lancer le fameux album.

Anita reprend vite ses esprits :

— Tu vas jouer à ma place, je serai ta conseillère. Bon, là, tu dois commencer car tu es à la gauche du donneur.

J'écoute un bon quart d'heure la succession de règles plus absurdes les unes que les autres, avant d'entendre Louise se mettre à siffler et à agiter ostensiblement les bras. Je me lève d'un bond et empoigne mon appareil photo juste à temps pour faire bonne impression à ma responsable, qui semble ravie de ma présence auprès du gang du troisième âge.

— Alors, Gwenaëlle, on prend ses marques ?

— Oui, madame.

— Elle est adorable, cette petite ! renchérit Ghislaine en m'adressant un clin d'œil.

— Elle a un petit air de Brigitte Bardot, avec ses longs cheveux blonds et ses beaux yeux verts, ajoute Marilou.

— Et un peu de fraîcheur ne nous fait pas de mal... Ne le prenez pas mal, les filles ! glousse Anita à l'intention de ses amies.

Une fois ma chef partie, je les remercie et les somme de sortir leur portable.

— Tu parles de vos gadgets de jeune ? Mignonne, nous sommes trop vieilles pour ça !

— Aucune d'entre vous n'a de smartphone ?

Elles en restent toutes comme deux ronds de flan. Moi qui voulais les inscrire sur Instagram pour gonfler le nombre d'adhérents du centre... Je ne suis pas sortie de l'auberge !

3

Comme tous les soirs depuis ma prise de fonction au centre culturel de Douarnenez, je décide de m'arrêter sur le port avant de rentrer à la maison. Les derniers rayons du soleil m'incitent même à m'asseoir à la terrasse d'un café. Pour un mois de mars, il fait étonnamment bon.

J'ôte mon caban et le plie soigneusement avant de le poser sur la chaise la plus proche de moi. À quelques mètres, les vagues clapotent sur la digue, tandis que les mouettes se laissent porter au gré du vent en riant, c'est apaisant. J'inspire une grande goulée d'air iodé. Ces brefs instants de liberté me laissent à penser que j'ai pris la bonne décision il y a un mois, lorsque j'ai plaqué ma vie citadine.

Je prends un cliché de cet instant suspendu et le poste immédiatement :

`Ces moments simples qui m'emplissent de joie…`
`#labretagneçavousgagne #Douarnenez #slowliving`

À peine publiée, la photo totalise une centaine de réactions… que j'ignore. J'aime la photographie et ma région… mais je ne suis toujours pas prête à me dire que 15 000 personnes admirent quotidiennement mes posts. C'est bien trop troublant pour la grande timide que je suis.

Après un mois passé au centre, mes inquiétudes des premiers jours se sont dissipées : je m'entends à merveille avec les adhérents du pôle senior et Mme Grall semble m'apprécier de plus en plus ; il faut dire que mon travail commence à porter ses fruits.

Je pousse un soupir d'aise alors que Thomas, qui est serveur dans ce charmant café où je me trouve, me salue du bout du coude :

— Avec cette maladie, je préfère faire attention. Tu as vu ce qui se passe en Italie ?

— Ne m'en parle pas. Ça fait déjà dix jours que j'incite mes petits vieux à éviter les embrassades… mais ils sont têtus !

— Tu crois que ça va arriver jusqu'ici ?

— Je l'ignore… mais la libre circulation des personnes entre pays européens ne joue pas en notre faveur.

Thomas soupire puis acquiesce avant de revenir moins de deux minutes plus tard avec ma commande habituelle.

— Ça me terrifie…, dit-il en fixant l'horizon.

Je souris en repensant au sobriquet dont nous l'avions affublé au lycée : Microbe, en référence à sa peur panique des maladies. Visiblement, il n'a pas réussi à s'en défaire.

— Tu n'as rien à craindre. C'est une grosse grippe, tu es jeune et en pleine forme.

Il baisse la tête vers moi et m'adresse un clin d'œil.

— Tu as probablement raison ! À plus, Gwen !

Sans demander mon reste, j'attrape l'ouvrage de développement personnel au fond de mon sac, l'ouvre et commence à le lire en sirotant mon cappuccino. Pendant ces vingt minutes, je ne veux plus penser à l'actualité, ni à mes choix de vie, ni même aux cartons qu'il reste à déballer dans notre maison. Depuis des semaines, les pensées fusent et m'épuisent, la liste des tâches à accomplir paraît sans fin. Aussi, ce petit moment rien qu'à moi, je compte bien en profiter.

Au bout de quelques pages, une pression sur mon épaule me fait sursauter. Corentin m'embrasse dans les cheveux et s'assoit en face de moi.

— Alors comme ça, on traîne dans les bars ? plaisante-t-il en adressant un signe de main amical à Thomas.

Je m'esclaffe en replaçant mon marque-page – une check-list longue comme le bras – dans l'ouvrage que je referme à contrecœur.

— Ta journée s'est bien passée ? me demande-t-il.

— Oui, j'ai travaillé avec une collègue très sympa sur une superbe affiche pour la mise en avant du prochain loto...

Il sourit à cette évocation. Je ne peux m'empêcher d'éclater de rire devant le comique de la situation. Pour une ex-salariée dans les cosmétiques biologiques, c'est vrai que ce n'est pas très glamour.

— Et toi ?

— Oh... eh bien la routine habituelle d'une cidrerie.

Nous restons quelques instants à discuter avant d'entamer le chemin du retour, main dans la main, jusqu'à notre nouvelle maison.

Près de la cheminée trônent un tapis en jonc de mer et un canapé couleur lin, sur lequel est jeté un plaid en grosses mailles – celui que ma grand-mère m'a confectionné il y a déjà plusieurs années. Je me sens chez moi, chez nous. Corentin dépose les clés dans une corbeille en osier sur la console près de l'entrée et se dirige vers la cuisine. Je reste un instant à contempler ce lieu dont j'ai tant rêvé. Nos objets cohabitent enfin dans un espace pour l'instant plutôt minimaliste. Mais avec la bonne volonté dont nous faisons preuve, je n'ai aucun doute sur le fait que cette vieille maison de pêcheur deviendra vite un cocon des plus agréables à vivre.

Je pousse un soupir d'aise et me laisse guider par l'odeur délicieuse qui émane des fourneaux avant d'enlacer un Corentin affamé.

Je regarde distraitement les légumes revenir dans un wok en pensant à notre première rencontre, à la fois banale et bouleversante. J'étais en première, lui, en terminale. Timide et complètement introvertie, je ne m'intéressais pas aux garçons de mon établissement… jusqu'au jour où je lui suis rentrée dedans de plein fouet, au détour d'un couloir. Un coup de foudre pour moi et un nez cassé pour lui. Plus tard, il m'a révélé que ce choc frontal était entièrement sa faute… Il passait une grande partie de ses pauses à m'épier secrètement, sous l'emprise de mon charme. Je n'ai jamais voulu y croire ! Comment un garçon comme lui aurait-il pu s'intéresser à une fille comme moi ? Pourtant, sept ans après cet incident, nous sommes toujours ensemble et propriétaires de cette jolie maisonnette.

— Tu es soucieuse ?

— Non… un peu. Ça va passer.

— Tu te souviens quand je t'ai dit que tu avais un don pour la photographie et que je t'ai inscrite sur Instagram ?

— Je sais, je sais… j'ai répondu que je n'y arriverais jamais.

— Et ?

— Il s'avère que je ne suis pas mauvaise, tout compte fait.

Il éclate de rire devant mon euphémisme.

— *Pas mauvaise !* Ce centre culturel n'est qu'un job de passage, OK ? dit-il en encadrant mon visage de ses mains.

— Tu as raison, je murmure, soulagée par ces mots réconfortants.

4

La pression monte de jour en jour. C'est sans surprise que nous voyons la maladie arriver en France, et même si on ne recense pas encore de cas dans le sud du Finistère, nous sommes tous transis de peur face à ce virus inconnu. Au fur et à mesure du temps qui passe, je n'ai plus rien à reprocher à mes anciens, qui semblent désormais prendre conscience de la gravité de la situation. Certains conservent même leurs gants d'hiver toute la journée, malgré la chaleur qui règne sur le pays. Je ne suis pas dupe : Marilou et Anita ont beau prétendre qu'elles sont frileuses, elles se protègent à leur manière.

Mme Grall a installé du gel hydroalcoolique partout dans nos locaux, et le personnel fait en sorte de respecter une distanciation sociale convenable. Nous attendons tous le discours du président avec une impatience mêlée d'une certaine excitation. C'est un lundi morose, ponctué de « Il va parler ce soir » et de « Que penses-tu qu'il va annoncer ? ». Dans la presse étrangère que j'ai l'habitude de lire, je constate que de nombreux chefs d'État ont mis leur pays à l'arrêt – c'est le « confinement ». J'ignore encore si le nôtre préférera l'humain à l'économie... Je l'espère silencieusement, comme tout le monde, j'imagine.

Avant qu'on se quitte, le gang des mamies me demande :

— Gwenaëlle, aurais-tu la gentillesse de nous montrer comment fonctionne belote.com ? Si nous sommes confinées, nous pourrons ainsi continuer à passer du bon temps ensemble !

— Vous avez des ordinateurs ?

— Bien sûr, nous ne sommes pas des reliques ! s'égosille Marilou, à la limite de la mauvaise foi.

— Bon, il ne me sert pas beaucoup, il n'y a que Jacques, mon mari, qui l'utilise... mais je vais apprendre, renchérit Ghislaine.

Je passe une heure à les inscrire et à leur montrer le fonctionnement du site. Elles ont l'air de comprendre, mais je leur fais une fiche mnémotechnique, au cas où. Je leur crée ensuite à toutes les quatre un compte sur Instagram, trop heureuse d'apprendre qu'elles vont développer leurs compétences en informatique.

Ce soir-là, après une douche prise en vitesse, je viens me pelotonner contre Corentin, qui a exceptionnellement déposé nos assiettes sur la table basse. Le JT va bientôt commencer. Pendant un temps qui me semble infini, je reste suspendue aux lèvres du président. Lorsque le présentateur reprend la main, évoquant les premières pénuries dans les grandes surfaces, Corentin se tourne vers moi :

— Si on avait su qu'un gars qui mange du pangolin en Chine pouvait provoquer une pénurie de PQ à Douarnenez... C'est comme dans la chanson de Bénabar : *C'est l'effet Pangoliiin...*, chantonne mon petit ami.

En visio, nos amis s'esclaffent de sa plaisanterie, moi, je n'ai pas le cœur à l'humour.

Devant ma mine contrariée, il ajoute :

— Fais pas cette tête, on vient de gagner quinze jours de vacances ! De quoi nous remettre à flot dans notre aménagement. J'étais tellement fatigué, ça tombe à pic ! s'exclame-t-il en s'étirant de tout son long.

Je me fiche de ces jours de congé ! Je pense à mes adhérents du centre, à ma grand-mère et à mes parents... Je ne veux pas que la maladie les emporte. Et je ne veux pas rester cloîtrée chez moi alors que je viens de déménager pour vivre au grand air.

Sentant les larmes me monter aux yeux, je quitte le salon, où Corentin entame une discussion enflammée avec Thomas. Pour la première fois de ma vie, j'ignore comment je vais gérer ce qui m'arrive.

Je suis abasourdie, consciente à la fois de vivre un moment historique mais aussi l'une des plus grosses catastrophes de notre époque. J'erre comme une âme en peine, en pyjama, n'ayant pas la force de défaire les cartons qui jonchent le sol.

À 11 heures, le mardi, je reçois un e-mail du centre culturel. Je parcours les quelques missions dont on m'a investie et soupire : rien de consistant. Tous les événements à court terme ont été annulés. Je referme le clapet de mon ordinateur et sors dans la cour attenante à notre maisonnette, en quête d'air frais.

Corentin arrive derrière moi et m'enlace.

— Je viens d'avoir mon chef au téléphone... Chômage partiel jusqu'à nouvel ordre. Si le patron a vu juste, la filière cidricole va subir une énorme perte du côté de la consommation hors domicile.

— Oh...

— Ça va aller, ne t'inquiète pas. Et puis, voyons les choses du bon côté : si la situation avait dégénéré quelques mois avant, je n'aurais pas eu la chance de passer ces futurs quinze jours avec toi.

Je recule, sors mon smartphone et immortalise son doux visage... avant de le poster :

A-t-on vraiment besoin de sortir de chez soi quand ce que l'on aime le plus s'y trouve déjà ?

#love #confinementenamoureux

Le téléphone de Corentin bipe, il lit mon post et m'embrasse.

— Oui, répond-il, on a quand même besoin de manger un peu ! Nos courses au drive seront dispo à quelle heure ?

— Dans vingt minutes. Tu veux bien te charger d'aller les récupérer ? J'ai un peu peur, je minimise, complètement tétanisée à l'idée de mettre un pied dehors.

— Pas de problème, sans compter que je vais avoir les rues de Douarn' pour moi tout seul !

Je souris ; Corentin est du genre à toujours voir le verre à moitié plein.

En son absence, je constate que Marilou a posté une photo de son chat sur Instagram. Je like et commente avec entrain cette première publication :

Qu'il est beau ! Marilou, tu m'épates ! Tu sais quoi ? Pendant ce confinement, je vais apprendre les règles de la belote, et ainsi, quand nous nous reverrons, nous pourrons organiser un tournoi dont vous me direz des nouvelles !

Je sors un carnet à spirales, une trousse et mon ordinateur. Je vais me mettre à niveau. Le gang des mamies sera fier de moi !

Lorsque mon amoureux me surprend, plongée en plein tuto YouTube, il manque s'étouffer de rire.

— Je sais, c'est ridicule. Mais Marilou a appris à se servir d'Instagram rien que pour moi... Je lui dois bien ça.

— Hmm..., fait-il, peu convaincu, en essayant de me prendre dans ses bras alors que je bondis en arrière.

— Je préfère que tu te laves les mains avant, si ça ne t'ennuie pas !

Il lève les yeux au ciel avant de rétorquer :

— Pas de câlin, pas de far au pruneau.

— Tu es passé à la boulangerie ? je questionne, ne sachant trop si c'est une bonne ou une mauvaise chose.

— Ouhh, viens me faire un gros câlin ! grogne-t-il en se mettant à ma poursuite, en pleine imitation d'un monstre imaginaire.

Je hurle de peur, gravis les escaliers en courant plus vite qu'Usain Bolt et finis acculée dans la salle de bains. Lorsqu'il me coince enfin près de la machine à laver, il paraît déstabilisé devant la terreur qui anime mon regard.

— Je plaisantais, voyons !

— J'ai... peur, j'ânonne entre deux sanglots. Je ne veux plus entendre parler de ce qui se passe à l'extérieur, ça me tétanise.

Il soupire et se retourne vers la vasque, se savonne minutieusement les mains jusqu'aux coudes et relève mon menton du bout de ses doigts.

— C'est pour ça que tu nous as commandé quatre mois de vivres, dit-il.

— Euh, je veux bien que tu te changes aussi, on n'est jamais trop prudent, je réponds en ignorant sa taquinerie.

— C'est une plaisanterie ?

— Bien sûr que non.

Quelques instants plus tard, il me rejoint au salon, où je suis occupée à battre un vieux jeu de cartes, et me questionne au bout d'un long moment :

— Dis, tu vas bien ?

— J'essaie de gérer ça comme je peux.

— Et la belote fait partie de ta thérapie ? se moque-t-il sans se départir de sa bonne humeur.

Quelques instants plus tard, mon téléphone s'anime. Un post comportant deux clichés de Corentin, où l'on me voit confortablement attablée devant mon ordinateur, de dos, dans la salle à manger. La photo est plutôt flatteuse. Je regarde la deuxième et tombe sur un cliché de mon écran… avec le tuto belote.

`Vous la trouvez glamour ? Attendez de voir à quoi ressemblent ses hobbies !`
`#elletraîneavecdesvieux #labeloteçamebotte`

Il n'a pas osé ?

— Ma vengeance sera terrible ! je hurle pour qu'il m'entende de là où il se cache, avant de me mettre à rire toute seule.

Il n'en rate pas une, quand même !

5

Après avoir passé plus de trente minutes au téléphone avec Marilou, qui m'a assuré qu'elle et ses amies étaient en pleine forme, je fonce aux W-C – cela faisait dix minutes que je me dandinais dans le salon, mais cette conversation me tenait trop à cœur pour raccrocher. Assise sur les toilettes et bien embêtée, je tiens néanmoins ma vengeance. J'extirpe mon smartphone de ma poche et prends une photo du rouleau de papier toilette vide avant de publier :

`Ne cherchez plus d'où vient la pénurie de papier toilette, c'est mon mec. #revanche`

Si je prends le parti de l'humour, en réalité, la propension de Corentin à ne penser qu'à lui ces derniers temps commence à me taper sur le système. On dit que le naturel revient au galop, et effectivement, j'ai l'impression de vivre avec un célibataire qui ne s'occupe pas de qui ramasse et nettoie sa vaisselle le matin, qui me dit à peine bonjour tant il est concentré dans une partie de console à peine son café avalé ou qui a ruiné l'intégralité de ma machine de blanc en ajoutant dans le tambour, à la dernière minute et à mon insu, son pull rouge.

Je décide de lui en toucher un mot, avant que la situation ne s'envenime :

— Mon cœur, tu n'as pas l'air dans ton assiette ces derniers temps... Est-ce que tout va bien ?

Il met enfin son jeu sur pause et tourne son visage contrarié vers moi, avant de murmurer :

— L'absence des copains me mine tellement... Et même si on passe du temps avec eux au téléphone, ce n'est pas pareil. Sans eux, tout est si triste...

OK. Je ne rêve pas : mon propre chéri vient de m'avouer que je ne lui suffis pas. Je ravale ma fierté et réponds :

— Qu'est-ce qui te manque le plus ?

— Sans hésiter : nos réunions de fin de journée, durant lesquelles on se racontait nos anecdotes. Le sens de l'humour de Morgan et le côté altruiste de Justine. Le vrai Thomas me manque aussi, je veux dire : Thomas sans son côté hypocondriaque...

— On pourrait organiser une de ces réunions en amoureux, ce soir ?

— C'est gentil, mais ça ne serait pas pareil... Que se raconterait-on ?

Là, il est tout simplement injuste, et je suis blessée par ses mots, que je prends personnellement.

— Tu veux dire qu'avoir une conversation avec ta petite amie n'est pas intéressant ? je rétorque un peu sèchement.

Il soupire et poursuit :

— Tout ne tourne pas autour de toi, Gwenaëlle, ne sois pas idiote. Tu n'as rien à voir là-dedans. L'absence des copains me peine, c'est tout. Quand tu étais à Brest, je passais le plus clair de mon temps avec eux, et là, plus rien. Ça fait beaucoup de changements... J'aime être entouré et cette situation commence à être pesante pour moi.

Je cherche quelque chose d'intelligent à ajouter, pour me rendre compte que la conversation est close aux yeux de Corentin. Furieuse, je monte dans la chambre et m'enroule dans mon grand plaid en tricot avant d'ouvrir mon ordinateur pour me connecter à belote.com.

Marilou n'est pas là. J'essaie d'appeler Ghislaine sur son fixe, mais elle ne répond pas. Dommage, j'aurais bien eu besoin de son second degré ! Mon amie Justine aussi est aux abonnés absents… C'est sans doute mieux ainsi. Je maugrée un instant avant de constater qu'une des femmes qui vient de se joindre au jeu se nomme Genêt-jolie40. Je ne suis peut-être pas la seule jeune femme à m'intéresser à la belote ?

J'entame une discussion :

Gwen_ha_du : Bonjour, Genêt-jolie40 ! Ça alors, je pensais être la seule femme de moins de 50 ans, ici ☺

Elle répond du tac au tac :

Genêt-jolie40 : Vous êtes inscrite depuis longtemps ? Je ne vous ai jamais vue dans les parages…

Gwen_ha_du : Non, je viens juste de rejoindre le site… Avec l'annonce du confinement et le fait que je vienne d'être embauchée au centre culturel d'une petite ville dans le Finistère, je me suis mise au défi de comprendre ce jeu auquel mes seniors jouent beaucoup !

Genêt-jolie40 : Ah oui, où ça ?

Gwen_ha_du : À Douarnenez.

Genêt-jolie40 : Quelle coïncidence, j'y vis, moi aussi !

Gwen_ha_du : Non ? Quel hasard !

Genêt-jolie40 : C'est vrai que je m'ennuie un peu avec le confinement… et comme je vis seule, ce n'est pas toujours facile de s'occuper ! Heureusement que ce site nous fait passer un peu le temps.

Gwen_ha_du : Oh, j'envie votre tranquillité. Je viens d'emménager avec mon petit ami et la cohabitation n'est pas aussi simple que nous l'imaginions… Je crois que j'aime mes petites habitudes.

Là, sur ce forum, je vide mon sac auprès d'une femme dont j'ignore tout. Le centre culturel, mes adhérents, la belote. Je vomis littéralement mes tracas sur cette pauvre joueuse qui n'a rien demandé.

Genêt-jolie40 : Je pense être plus âgée que vous… et je sais à quel point un déménagement peut chambouler une vie. Mais pensez à une chose : ne serait-ce pas pire si vous étiez seule ? D'accord, il n'est pas parfait, mais personne ne l'est. Essayez de prendre de la hauteur, et pour l'amour du Ciel, ne restez pas cloîtrée chez vous comme cela ! C'est malsain pour vous et votre compagnon.

Je réfléchis et prends conscience de mes propres ratés. Corentin et moi avons toujours échangé par SMS, publications interposées ou téléphone. Et je continue d'agir ainsi au lieu de profiter de lui, de le surprendre ou de lui proposer de vraies activités. Quand un couple s'asphyxie, c'est rarement la faute d'une seule personne. J'ai mes torts, et même si Corentin n'a pas été tendre avec moi tout à l'heure, je ne dois pas lui en tenir rigueur.

Genêt-jolie40 a raison. C'est décidé, dorénavant, je me coupe des réseaux sociaux. Mais avant...

Pour ceux qui ne le sauraient pas encore : je travaille désormais auprès de personnes âgées dans un centre culturel. Elles sont vulnérables et je tenais à vous inciter à être raisonnables, pour elles.

#restezchezvous #covid19

6

Quelques jours ont passé, et malgré mes efforts, la tension entre Corentin et moi est encore palpable. Il ne semble pas vouloir arranger les choses et me fait payer cet enfermement. Hier, j'ai même surpris une conversation téléphonique où il me surnommait Anne Franck... J'en ai touché un mot à Anita, que j'ai appelée sur son fixe hier soir, mais elle s'est contentée de pouffer de rire en décrétant que mon petit ami avait vraiment le sens de la formule.

Ma timidité, comme un vilain souvenir, rejaillit... Je n'ose plus. Je n'ose plus m'imposer, lui parler. J'ai l'impression que plus j'essaie d'arranger les choses, plus il me déteste. À ce jour, je ne pourrais dire si je crains plus le virus ou la vision de mon couple en train de péricliter.

— Mon cœur, ça t'ennuie d'éteindre la télévision pendant qu'on mange ? BFM tourne en boucle depuis ce matin...

— Je me tiens informé, c'est tout, répond Corentin de mauvaise humeur.

La coupe est pleine.

— Non, ce que tu fais, c'est écouter des discours stériles de pseudo-experts, qui nourrissent la peur des braves gens comme moi dans l'unique but de faire de l'audience ! J'en ai ma claque, Corentin, d'entendre ce maudit poste cracher le nombre de décès chaque soir pendant que nous sommes censés passer un bon moment. Je ne veux pas savoir qui, comment ou pourquoi ils sont morts, tu m'entends ?

À peine les mots ont passé mes lèvres que je les regrette. J'y suis allée un peu fort... Mais, en deux jours, cela fait plus de dix fois que je lui demande d'éteindre cette télévision – ce qu'il fait, enfin. Le repas se passe dans un silence pesant avant que je ne pose ma main sur la sienne.

— Excuse-moi, je n'aurais pas dû m'énerver.

— Tu ne m'avais jamais crié dessus avant... Tu sais, la douceur, c'est ce que j'aime le plus chez toi.

Que veut-il dire ? Que si je lui crie dessus il va moins m'aimer ? Je me tais, légèrement désemparée, le vois quitter la table sans débarrasser et s'affaler sur le canapé pour son débrief quotidien avec Thomas ; ces deux-là se prennent pour des experts en infectiologie quand je fais, pour ma part, l'autruche. Il n'y a pas plus opposée, comme manière d'appréhender les choses.

Je n'ai pas envie de parler à Thomas, ni de débarrasser. J'abandonne notre vaisselle et pars me réfugier à l'étage, avec mon ordinateur. Par chance, Genêt-jolie40 est connectée.

Genêt-jolie40 : Alors, comment ça se passe avec votre covid'iot d'ami ?

La remarque m'arrache un sourire.

Gwen_ha_du : Actuellement, je suis devant notre armoire, et je me tâte à découper un par un ses tee-shirts préférés avant de les replier pour lui faire la surprise.

Genêt-jolie40 : Vous êtes drôle, vous savez ? Mais lâchez ces ciseaux. Vous le regretteriez vite.

Je soupire d'aise. Cela fait trois jours que j'échange quotidiennement avec cette femme, que j'imagine quarantenaire, divorcée et bien dans sa peau. Elle me conseille sur mon couple, et je suppose que je la distrais, à ma façon.

Gwen_ha_du : Vous avez dit que vous viviez seule, vous êtes divorcée ?

Genêt-jolie40 : Non, veuve depuis presque quinze ans.

Gwen_ha_du : Je suis confuse, ce doit être terriblement difficile de perdre son mari si jeune.

Genêt-jolie40 : Si jeune ?

Gwen_ha_du : Quel âge avez-vous ? !

Genêt-jolie40 : 81 ans. Mais je sais, je ne les fais pas.

J'en reste bouche bée. C'est impossible, nous avons échangé à propos de mon travail sur les réseaux sociaux, et elle a tout compris ! C'est une as de l'informatique, elle regarde les mêmes émissions télé que moi et adore Maître Gims !

Gwen_ha_du : Mais, dans votre pseudo, pourquoi 40 ?

Genêt-jolie40 : Parce que je suis née en 1940, pardi !

J'éclate de rire, seule derrière mon écran.

Gwen_ha_du : Et Maître Gims ?

Genêt-jolie40 : Ce n'est pas parce que je suis vieille que je n'apprécie pas les belles voix !

Gwen_ha_du : Mais j'y pense : peut-être nous connaissons-nous ? Vous côtoyez le centre culturel ?

Genêt-jolie40 : Même pas en rêve, je déteste ce genre de mouroir qui pue la pisse et la naphtaline ! Les vieux, c'est pas mon truc !

Mon rire redouble, je suis incapable de m'arrêter.

Gwen_ha_du : Vous aussi, vous êtes une marrante !

Genêt-jolie40 : J'imagine… Je dois y aller, j'ai un appel urgent à passer. Concernant votre ami, je vous conseille de lui proposer une activité sportive en extérieur. Les jeunes hommes en raffolent et cela renforce la cohésion. Vous ne serez pas déçue !

Gwen_ha_du : Merci beaucoup et à bientôt !

Je ferme la fenêtre de discussion et pars prendre ma douche, tout en réfléchissant à l'idée lancée par mon amie virtuelle. Du sport, ce n'est peut-être pas une mauvaise idée…

7

Lorsque j'ouvre les yeux, je tombe sur un mot posé sur la table de chevet :

Je suis parti prendre l'air, je n'ai pas voulu te réveiller. Ne t'inquiète pas, je ferai attention.

Je soupire et saute du lit pour aller me préparer un café. J'ignore comment Corentin fait pour réussir à sortir une fois par jour, comme si de rien n'était. De mon côté, je ne me sens en sécurité qu'à l'intérieur de notre maison… et je profite de ces courts moments où j'en dispose rien que pour moi.

Lorsque je m'attable, il rentre justement et fait les quelques pas qui nous séparent.

— STOOOOP ! Déshabille-toi. TOUT DE SUITE ! je hurle en bondissant sur mes deux jambes.

Il me lance un regard polisson avant de rétorquer :

— J'ai toujours rêvé que tu dises ça !

— Je ne plaisante pas !

Sans vraiment comprendre, il ôte ses vêtements et reste là, dans la cuisine, nu comme un ver.

J'enfile des gants et viens ramasser sa tenue, que je jette aussitôt dans la panière à linge. Il a l'air déçu… mais il s'en remettra.

— File dans la douche !

— Uniquement si tu me rejoins, minaude-t-il.

— Je te laisse prendre un peu d'avance, je souris, juste le temps de finir mon café.

En réalité, je n'y mettrai pas les pieds avant qu'il n'ait récuré le moindre centimètre carré de son corps. Ce virus me tétanise et je ne veux pas prendre le moindre risque. C'est déjà assez dur de me dire que Corentin me met en danger avec toutes ces sorties intempestives, alors venir de mon plein gré me coller à cette peau probablement infectée, non merci !

Lorsque je le rejoins enfin dans la salle de bains il s'exclame :

— Ma puce ? Tu ne vas pas me croire quand je vais te dire ce que j'ai trouvé !

Faites que ce soient des frites. En ce moment, je nourris une passion sans limites pour les plats les plus simples, et je tuerais pour de vraies frites accompagnées d'une andouillette de Guémené...

— Ça se mange ? je demande, déjà l'eau à la bouche.

— Non...

Aucun intérêt.

— Je ne sais pas...

— Des masques en tissu pour pouvoir sortir en toute sécurité ! Je sais que tu as peur et, avec cette mesure, les experts sont unanimes : tu ne risques rien. Je me suis dit que ça t'aiderait peut-être à aller prendre l'air...

— Tu as « trouvé » des masques pendant une promenade ?

— Non, je les ai achetés dans une épicerie... Il faudra les laver à 60 °C et le tour sera joué.

— C'est adorable. Tu sais quoi ? Demain, je me charge des courses !

À 10 heures, le lendemain, je relis mon pense-bête une dernière fois :

✓ laisser la personne du drive mettre seule les courses dans le coffre
✓ ne pas toucher le chariot ni les anses du sac
✓ enlever ses chaussures sur le pas de la porte avant de rentrer
✓ ôter son masque par les élastiques et le mettre dans la machine immédiatement
✓ se laver les mains
✓ désinfecter le frigo
✓ enlever tous les cartons d'emballage inutiles et les jeter
✓ se laver les mains
✓ désinfecter toutes les courses au vinaigre blanc
✓ aérer l'habitacle de la voiture et la désinfecter
✓ aller prendre une douche et changer de vêtements

Je suis prête.

Le cœur battant, j'arrête mon véhicule près de la borne du drive, entrouvre la portière et scanne ma carte à la vitesse de la lumière. Je me calfeutre dans l'habitacle, inspire un grand coup et descends en apnée du véhicule pour ouvrir mon coffre, avant de venir me rasseoir à ma place. Une employée ne tarde pas à arriver. Je ressors en gardant mes distances.

— Il y a quatorze articles manquants, mademoiselle.

— Vous les avez remplacés ?

— Non, en ce moment, on manipule les produits le moins possible.

Elle me tend une liste sur laquelle je déchiffre trois mots qui m'affolent :

Pâtes
Papier toilette
Poulet

La base de ma liste de courses ! Soudain, j'oublie la pandémie et me demande comment je vais survivre dix jours sans pâtes et sans papier toilette. Je remonte dans mon véhicule, fébrile, et cogite à toute vitesse tandis que je démarre. Puis je passe devant une petite épicerie bio, dans laquelle je n'ai jamais mis les pieds.

Je me gare, patiente une dizaine de minutes avant de me rendre à l'évidence : il n'y a qu'un autre véhicule sur le parking, et si je suis mon protocole, rien ne peut m'arriver. Je vais m'en sortir, je suis une aventurière des temps modernes !

— Ma puce, t'as acheté que quatre rouleaux de papier toilette ?

— Oui, à 3 euros le rouleau, je n'ai pas pris le format familial...

Il sort des toilettes en me lançant un regard effaré.

— Plus de pâtes, de papier toilette ni de poulet en grande surface. J'ai dû improviser.

Le visage de Corentin s'éclaire.

— Tu es entrée dans un vrai magasin ?

— Oui, avec des moufles et un masque. J'ai acheté deux ou trois choses tout en restant en apnée et je suis sortie en courant après leur avoir jeté ma petite monnaie au visage. Crois-moi bien : ils ont dû me prendre pour une demeurée. Je n'y retournerai jamais ! La honte...

Mon petit ami s'esclaffe tout en venant s'asseoir près de moi.

— Je suis fier de toi.

— C'est gentil...

Plus tard, dans l'après-midi, alors que je suis en train de boire un thé sur la terrasse, mon smartphone sonne. J'espère secrètement voir apparaître le nom de Marilou sur l'écran, car j'ai pris goût à nos rendez-vous téléphoniques, qui me donnent l'énergie nécessaire pour affronter le quotidien. Mais c'est Paul, un copain à nous, qui n'arrive pas à joindre Corentin. Il veut simplement me dire de ne pas m'en faire : avant-hier, mon amoureux a oublié son portefeuille dans leur cuisine lorsqu'il est venu boire un verre. Je déglutis douloureusement, comprenant que Corentin m'a bernée.

Je raccroche quelques secondes plus tard et m'effondre en larmes sur le canapé. Je me sens trahie, perdue et incomprise. Au bout d'un quart d'heure, je décide d'envoyer un SMS à Justine, qui me répond textuellement que ce n'est tout de même pas la fin du monde. Mes larmes redoublent. Une fois calmée, j'écris à Genêt-jolie40. Elle, elle me comprendra. C'est drôle, je ne connais pas physiquement cette femme, et pourtant nous avons tissé des liens forts en très peu de temps. Elle m'envoie des idées de recettes avec ce que l'on trouve dans les rayons, des photos de son jardin ou simplement des petits mots pour me dire que mes messages lui font du bien. Lorsque tout cela sera fini, nous irons boire un verre sur le port. Nous nous le sommes promis.

Je ne me prive pas et lui envoie un message digne d'un roman, détaillant la goujaterie de Corentin. Lui écrire me fait un bien fou. Cela me permet d'extérioriser, mais pas de me calmer complètement cependant. Jamais je n'aurais cru mon petit ami capable d'un tel mensonge. Pire, jamais je ne l'aurais cru capable de mettre nos deux vies en danger pour... une simple bière. N'est-il pas censé vouloir me protéger ? Pourtant, depuis près de trois semaines, un dialogue de sourds s'est installé entre nous. Je ne le reconnais pas, lui d'habitude si prévenant, si constant... Il me fait tout à coup l'impression d'être un sale gosse. Les doutes m'assaillent : et si j'avais quitté Brest pour rien ? Renoncé à un métier épanouissant pour un homme qui ne me correspond pas ?

Je relis le texte que je viens d'envoyer à mon amie virtuelle. Il ne me reste que quelques minutes avant le retour de Corentin, qui doit traîner Dieu seul sait où, à boire des bières avec des gens louches et dégoûtants.

La porte claque, mon cœur bat la chamade. Rester calme.

— C'est moi ! chantonne-t-il avant de poser ses clés et son portefeuille sur la console.

Le traître, il y est retourné !

— Ah... tu as retrouvé ton porte-monnaie, je lui assène calmement.

Il paraît soudain mal à l'aise mais ne dit rien. Je poursuis :

— Paul a appelé tout à l'heure pour me dire que tu l'avais laissé chez lui.

Ses yeux s'affolent et il finit par abdiquer :

— Excuse-moi ! Je sais que, vu comme ça, ça a l'air idiot, mais...

— Mais ?

— Il faut que tu comprennes que j'ai besoin de voir du monde. Je ne suis pas comme toi... C'est le seul écart que j'ai fait. Mes collègues de boulot se retrouvent tous les week-ends autour de barbecues et je décline toujours leurs invitations... Je voulais réellement aller chercher ces masques sans voir Paul – c'est sa femme qui les fabrique. Et puis, ils m'ont proposé de boire une bière en faisant attention...

— Tu n'as pas compris, je l'interromps un sourire mauvais sur le visage.

Il se fige, déstabilisé.

— Tu es fâchée, je comprends...

— Non... je suis déçue. Terriblement déçue que la personne que j'aime le plus au monde me mente effrontément. Tu peux inventer toutes les excuses possibles pour expliquer ton geste, il n'en reste pas moins que tu crevais d'envie d'aller boire une bière avec tes amis et tu l'as fait, sans te préoccuper un instant de ta santé ni de la mienne.

Il rit méchamment.

— Et voilà... Tu vois, c'est exactement pour cela que je ne t'en ai pas parlé. On a l'impression que j'ai risqué nos vies pour cette bière ! Arrête un peu, c'est moi que tu envoies faire les courses ou passer à la pharmacie ! Ma vie, je la risque chaque semaine dans les commerces, et tu sais quoi ? C'est déjà assez éprouvant pour ne pas avoir en plus à me faire réprimander au retour par une madame Je-sais-tout, qui passe sa vie sur un forum avec des vieux, à s'identifier à des personnes à risque alors qu'elle est en pleine santé ! C'est difficile pour toi, on a compris, mais ce que tu sembles oublier, c'est que ça l'est pour tout le monde !

Je déglutis. Merde, il a raison... Il se pourrait que ma façon de faire ait quelque peu viré à l'obsession...

Je remonte, penaude, en quête du confort de notre grand lit et m'y allonge. En emménageant avec mon petit ami, je pensais que rien ne changerait. Or, j'ai la vague impression d'être devenue sa mère. Les trois phrases que je lui répète constamment ne sont plus « Bonne nuit », « Je t'aime » ou « Tu me manques » mais « Lave-toi les mains », « Fais attention » et « Laisse tomber, je m'en charge, c'est plus sûr » ! Il y a des jours où je me déteste à peu près autant que lui, mais je suppose qu'avec ce huis clos c'est une sensation inévitable. Les seuls moments agréables dont nous profitons sont ceux passés à bricoler dans la maison... mais le manque de matériel se fait sentir et les raréfie considérablement.

Un message de Genêt-jolie40 me sort de mes sombres pensées :

Genêt-jolie40 : Bonjour, Gwenaëlle. J'ai bien reçu ton message. Pourrions-nous plutôt en parler via Skype ? Je suis en petite forme et taper sur ce clavier m'est presque insupportable. Lorsque tu auras un moment, appelle-moi. Mon pseudo est le suivant : Genêt-jolie4029.

Soudain, mes soucis de couple n'ont plus aucune importance : Genêt-jolie40 est malade ! Et si… si elle avait attrapé le covid ? Si…

Je lance l'appel vidéo instantanément. Il faut que je m'assure qu'elle va bien et que je l'aide dans le cas contraire. Mes mains tremblent, mon cœur tambourine dans ma poitrine à mesure que les sonneries s'égrènent… Elle ne répond pas. Je tente une seconde fois, rien. Mon cœur s'affole. Je me lève d'un bond, le cerveau en ébullition. Instinctivement, je pense au coronavirus. Se pourrait-il qu'elle l'ait attrapé ? Non, je refuse d'y croire ! Elle prend tellement de précautions…

Une heure plus tard, Corentin me retrouve en larmes, après neuf tentatives d'appel Skype et quatre messages désespérés sur belote.com.

— Tu pleures à cause de notre dispute ? Oh, ma chérie…

Je renifle bruyamment, m'essuie grossièrement les yeux et bredouille :

— Non… Non. Mon amie sur le forum, je crois qu'elle a attrapé le covid… Elle est âgée et vit seule, j'ai peur pour elle.

Le cerveau complètement engourdi par la peur, je lui déballe tout : les conseils de Genêt-jolie40, son soutien indéfectible depuis dix-neuf jours, sa joie de vivre communicative. Au bout de vingt minutes, je vois bien que Corentin arbore une mine pincée, affecté par la relation que j'entretiens avec cette mamie.

— Pourquoi tu ne m'en as pas parlé à moi ? demande-t-il simplement.

— « Une réunion de fin de journée avec toi ce n'est pas pareil »... « Le monde ne tourne pas autour de toi, Gwenaëlle ! »... « Mes amis me manquent », je l'imite.

Il se passe une main dans les cheveux, gêné.

— Je suis un idiot, pardonne-moi.

À travers les coulées de mascara qui déferlent sur mon visage, j'esquisse un sourire. Je retrouve enfin mon petit ami...

— Tu es pardonné.

— Non, j'insiste. C'était injuste... Je... Même si j'essaie de donner le change, cette situation est difficile à vivre pour moi. Cela fait plus de trois ans que je passe toutes mes soirées en compagnie de Thomas, tu étais en déplacement et... Je savais que notre vie à deux modifierait un peu mes habitudes, mais ce confinement m'a littéralement fait changer de vie, perdre mes repères...

Je me love contre lui et lui murmure :

— Ne t'inquiète pas pour ça, c'est oublié. Je n'ai pas été la plus facile non plus, j'en ai conscience...

Après quelques minutes, pour réorienter le sujet sur ce qui me préoccupe vraiment, je demande :

— Mon cœur, on fait quoi pour Genêt-jolie40 ?

Corentin réfléchit un instant – trop heureux de se soustraire à la longue explication à laquelle il s'attendait – avant de conclure :

— On la retrouve et on s'assure qu'elle va bien.

— Mais comment ?

— Vous avez discuté ! Tu dois bien avoir des indices...

J'attrape un calepin resté sur ma table de chevet et me mets à noter tout ce dont je me souviens. Corentin observe la liste d'informations et se gratte la tête...

— Rien d'autre ? C'est un peu maigre.

Je réfléchis et hoche la tête.

— Non, c'est tout ce dont je me souviens...

Nous restons un moment silencieux avant qu'il ne me propose :

— Tu devrais en parler à ta chef, elle saura quoi faire.

— Mais Genêt-jolie40 n'est pas une adhérente du centre !

— Eh bien prétends qu'elle prenait contact avec toi dans le but de s'y inscrire.

Je passe l'heure suivante à rédiger un e-mail au ton alarmiste à Mme Grall, tout en essayant de rappeler mon amie à intervalles réguliers, en vain. La pression monte et je ne cesse de tourner en rond, ne parvenant pas à me détacher du bandeau d'informations qui défile sur BFM :

SITUATION INEXTRICABLE DANS LES HÔPITAUX : LA FRANCE MANQUE DE RESPIRATEURS.

8

Corentin m'interpelle depuis le canapé : Thomas demande de mes nouvelles.

Je m'approche de l'écran et le salue, la mine contrite.

— Ça ne va pas ?

— Pas vraiment... Une future adhérente m'a laissé un message alarmant avant-hier, et depuis plus rien. J'ai peur qu'elle...

Ma voix se brise. Corentin me prend dans ses bras et jette un regard lourd de sens à Thomas.

— Tu sais, un jour j'ai eu une tache sur l'orteil. Tu me connais, j'ai flippé. J'ai donc écumé les forums pour poser des questions, jusqu'à tomber sur la photo exacte de ce que j'avais. Un type l'avait postée en 2008, hyper inquiet... et puis plus rien. Et quand un mec malade et potentiellement atteint d'un cancer ne donne plus signe de vie après un rendez-vous chez le spécialiste... il n'y a pas trente-six solutions : c'est qu'il est mort !

J'étouffe un sanglot tandis que Corentin pouffe de rire.

— Eh bien, figure-toi qu'en fait le gars allait super bien. Il m'a répondu quelques jours après, me signifiant qu'il ne s'agissait que d'un point de sang et que, toute inquiétude envolée, il avait oublié de clore la conversation !

Je me mouche bruyamment, déçue de ne pas pouvoir secouer Thomas, qui est en train de jouer avec mes nerfs.

— Moralité, Sherlock ? demande Corentin.

— Il y a très peu de monde qui meurt d'une tache sur l'orteil... Oh, et ton adhérente va probablement bien, mais ce forum n'est pas sa seule activité, alors relax. Elle t'a sûrement oubliée ou a complètement zappé son mot de passe Skype ! On parle d'une vieille, après tout.

— Tu ne comprends pas... Nous discutons tous les soirs depuis presque vingt jours...

Thomas m'observe, compatissant. Il ne connaît que trop bien le mal qui est en train de me ronger.

— Alors on va la retrouver.

Trois heures plus tard, toujours en visio, nous relisons l'avis de recherche que je m'apprête à publier sur les réseaux sociaux :

URGENT
RECHERCHE UNE FEMME DE 81 ANS
VIVANT À DOUARNENEZ OU SES ALENTOURS,
VEUVE DEPUIS QUINZE ANS,
DÉTESTANT LES VIEUX,
TRÈS DOUÉE EN INFORMATIQUE
ET FAN DE MAÎTRE GIMS.
SI CE PORTRAIT VOUS ÉVOQUE QUELQU'UN,
MERCI DE RÉPONDRE.
CETTE FEMME M'A LANCÉ UN APPEL À L'AIDE
VIA INTERNET MAIS SANS SON IDENTITÉ,
IMPOSSIBLE DE FAIRE QUOI QUE CE SOIT.
AIDEZ-MOI À LA RETROUVER !
GWEN

Pas de jolie photo, pas de fantaisie, juste un texte en lettres noires sur un fond rouge. Je le poste partout : Facebook, Twitter, Instagram, TikTok, belote.com... et j'attends.

Mme Grall me répond dès le lendemain. Elle a vu ma publication sur Internet et me félicite de cette initiative. Elle m'invite à utiliser la page du centre culturel et son carnet d'adresses pour toucher un maximum de seniors : cette femme, même si elle déteste les vieux, doit bien avoir quelques amis. Je copie-colle le texte dans la fenêtre de ma messagerie et envoie mon alerte aux contacts du carnet d'adresses senior : 49 personnes.

Je consulte ensuite mes précédents messages, 29 000 vues, 459 réactions, dont celle d'une certaine Simone.vieille, peu encourageante :

J'espère que vous la retrouverez très vite... et qu'elle n'a pas attrapé cette maladie.

Personne ne semble connaître mon amie, pourtant, tout le monde y va de sa petite remarque... l'effet pervers des réseaux sociaux.

Vers 18 heures, je reçois un message de France 3, qui a pris connaissance de ma recherche et qui souhaite m'aider en diffusant mon avis de recherche au journal télévisé. Je bondis de joie et m'attelle immédiatement à leur fournir une vidéo de bonne qualité où je mentionne le plus de détails possible sur Genêt-jolie40.

— Il y a de grandes chances qu'elle regarde le JT et qu'elle te recontacte d'elle-même, j'en suis certain ! argue Corentin, mon éternel optimiste.

Je l'embrasse, un sourire sur les lèvres, mais j'ai peur… peur que les quelques jours qui viennent de s'écouler n'aient terrassé la vieille femme. Je n'imagine pas le déconfinement sans le café sur le port que nous nous sommes promis. Je voudrais mieux la connaître, moins parler de moi et lui poser un tas de questions. Être son amie jeune, la faire inscrire contre son gré au centre culturel pour qu'elle se rende compte que Marilou et sa clique sont super chouettes…

9

Alors que je suis sous la douche, Corentin hurle d'en bas :

— Téléphone ! C'est important !

J'enfile un peignoir sur mon corps encore plein de mousse et manque me casser la figure dans l'escalier.

— Allô ?

— Gwenaëlle ? C'est Anita !

— Oh... Bonjour, Anita. Tu vas bien ?

— Oui, je me suis permis de demander ton numéro de téléphone à Mme Grall... Figure-toi que ma petite-fille est venue m'apporter mon plein de courses ce midi et elle m'a parlé de ton avis de recherche.

— Oui ?

— Eh bien, je n'en suis pas sûre et je ne veux pas t'induire en erreur, mais je crois qu'il pourrait s'agir de Marguerite, une de mes voisines. Elle a 81 ans et elle déteste les vieux... Bon, je ne sais pas si elle aime les Maître Gims – ce sont des gâteaux au chocolat et à l'orange, n'est-ce pas ?

Pour la première fois depuis des jours, je respire et éclate de rire.

— Non, c'est un chanteur. Mais on s'en fiche ! Anita, connais-tu son adresse ou son nom de famille ?

— Elle habite à quelques maisons de la mienne, près du presbytère de Tréboul, rue Abbé-Le-Gall.

— J'arrive tout de suite !

Une fois rincée, séchée et habillée, j'attrape mon sac à main, tremblante, y fourre un gel hydroalcoolique, mes gants en laine, un grand foulard, des sacs-poubelles et une bouteille de vinaigre blanc.

Pendant les quelques minutes que dure le trajet, Corentin ne cesse de me questionner : suis-je sûre de vouloir y aller ? Nous devrions probablement prévenir les gendarmes...

Je réponds avec un aplomb que je ne me connais pas :

— J'ai perdu suffisamment de temps, et comme tu me l'as fait remarquer, je ne suis pas à risque. Tout va bien se passer, roule !

— Pour la première fois depuis des jours, j'ai bel et bien peur... autant que toi, me chuchote-t-il en posant sa main sur ma jambe.

— Tout ira bien, ne t'en fais pas.

Corentin se gare rapidement sur un trottoir devant l'adresse qu'Anita m'a donnée. Cette dernière ouvre la fenêtre et nous indique une maison de ville, trente mètres plus bas. Mon petit ami fonce et nous arrête pile devant la porte d'entrée, alors que je suis en train de revêtir ma tenue de combat : sacs-poubelles sur les pieds, masque en tissu et foulard devant le visage, gants... Je suis prête.

Je sors, fébrile, et frappe à la porte sous le regard inquiet de Corentin et d'Anita, qui est sortie sur le trottoir devant chez elle pour voir ça.

Devant l'absence de réaction, je frappe une seconde fois, plus fort. Mes jambes peinent à me soutenir et alors que je suis prête à enfoncer la poignée, un bruit discret à l'intérieur m'interpelle.

— Il y a quelqu'un ! je hurle de joie à destination de Corentin et Anita.

La poignée bouge et la porte s'entrouvre.

— On ne vous a pas dit qu'il y avait une pandémie ? C'est indécent de faire du démarchage par les temps qui courent ! Barrez-vous avant que je n'appelle la police... et *Ouest-France* !

— Genêt-jolie40 ! Est-ce que c'est vous ?

La porte s'ouvre en grand. Devant moi, une mamie en combinaison en jean, un brushing parfait et un maquillage étonnant me fait face.

— Gwenaëlle ?

— Vous êtes vivante ! Elle est vivante !

— Comme quoi la haine, ça conserve ! Bon, ce n'est pas le tout, mais je vais rater le journal, braille Anita avant de rentrer chez elle.

— Quelle peau de vache, celle-ci ! s'énerve Marguerite. Je n'ai jamais pu la piffer.

— Ne soyez pas trop dure, c'est grâce à elle que je vous ai retrouvée. Que s'est-il passé ? Vous m'avez fait peur.

Marguerite me jauge un instant, embarrassée, puis salue Corentin et nous invite à faire le tour de la maison afin que nous puissions discuter. Nous obtempérons et nous nous asseyons à plus de trois mètres d'écart, sur un salon de jardin extrêmement raffiné.

— C'est un peu embarrassant, en réalité...

— Allons, Marguerite, Gwenaëlle vous confie ses problèmes de cœur depuis près d'un mois ! plaisante Corentin.

Marguerite rit et m'adresse un clin d'œil.

— Il n'a pas tort, ce petit... À vrai dire, je souhaitais devenir la première influenceuse de plus de 80 ans sur Instagram. J'ai étudié ta façon de faire sur les réseaux sociaux et j'étais sûre de pouvoir faire le buzz. J'ai créé un compte... Il ne me manquait plus que ma première publication. Je voulais faire une photo de moi, pour montrer qu'on peut apprendre à tout âge. J'avais acheté l'un de vos machins, un fer à lisser, par correspondance, car le coiffeur est toujours fermé à cause de ce maudit virus ! s'énerve-t-elle.

Elle nous montre sa main droite, bandée.

— Je ne pensais pas que cela chauffait autant... Je l'ai empoigné à pleine main. Voilà pourquoi je ne peux plus taper sur un clavier. J'étais tellement énervée contre moi-même que je n'ai jamais rallumé l'ordinateur. Je suis vieille, et puis c'est tout ! Il faut que j'arrête de faire de la résistance, tout ça n'est pas pour moi et trop dangereux, fait-elle en hochant la tête de gauche à droite, l'air navré.

— Faites-moi confiance, si vous rallumez votre PC, vous allez vous rendre compte que tout cela, comme vous dites, est bien fait pour vous !

Elle nous interroge du regard, se lève et s'engouffre par la porte vitrée. Nous entendons ensuite un énorme « *What ?* » qui fait mourir de rire Corentin, qui n'en peut plus de cette vieille dame aux attitudes d'adolescente.

— J'ai fait 36 000 vues ? s'exclame-t-elle, guillerette, en revenant au jardin.

— Et vous n'êtes pas encore passée au JT de France 3 !

— Tu as fait tout ça... pour moi ? demande-t-elle, émue.

— Pour toi.

10

Le confinement dure à présent depuis trente-quatre jours, pourtant, je m'apprête à sortir. Sur la case de mon attestation, j'ai coché « assistance aux personnes vulnérables », mais je ne vais pas prendre soin de Marguerite : je vais l'aider à mettre son profil Instagram à jour. Depuis notre passage sur France 3, elle totalise 27 000 abonnés. Elle a reçu de nombreux cadeaux de la part de partenaires, qui comptent bien faire d'elle leur égérie. Marguerite a trouvé une nouvelle jeunesse et gagné la sympathie de nombre de ses voisins... dont Anita, à qui je rends visite régulièrement.

Hier, Marguerite m'a promis de s'inscrire dès le déconfinement au centre culturel, à condition que j'y donne des cours sur les réseaux sociaux. Je n'ai pas osé lui dire que j'avais obtenu une proposition de poste très alléchante en tant que consultante en image. Peu importe, j'ai refusé. Je crois que je vais rester un moment auprès de mes petits vieux. Et puis, maintenant que je suis réellement douée à la belote, il serait dommage de ne pas pouvoir frimer dans la salle communale !

Je frappe à la porte de Marguerite et file directement au jardin, où nous avons coutume de boire le thé. Je m'assieds et demande :

— Tu ne m'as jamais dit d'où te vient cette passion pour les nouvelles technologies...

— De mon mari. Il passait beaucoup de temps sur l'ordinateur et il m'a tout appris. Aussi, quand je suis derrière l'écran, c'est comme si je partageais encore du temps avec lui...

— Vous êtes restés mariés longtemps ?

— Plus de quarante ans. Alors, des petites querelles comme tu m'en as relaté, nous en avons vécu plus d'une ! Mais à la fin, ce n'est pas ce que l'on retient.

— De quoi se souvient-on ?

— Du jour où il a tout abandonné dans le seul but de t'aider à sauver une vieille femme en détresse, par exemple ! répond-elle en m'adressant un clin d'œil. C'est un type bien, ton Corentin, et même s'il est parfois un peu gauche, on peut dire qu'il tient à toi.

Je ris, attendrie. Elle a raison... J'ai parfois tendance à oublier à quel point nous sommes jeunes et inexpérimentés en matière de relations sociales. Nous avons encore beaucoup à apprendre et, pour les enfants que nous demeurons, cette épreuve en terrain connu restera à jamais gravée dans nos mémoires comme la folle aventure au bout de laquelle nous sommes arrivés vainqueurs : ensemble et en bonne santé.

Aujourd'hui, bizarrement, je ne suis plus si pressée que tout redevienne comme avant, j'ai appris à vivre au présent, à lâcher prise et à profiter des gens qui m'entourent, tout simplement.

LA GUERRE DES BALCONS

Georgia CALDERA

1

L'annonce était tombée la veille au soir : la France entière était désormais privée de sortie, et ce jusqu'à nouvel ordre. Sauf raison professionnelle, médicale ou obligation familiale, chacun était donc tenu de rester confiné chez lui en attendant patiemment que la « tempête covid-19 » consente à se calmer un tant soit peu...

Drastique mais nécessaire, la mesure avait des allures d'ultime recours. La gravité de la situation ne pouvait échapper à quiconque, et « angoisse » était devenu le maître mot des journaux télévisés. Personne ne savait combien de temps exactement cela allait durer et, déjà, les supermarchés étaient pris d'assaut, vidés de leurs stocks par des gens terrifiés à l'idée d'être confrontés à la pénurie et au manque.

De mon côté, négligemment alanguie sur mon canapé devant une série Netflix à 11 heures du matin, avec d'épaisses chaussettes aux pieds, les cheveux en bataille, Chafouin – mon chat angora noir – à mes côtés, je me demandai pour la première fois de ma vie si ma garde-robe contenait suffisamment de pyjamas.

Bien entendu, j'étais, comme tout le monde, préoccupée par la crise économique et sanitaire inédite se profilant à l'horizon. Pour autant, je ne m'interdisais pas de profiter de ces pseudo-vacances imposées pour flemmarder un maximum – soit lire, grignoter sur mon balcon et mater des tonnes de séries.

Institutrice en petite section de maternelle, cela faisait déjà plusieurs jours que j'étais cloîtrée chez moi, seule, dans mon petit appartement nîmois. Contrairement à la plupart de mes collègues de l'élémentaire, je ne pouvais tenter de gérer ma classe à distance via Internet, mes petits élèves ne sachant lire. En dehors de quelques e-mails échangés avec les parents, afin de leur fournir des fiches d'exercices à compléter avec leurs enfants, et d'échanges avec mes collègues, je me retrouvais passablement désœuvrée. Quoi qu'il en soit, pour le moment, il me fallait reconnaître que je ne le vivais pas si mal...

Évidemment, j'allais dorénavant devoir faire une croix sur la plupart de mes activités coutumières. Néanmoins, si renoncer temporairement à mes traditionnelles sorties entre copines me pesait, mettre en pause la folle valse des *dates* que j'avais pris l'habitude d'enchaîner de manière quasi frénétique était un soulagement.

Machinalement, j'avisai mon smartphone et passai en revue le profil des trois mecs que j'étais censée voir cette semaine. L'un d'eux m'avait écrit pour annuler – confinement oblige, bien entendu. Les autres n'avaient, en revanche, pas encore pris la peine de me contacter.

Je jetai un nouveau coup d'œil aux photos de ces derniers. Deux hipsters barbus, un brin clichés, qui posaient faussement et nonchalamment, tels des beaux gosses qui s'ignorent – mon genre, si tant est que j'en aie un. Je décidai de leur envoyer à chacun un message pour reporter à une prochaine fois très floue et incertaine nos rendez-vous.

Après quoi, je poussai un long soupir en posant mon téléphone sur le plaid doux et moelleux dans lequel je m'étais enroulée. Soudain, un puissant sentiment de libération m'envahit. Je n'aurais pas à me casser la tête à la recherche de la tenue idéale, ni à passer des plombes à me maquiller ! Pas besoin de prendre soin de m'épiler non plus – à quoi bon, puisque je ne risquais pas de montrer mes jambes à qui que ce soit dans les jours à venir ?

En vérité, je me rendais peu à peu compte que j'étais lasse de ces jeux : les applis de rencontres, ces premiers rendez-vous impersonnels et, la plupart du temps, sans réel intérêt... J'en avais marre de stresser continuellement à l'idée de tomber sur un abruti, un vulgaire queutard ou encore un tordu et de me voir contrainte de développer de subtiles stratégies pour me débarrasser d'eux par la suite. J'étais également fatiguée de me demander sans arrêt, dans le cas contraire, lorsque le type se révélait bien sous tous rapports, si j'avais réussi à lui plaire suffisamment pour que cela débouche sur le fameux graal du deuxième rencard...

Puis du troisième.

Et ainsi de suite, jusqu'au fatidique texto m'apprenant que, même si « le problème » ne venait soi-disant pas de moi, cela ne collait pas. Parce que, oui, il y avait toujours un truc qui clochait. Quelque chose qu'aucun de mes ex n'avait jamais vraiment su définir, mais qui les dissuadait manifestement de faire durer une relation avec moi plus de quelques semaines.

Mes parents, tous deux psychologues, prétendaient que mon caractère affirmé et ma confiance en moi pouvaient effrayer certains mâles en quête de petites choses fragiles à protéger. Selon eux, il existait cependant de plus en plus d'hommes attirés par les femmes fortes et indépendantes. Dommage toutefois que ces spécimens extraordinaires n'aient jamais croisé ma route...

Ainsi, à bientôt 33 ans, je n'avais encore jamais vécu d'histoire excédant les deux mois. Un bien triste constat...

— N'importe quoi, ressaisis-toi immédiatement, Sarah ! me sermonnai-je à haute voix. Qui a décrété qu'une femme ne pouvait s'épanouir que par le biais d'une relation amoureuse ?

Un homme, probablement... Vieux et rabougri, issu de cette génération qui estimait que les épouses étaient bonnes pour rester à la maison, à s'occuper du ménage et des enfants.

J'étais une célibattante convaincue et fière de sa condition. Après tout, si j'avais jusque-là multiplié les rencards, ce n'était que par amusement, pour m'occuper et, d'une certaine manière, pour suivre le mouvement, afin d'avoir, moi aussi, des anecdotes croustillantes – ou marrantes, selon la façon dont se déroulait le rendez-vous – à raconter à mes amies. Non par désespoir ou solitude.

Enfin, du moins, me semblait-il...

Ce confinement était l'occasion idéale de me prouver à moi-même que je n'avais aucun besoin d'un mec dans ma vie pour être heureuse. D'ailleurs, c'était décidé, j'allais de ce pas désinstaller les – bien trop nombreuses – applications de rencontres de mon téléphone.

En quelques gestes rapides et nerveux, je purgeai aussitôt mon smarphone de toute cette pollution virtuelle. Plus de messages échangés à la va-vite avec des inconnus, plus de prises de tête... Voilà, je n'avais plus d'excuse maintenant. Je consacrerais ce temps libre qui m'était imposé à moi et à moi seule. Mon bien-être et mes envies passeraient avant toute autre chose.

Et là, présentement, ce qui me faisait envie se résumait à un gros paquet de chips...

Mes placards étant déjà pratiquement vides – et ma fringale plutôt intense –, je me résignai à devoir faire quelques courses. Je rejetai le plaid chaud et duveteux et me levai à contrecœur du canapé, Chafouin m'imitant aussitôt, l'air un peu fâché.

Je m'arrêtai un bref instant devant le miroir, histoire de vérifier mon allure. Mon laisser-aller était flagrant. N'en voyant guère l'intérêt, je n'avais pas utilisé de lisseur ce matin, aussi mes cheveux bruns crépus retombaient-ils sur mes épaules en fines torsades serrées et ébouriffées, leur conférant un volume des plus impressionnants. Sans fond de teint, ma peau aux tons cuivrés était ternie par endroits et des cernes sombres creusaient mes pommettes, accentuant la pâleur de mes yeux verts.

— Mouais, marmonnai-je en passant les doigts dans ma chevelure rebelle.

Le fait que mon reflet ne me satisfasse pas entièrement relevait-il de ma négligence de ces derniers jours quant à mon apparence ou bien avais-je simplement oublié à quoi je ressemblais au naturel ? Je n'étais pas particulièrement sophistiquée, néanmoins – comme beaucoup de femmes de nos jours –, j'avais pris l'habitude de m'apprêter un minimum avant de sortir et camouflais systématiquement les défauts de mon visage sous une légère touche de maquillage.

Quoi qu'il en soit, je n'allais certainement pas fournir d'efforts pour aller chercher des paquets de chips et quelques plats préparés me permettant de tenir la semaine. Je n'en avais aucune envie et j'avais décidé de bannir tout ce qui me déplaisait.

J'enfilai donc rapidement un jean, un pull et une écharpe – piochés au hasard dans mon armoire – et quittai l'appartement. Une fois sur le palier, je me souvins que, au fond du couloir, à un appartement du mien, vivait une dame âgée. Seule et diminuée physiquement, elle encourait des risques particulièrement élevés en cas d'exposition au virus.

Depuis trois ans que je résidais dans ce petit immeuble du centre-ville de Nîmes, je n'avais jamais pris la peine de faire véritablement la connaissance de mes voisins. Peut-être l'heure était-elle venue d'y remédier ?

Je réajustai mon foulard pour le placer de façon à couvrir ma bouche et mon nez et frappai à la porte de Mme Dumont, ainsi que la désignait l'étiquette au-dessus de la sonnette.

Après une symphonie d'aboiements aussi aigus et désagréables que peu effrayants, le battant s'ouvrit à demi pour laisser passer les regards méfiants de la vieille femme et de son yorkshire.

— Bonjour, je suis votre voisine de palier, me présentai-je à la hâte. Je vais faire quelques courses à la supérette du coin et je me suis dit que vous aimeriez peut-être que je vous rapporte certaines choses afin de vous éviter de sortir.

— Oh, comme c'est aimable à vous ! s'exclama-t-elle, un sourire ravi venant finalement éclairer son visage. Les gens de l'immeuble se soucient si peu des autres, vous savez...

Après une dizaine de minutes à patienter sur le seuil, le temps que Mme Dumont note sur un papier ce dont elle avait besoin, je me retrouvai avec une liste longue comme le bras d'achats à effectuer...

Je revins en sueur et pantelante, les épaules sciées par les poignées de nombreux sacs, un pack de bouteilles d'eau pesant des tonnes dans une main et un de lait dans la seconde. J'avertis Mme Dumont de mon retour d'une brève sonnerie à son Interphone, depuis le hall, puis j'entrepris péniblement l'ascension des escaliers jusqu'au deuxième étage. La vieille femme avait déjà ouvert sa porte et m'attendait devant, se tenant au chambranle.

— Vous avez l'air bien en peine, ma pauvre. J'espère que je n'ai pas abusé de votre gentillesse.

— Mais non, voyons..., mentis-je dans un halètement très peu distingué, pourtant au bout de ma vie.

Derrière moi, des pas pressés firent soudain gémir le parquet ancien et passablement défraîchi de l'immeuble. Je me retournai par réflexe, déconcertée de découvrir que je ne me trouvai pas seule avec ma voisine.

Un homme que je n'avais encore jamais croisé, âgé d'environ 35 ans, portant un manteau de laine gris, une écharpe noire et une baguette sous le bras, venait de gravir les marches à ma suite et traversait promptement le palier pour se diriger vers la porte jouxtant la mienne. J'eus à peine le loisir de remarquer qu'il avait les cheveux châtains, une mâchoire carrée, et qu'il était rasé de frais, qu'il s'engouffrait déjà dans son appartement, ne nous accordant, à Mme Dumont et moi, qu'un bref regard.

— Quel grossier personnage ! s'exclama cette dernière. Il aurait tout de même pu vous proposer son aide, chargée comme vous êtes !

Ou ne serait-ce que dire bonjour...

— Bah, peu importe, soufflai-je dans un sourire bancal, me délestant avec soulagement des paquets destinés à la vieille femme, que je posais sur son paillasson.

Je savais qu'un nouveau résident avait emménagé quelques mois plus tôt dans le logement situé entre le mien et celui de Mme Dumont, mais c'était bien la première fois que j'avais l'occasion de le rencontrer.

— Cet homme est tellement désagréable ! continua-t-elle sur le ton de la confidence. Il rentre tous les soirs à des heures indues, n'est presque jamais chez lui mais trouve malgré tout le moyen de se plaindre des couinements soi-disant trop bruyants d'Oscar.

— Oscar ?

Elle se baissa et attrapa le yorkshire pour le prendre dans ses bras, serrant l'animal contre sa poitrine.

— Mon chien, ce petit amour.

L'animal s'agita avec enthousiasme, visiblement ravi de cette étreinte. Puis il se mit à lécher fébrilement le menton de sa maîtresse... avant de s'attaquer à sa bouche.

Je réprimai péniblement une moue de dégoût et, de plus en plus mal à l'aise, prétextai :

— Je... Je dois rentrer, j'ai... des surgelés à mettre de toute urgence au congélateur.

Mme Dumont ne se décida à interrompre les élans affectifs d'Oscar qu'après plusieurs longues secondes. Là-dessus, refusant apparemment de me laisser partir, elle se pencha vers moi, plaça une main discrète contre ses lèvres et murmura en roulant des yeux :

— Oh, et je crois bien qu'il est de la jaquette...

— Oscar ?

— Mais non, notre voisin !

Je battis des paupières, me demandant tout à coup comment la conversation avait pu déraper à ce point.

— Il n'a pas ramené une seule femme en huit mois, puis il est si... enfin vous voyez, toujours tiré à quatre épingles, ajouta-t-elle, prenant un plaisir évident à m'exposer ses arguments fumeux. Ah oui, et je l'ai déjà vu porter des chemises roses...

Elle haussa des sourcils scandalisés et je hochai la tête en guise de réponse, au comble de l'embarras.

— Mes surgelés, désolée, balbutiai-je, m'empressant de faire volte-face pour filer.

— Merci encore, ma chère ! N'hésitez pas à passer quand vous aurez rangé vos affaires, je vous offrirai le café.

— Bien sûr, dès que j'aurai un peu de temps devant moi, lançai-je sans me retourner, me promettant de n'en rien faire.

Je refermai ma porte et soupirai, dépitée de m'être découvert d'une part un voisin mal embouché et passablement impoli, de l'autre une voisine homophobe...

2

Ma première journée de confinement se termina sur un apéro virtuel entre copines. Un moment qui se révéla aussi indispensable que frustrant, le léger décalage de connexion sur WhatsApp ayant une fâcheuse propension à essouffler le rythme des échanges.

Malgré la situation, j'étais toutefois bien décidée à profiter de ce second jour de vacances forcées pour poursuivre mon programme de visionnage intensif de séries en streaming. Je passais donc la matinée ainsi qu'une bonne partie de l'après-midi confortablement installée dans mon canapé, avachie sous un plaid, Chafouin étendu contre moi.

Vers 16 heures, l'envie de détacher les yeux de l'écran s'imposa. Je me préparai un thé, puis rejoignis mon chat sur le balcon. Le museau dressé, nez au vent, il profitait de l'endroit qui était, pour lui aussi, le plus agréable de tout l'appartement.

Le temps était radieux, idéal pour une promenade... Sauf que je n'avais, cette fois, aucune course à faire, et que toute sortie autre qu'essentielle était interdite.

Au moins, contrairement à beaucoup d'autres personnes vivant en immeuble, je disposais d'un petit espace à l'extérieur, me permettant de prendre l'air – plus qu'appréciable en cette période de claustration. D'ordinaire, j'y passai déjà beaucoup de temps à lire, à grignoter et à flâner, aimant particulièrement le cocon de verdure que j'y avais aménagé grâce à de nombreuses plantes et arbustes en pots. Nul doute que, durant les jours à venir, je m'y réfugierais plus souvent encore, une fois lassée de la télé – ce qui risquait d'arriver plus vite que prévu.

Je pris une grande bouffée d'oxygène et m'accoudai à la balustrade, admirant le bleu profond – plutôt exceptionnel pour le centre-ville – dont s'était paré le ciel. La façade de l'immeuble haussmannien d'en face scintillait presque sous l'intensité du soleil prématurément printanier. La rue, presque déserte, était singulièrement silencieuse.

Tout à coup, un élément inhabituel attira mon attention sur le côté : le balcon de mon voisin fantôme – dont je ne connaissais le visage que depuis vingt-quatre heures – possédait un extérieur identique, mais le sien restait désespérément vide depuis son emménagement.

Enfin, jusqu'à maintenant…

Un vélo d'appartement solitaire venait d'apparaître en plein milieu du balcon. Sans doute l'avait-il installé un peu plus tôt dans l'après-midi sans que je m'en rende compte – au moins, mon voisin avait-il pour lui d'être discret car je ne l'entendais pour ainsi dire jamais.

Comme beaucoup de gens en ce moment, il devait se trouver privé de travail comme d'exercice physique. L'appareil avait sûrement pour but de pallier ce manque…

Je n'eus guère le loisir de me poser davantage de questions car, déjà, l'homme croisé la veille ouvrait sa porte vitrée et sortait de chez lui, en tenue de sport sombre, une serviette drapée autour de ses épaules.

Soudain, je réalisai que je portais une robe de chambre molletonnée mauve, un pyjama rose Hello Kitty et d'énormes chaussons en forme de peluches à l'effigie d'Edwige – la chouette d'Harry Potter. J'avais à la main un mug représentant des chats et sur lequel il était écrit que j'étais la meilleure maîtresse du monde – un cadeau fabriqué par les élèves de l'an dernier. Sans oublier ma chevelure en mode broussaille, probablement encore un peu écrasée sur le côté où je m'étais allongée...

Bref, dire que je n'étais pas sous mon meilleur jour était un euphémisme.

Il me fallait néanmoins reconnaître que Mme Dumont avait raison sur un point à propos de notre voisin commun : même vêtu d'un simple tee-shirt, d'un legging de course et d'un short, il semblait tiré à quatre épingles. Ses joues creuses parfaitement lisses et ses mèches couleur caramel au tombé savamment étudié venaient couronner le tout.

Monsieur Perfection releva brusquement la tête, prenant subitement conscience de ma présence – quand je me tenais à peine à trois mètres de lui –, et m'adressa un bref signe de tête.

Au moins, cette fois, il ne m'ignorait pas totalement – comme quoi, il y avait un certain progrès...

— Bonjour ! le saluai-je d'un ton volontairement enjoué.

— Bonjour, marmonna-t-il, ses yeux clairs dérivant promptement vers le sol.

Sentait-il, malgré mes efforts pour avoir l'air à l'aise, la honte qui m'envahissait à l'idée d'avoir été surprise dans une telle tenue ? Était-il aussi embarrassé que moi ?

Sans plus attendre, il plaça une bouteille d'eau sur le porte-gobelet du vélo, puis prit place sur l'engin – faisant comme si je n'étais pas là à l'observer telle une idiote...

De mon côté, je ne savais pas trop comment réagir. J'étais certes embarrassée, mais après tout, j'étais chez moi. Je n'y pouvais rien s'il n'y avait aucun brise-vue ni paravent entre nos deux balcons, je n'allais tout de même pas rentrer me terrer au fond de mon appartement pour éviter de gêner la séance d'exercice de Monsieur Perfection !

En outre, il était hors de question que je commence à me préoccuper de ma tenue pour me rendre sur ma terrasse. D'ailleurs, à bien y réfléchir, le regard des voisins, ou même celui des passants dans la rue, ne m'avait jamais perturbée jusqu'ici, que je sois négligée ou apprêtée.

J'avalai la dernière gorgée de thé colorant le fond de mon mug, m'efforçant de paraître aussi digne et fière que possible. Mais quoi que je fasse, mon attention se trouvait attirée par cet homme étrange, en train de s'éreinter sur ce qui était pour moi rien de plus qu'une espèce d'engin de torture…

Il avait commencé par pédaler lentement, puis avait peu à peu accéléré, jusqu'à cavaler à toute vitesse sur l'appareil, avec un air extrêmement concentré. Son souffle était profond, régulier et puissant, prouvant qu'il avait l'habitude de pratiquer ce genre de sport.

Tout bien considéré, il semblait se ficher comme d'une guigne que je le dévisage. Peut-être même n'en avait-il rien à faire de me voir dans cet accoutrement ridicule ?

Ce qui eut le don de m'irriter singulièrement, sans que je sache vraiment pourquoi…

Plusieurs dizaines de minutes plus tard, Monsieur Perfection tenait le même rythme délirant sans jamais faiblir. Combien de temps comptait-il donc s'épuiser de la sorte ?

Manifestement, mes résolutions de confinement consistant à me la couler douce – entre chips, romans et séries – étaient à l'opposé des siennes…

Un constat qui ne fit que m'agacer davantage.

Je tâchai de me concentrer sur le ciel, mais ses effets apaisants avaient disparu. La cadence lancinante des pédales combinée au souffle puissant et régulier de mon voisin prit toute la place dans mon esprit.

Sans le vouloir, je jetai derechef un coup d'œil en direction de son balcon.

Il était maintenant en nage. Son tee-shirt lui collait à la peau et accentuait les formes ciselées de son torse. Des mèches humides lui tombaient sur le front et ses tempes étaient luisantes de sueur. Pourtant, Monsieur Perfection n'en était pas moins séduisant, bien au contraire...

Pourquoi, d'ailleurs, n'avais-je pas remarqué plus tôt à quel point il était sexy, avec ses larges épaules et ses muscles secs ?

Je sursautai brusquement, étouffant à grand-peine un hoquet de surprise, lorsque je sentis un frôlement aussi léger que duveteux contre ma cheville. Comme pour me rappeler à l'ordre juste à temps, détournant mon attention afin d'empêcher mes pensées de prendre un tour des plus problématiques, Chafouin me donna un petit coup de tête dans le mollet. Puis il se frotta avec insistance contre le coton de mon pyjama, quémandant quelques caresses.

Je m'exécutai en souriant pour moi-même, me trouvant tout à coup bien bête.

Le confinement devait déjà commencer à me peser pour que je sois ainsi tentée de flasher sur le premier venu. Ce type était peut-être gay – encore que je ne prêtais guère foi aux allégations de Mme Dumont. Quoi qu'il en soit, il était assurément mal aimable et à mille lieues des mecs que j'avais l'habitude de fréquenter.

D'ordinaire, les hommes trop stricts et peu avenants avaient plus tendance à me rebuter qu'autre chose. Je leur préférais de loin les baroudeurs, les tatoués et les bons vivants, nettement plus attirants à mes yeux. Il était évident que j'avais été victime d'un simple instant d'égarement. Je ne pouvais décemment pas trouver Monsieur Perfection séduisant...

Je m'accroupis pour mieux plonger les doigts dans le long pelage noir de Chafouin quand, soudain, j'aperçus une énorme tache blanche dégoûtante de dentifrice sur mon peignoir. Celle-ci s'étalait tout le long du revers, datant probablement de mon dernier brossage de dents – lequel remontait au déjeuner, soit quelques heures plus tôt. La trace était inratable – sauf pour l'incorrigible tête en l'air que j'étais –, donc même de son balcon, Monsieur Perfection ne pouvait pas ne pas l'avoir remarquée...

— Bordel ! m'exclamai-je malgré moi – rougissant sitôt après que cette grossièreté m'eut échappé.

Par réflexe, je relevai précipitamment le nez.

Pour croiser aussi sec le regard intrigué de mon voisin.

Bien entendu, je n'en loupe pas une en ce moment, c'est dingue !

Le goût amer de l'humiliation se répandit sur ma langue, devenant tout à coup insupportable. Exaspérée, je m'empressai d'ôter le vêtement et m'empêtrai maladroitement dans mes mouvements, me retrouvant à moitié coincée dans la seconde manche, me sentant alors au comble du ridicule. Une fois libérée de cette maudite robe de chambre mauve, je me retournai pour foncer en direction de mon appartement. Là, je refermai la porte vitrée d'un claquement sec, battant honteusement en retraite.

Puis je me précipitai vers la salle de bains, fourrant avec agacement le peignoir dans le panier de linge sale, un curieux sentiment de défaite se distillant en moi.

3

Le lendemain matin, dès 10 heures, je sortis sur mon balcon, refusant de m'avouer vaincue. Il faisait encore un temps magnifique, les températures étant particulièrement douces pour la saison. Il était par conséquent hors de question, confinement ou non, que je reste enfermée, à prendre la poussière entre quatre murs.

J'avais mis ma robe de chambre tachée au lave-linge et portais à la place un long gilet de laine à grosses mailles bordeaux. Je n'avais toutefois pas renoncé à mon goût pour les pyjamas, arborant pour la journée un ensemble aux couleurs de la maison Serpentard. Mes cheveux étaient encore légèrement humides de ma douche et je devais me retenir pour ne pas me jeter sur le lisseur – j'avais décidé de leur accorder une pause durant ces congés forcés et je m'y tiendrais.

Chafouin rôdant à mes pieds, prêt à s'installer à mes côtés, je disposai quelques coussins sur le transat, puis m'y étendis, un cappuccino fumant sur la table et un bon gros livre de fantasy entre les mains.

Savourant la tiède caresse du soleil sur ma peau, je me plongeai avec délectation dans le récit, entre scènes épiques et intrigues de cour – soit exactement le genre que j'appréciais. Rapidement, je fus happée par l'histoire.

Monsieur Perfection et son balcon si proche du mien quittèrent enfin mon esprit au profit de citadelles médiévales et de personnages hauts en couleur.

Mon répit fut cependant de courte durée car, à peine une heure et demie plus tard, le voisin fantôme – qui n'en était désormais plus un – sortait sur sa terrasse, lui aussi. Une tenue de sport similaire à celle de la veille sur le dos, il se dirigea directement vers son maudit vélo pour y prendre place.

Cette fois, je résistai à l'envie de l'observer et m'efforçai de garder le regard fixé sur les mots qui s'alignaient devant mon nez. Néanmoins, le bruit incessant de son appareil en vint vite à me taper sur le système et je dus lutter pour rester concentrée sur ma lecture.

Un claquement de langue irrité m'échappa et je refermai l'épais bouquin d'un geste sec.

Je me faisais forcément des idées ; ce type ne faisait pas exprès de sortir sur son balcon pile au moment où je me trouvais sur le mien !

Sauf que, le lendemain, le même schéma se reproduisit. Et le surlendemain également.

Le matin du cinquième jour, je décidai de m'abstenir de me rendre sur ma terrasse pour n'aller y lire qu'aux alentours de 16 heures. C'est alors que Monsieur Perfection fit une entorse à son programme habituel et effectua une séance supplémentaire de vélo d'appartement – celle de la matinée se révélant soudain étrangement insuffisante...

En dehors de cet après-midi, où, pour la première fois, nous nous étions salués de balcon à balcon – après nous être d'abord brièvement croisés sur le palier de notre étage avec Mme Dumont –, mon voisin et moi ne nous étions plus guère adressé la parole. Je m'efforçais pour ma part de lui être aussi indifférente que possible, depuis le mortifiant épisode de la tache et du juron, quand lui mettait un point d'honneur à m'ignorer. Le climat était donc passablement tendu entre nous. Aussi supposai-je qu'une sorte de guerre des nerfs – des plus bizarres et saugrenues – était lancée entre lui et moi…

Jusqu'ici, j'avais toujours cru que ce petit espace extérieur était un refuge, un endroit spécial où je pouvais me prélasser tranquillement tout en étant – dans une relative mesure – à l'abri des regards. L'immeuble était conçu de telle façon que seul le balcon du logement adjacent jouxtait le mien, les autres étant nettement plus éloignés. Les précédents occupants y avaient passé très peu de temps et Monsieur Perfection – étant apparemment rarement chez lui en temps ordinaire – avait jusqu'à récemment suivi leur exemple.

Qu'il finisse par rompre avec cette tradition et me prive ainsi peu à peu de la liberté de profiter pleinement de mon agréable cocon de verdure – en particulier en cette délicate période d'enfermement et de pandémie mondiale – m'était extrêmement pénible. Pour autant, je ne comptais pas rendre les armes, loin s'en fallait. Je n'étais pas du genre à me laisser faire, aussi était-il hors de question que j'attende le jour du déconfinement que mon voisin retourne enfin à son travail pour récupérer ce qui m'appartenait. Il s'agissait ni plus ni moins d'une lutte territoriale et j'entendais bien l'emporter, quel que soit le prix à payer.

Comme le visionnage intensif de séries en streaming commençait à sérieusement me lasser, ce pseudo-conflit m'opposant à Monsieur Perfection tourna progressivement à l'obsession. Si bien que j'en vins à établir des stratégies afin de déstabiliser l'adversaire et le faire lâcher du terrain.

Ma réponse à la provocation de sa deuxième séance de vélo quotidienne ne se fit pas attendre et, dès le lendemain, je décidai de prendre tous mes repas – excepté par temps de pluie, cela allait sans dire – sur la table de mon balcon.

À 10 heures tapantes, j'étais sur le transat, le deuxième tome de la série de fantasy que j'avais commencé dans les mains, me plongeant allègrement dans sa lecture.

Je ne fus guère étonnée de voir mon voisin débarquer en tenue de sport à peine quelques minutes plus tard, prêt à se lancer dans sa course idiote, à pédaler comme un dératé, tout ça pour faire du surplace.

Était-il au courant que les footings en extérieur étaient autorisés à condition de se munir d'une attestation ? Parce que notre problème aurait pu être vite résolu, si tant est que son souhait n'ait été que de pratiquer une quelconque activité physique et non de me pourrir la vie par la même occasion...

La séance d'exercice de mon voisin s'éternisa déraisonnablement, comme s'il cherchait à faire vrombir son appareil aussi longtemps que je resterais moi-même à lire...

Le bruit de son souffle profond et régulier, témoignant de ses poumons d'athlète au mode de vie hyper sain – et chiant –, m'horripilait. Mais je tins bon et parvins malgré tout à ne pas décrocher du récit que je m'efforçais de lire.

Vers midi, je refermai l'épais volume pour me rendre à la cuisine. Alors seulement, Monsieur Perfection cessa ses gesticulations et se résolut à descendre de son engin pour rentrer chez lui, me laissant enfin le champ libre.

Après avoir fait cuire une poignée de pâtes dans laquelle je mis ensuite à fondre un petit morceau de beurre, je retournai dehors. Là, soupirant de ravissement devant le ciel bleu et l'exceptionnel calme de la rue, je m'installai à table avec le livre ouvert à côté de mon assiette, poursuivant ma lecture tout en avalant une bouchée de coquillettes – un plat on ne peut plus simple, mais qui convenait parfaitement à la néophyte en cuisine assumée que j'étais.

Passionnée par le récit, je demeurai ainsi, à faire défiler sans cesse plus vite les pages devant mes yeux, l'assiette vide traînant près de moi.

Il n'y eut pas, ce jour-là, de seconde séance de vélo, si bien que je crus avoir remporté une première victoire sur mon voisin. Je profitai de ces instants de tranquillité pour enchaîner avec un dîner sur mon balcon, dégustant un de ces nombreux plats préparés surgelés que je stockais dans le congélateur tout en terminant le livre commencé le matin même, satisfaite de cette journée de lecture à l'air libre.

Finalement, pour une personne vivant seule dans un appartement de quarante mètres carrés, je ne m'en sortais pas si mal, avec ce satané confinement. Je ne me sentais ni déprimée ni isolée, et l'enfermement ne semblait guère m'affecter outre mesure.

J'allai me coucher l'esprit léger, persuadée que mon sommeil serait cette fois serein – et non truffé de cauchemars comme il l'était si souvent ces derniers jours.

Ne restait plus qu'à espérer que j'avais bel et bien obtenu gain de cause et que Monsieur le Fou du Vélo avait compris que jamais je n'accepterais de me priver de la jouissance de mon balcon, pas même pour quelques heures le temps de ses exercices.

Enfin, c'était sans compter sur l'exceptionnel potentiel de ce type en matière de harcèlement. Sa riposte n'arriva pas immédiatement, mais elle n'en fut que plus sournoise...

Après une nuit finalement plutôt moyenne, je pris place dès le début de la matinée dans le transat du balcon, entamant la lecture du troisième tome de la captivante saga de fantasy dans laquelle je m'étais lancée. Je fus agréablement surprise de constater que, les heures défilant, Monsieur Perfection Passion Vélo ne se pointait pas pour m'imposer la vue de son corps athlétique en train de s'activer sur son bruyant appareil. L'espace d'un bref instant, j'en vins presque à regretter de m'être montrée aussi impitoyable – mon but n'étant pas non plus de dissuader quiconque de s'exercer chez lui s'il le souhaitait...

Ces remords ridicules disparurent toutefois rapidement lorsque, à l'heure du déjeuner, alors que j'étais tranquillement installée à ma table – à grignoter des chips tout en sirotant un cocktail improvisé à base de rhum, de jus d'orange et de grenadine –, j'aperçus mon voisin sortir sur son balcon, les bras chargés de deux chaises.

Éberluée par son culot, je l'observais tandis que, vêtu cette fois d'un jean sombre et d'une chemise bleue, il disposait consciencieusement les meubles près de la rambarde, puis apportait un plateau contenant plusieurs plats à l'odeur terriblement alléchante. Il déposa son chargement sur l'un des sièges et s'assit sur l'autre. Puis, sans même m'accorder un regard – sans doute satisfait de son effet –, il remplit son assiette d'une demi-douzaine de noix de saint-jacques épaisses et dorées et d'une bonne part de risotto crémeux aux asperges.

Au comble de la rage, je ravalai ma salive, aussi envieuse qu'indignée.

Ainsi, ce type avait non seulement décidé de m'imiter en prenant son repas dehors, mais en plus, il tentait de me narguer avec sa cuisine odieusement raffinée ! Il fallait tout de même être sévèrement atteint pour faire un truc pareil... Était-il allé chez un traiteur juste pour mettre en œuvre son plan diabolique visant à me gâcher la vie ?

Peu importait, je me fichais totalement de l'endroit où il avait pu dénicher de tels plats. S'il croyait que son petit manège allait m'atteindre de quelque manière que ce soit, il se mettait le doigt dans l'œil !

De nouveau, je m'appliquai à l'ignorer, continuant à piocher dans le paquet de chips jusqu'à ce qu'il n'en reste plus une seule. Après quoi, j'avalai rapidement une tranche de jambon sous vide et un yaourt, la gorge serrée par l'exaspération. Puis, plutôt que de rentrer dans mon appartement, je me remis à la lecture tandis que Monsieur Perfection débarrassait sa terrasse. Je ne cillai même pas quand, une heure et demie plus tard, il revint en tenue de sport et grimpa sur son maudit vélo.

Le soir venu, plus fumasse que jamais, j'allai prendre mon dîner – composé d'un autre plat préparé et surgelé sélectionné au hasard dans le congélateur ainsi que d'un autre yaourt – sur le balcon, comme je l'avais initialement prévu. Les deux chaises sur la terrasse de mon voisin restèrent toutefois vides et je ne le vis pas reparaître de la soirée.

Je me couchai excessivement contrariée, ne pouvant m'empêcher de me demander si ce dernier avait cherché à m'offrir un quelconque répit en me laissant le champ libre durant quelques heures ou bien s'il préparait un nouveau coup pour mieux me mettre hors de moi...

4

Je me levai ce jour-là d'humeur massacrante mais déterminée, prête à défendre mon territoire ainsi que mon droit d'y flâner tranquille et seule si je le souhaitais.

Des idées stupides commencèrent à me traverser l'esprit.

J'éprouvais l'envie quasi irrépressible de coller ma chaîne hi-fi contre le mur séparant mon logement de celui de mon voisin et de mettre de la musique de daube à fond. Je songeais aussi à laisser toutes les fenêtres de mon appartement grandes ouvertes afin qu'elles claquent le plus bruyamment possible. Et je ressentais également tout à coup le besoin pressant de clouer tous ces cadres que j'avais achetés et accumulés au fil des années sans jamais prendre la peine de les accrocher...

Au moment où j'envisageais sérieusement de sortir uniquement pour acheter un maroilles en vue de le laisser vieillir sur mon balcon, je me rendis compte que j'étais en passe de dérailler et que toutes ces journées d'enfermement avaient fini par me monter à la tête. Là, je compris que quelque chose n'allait pas. Je n'étais pas dans mon état normal et j'avais clairement perdu tout recul.

Monsieur Perfection et moi n'entretenions quand même pas ce type de relation exécrable. En outre, mieux valait éviter de rentrer dans le cercle vicieux des conflits de voisinage. Notre brouille était nettement plus subtile – relevant davantage de la guerre froide que de la bataille ouverte – et devait avant tout rester de cet ordre.

J'aurais pu simplement lâcher l'affaire, me résoudre à ne me rendre sur mon balcon que lorsque mon voisin ne se trouvait pas sur le sien et, en attendant, aller faire un tour dans le quartier, histoire de me dégourdir les jambes et m'aérer le cerveau – cela aurait été une excellente idée, la meilleure, sans contestation possible. Ce fut toutefois plus fort que moi et, à la place, je retournai sans tarder sur le lieu de l'affrontement, prête pour une nouvelle journée de lecture intensive et – par la même occasion et en dépit de tout bon sens – de lutte silencieuse et acharnée.

Certes, je refusais d'aller jusqu'à créer de grossières nuisances juste pour le plaisir d'empoisonner la vie de Monsieur Perfection, mais pour autant, je n'avais aucune envie de me montrer raisonnable. Je n'avais pas dit mon dernier mot. Je pouvais encore trouver des moyens plus insidieux et perfides de provoquer à mon tour l'adversaire…

Je portais d'ailleurs mon dernier pyjama – les autres se trouvant tous dans le panier de linge sale –, le plus grotesque de ma garde-robe, celui que je ne mettais pour ainsi dire jamais car bien trop ridicule. Il s'agissait ni plus ni moins d'une large grenouillère pour adulte aux couleurs de Pikachu, un cadeau de mon frère, geek au dernier degré.

Peut-être cette nouvelle injure à la mode et au bon goût finirait-elle par venir à bout du stoïcisme imperturbable de mon voisin ? Peut-être même, avec un peu de chance, qu'à force de me démener pour paraître rebutante j'en viendrais à lui couper l'appétit, le décourageant ainsi de renouveler l'expérience des repas en extérieur ?

À l'instar de ces derniers jours, je pris place sur le transat, le temps étant encore une fois des plus radieux, tâchant d'avoir l'air parfaitement détachée et sûre de moi – ce qui était loin d'être aisé dans un accoutrement aussi grotesque. Pour faire bonne mesure, je passai la main dans mes cheveux afin de les ébouriffer davantage – au point où j'en étais, autant y aller à fond...

Je me mordis la langue, étouffant un ricanement nerveux, et dus me retenir de tourner la tête pour voir le visage de mon voisin lorsque celui-ci vint, dès 10 h 30, faire sa séance quotidienne de vélo d'appartement.

Toujours en grenouillère, je dressai ensuite le couvert sur la table, m'efforçant d'ignorer les délicieuses odeurs de cuisine qui émanaient de chez lui. Le nez dans mon livre, j'entamai ensuite ce qui était sans doute le pire repas de ma vie – constitué cette fois de crackers, d'un burger industriel et de plusieurs paquets de cookies. Je me moquais bien des kilos que je pourrais prendre, du moment que ma goinfrerie pouvait un tant soit peu écœurer Monsieur Perfection...

Il se pointa quelques minutes plus tard, un plat de filet mignon laqué et un autre de flan aux légumes dans les mains, qu'il déposa comme la veille sur l'une des chaises avant de s'asseoir sur la seconde. Après quoi, il se servit et commença à manger en observant la rue, comme si rien n'était plus normal que de déjeuner à seulement deux mètres d'une inconnue déguisée en Pikachu...

Un puissant soupir irrité m'échappa et je froissai bruyamment l'emballage en aluminium du paquet de gâteaux apéritifs que je venais de terminer pour donner le change.

Quoi que je fasse, rien n'y changeait ; Monsieur Perfection n'était pas seulement doté d'un physique irréprochable, il était également pourvu de nerfs d'acier et d'un aplomb en béton armé.

Soudain, un raclement de gorge appuyé m'arracha à mes ruminations.

— Vous, hem... Est-ce que... vous en voulez ? demanda mon voisin en se tournant dans ma direction.

Ce dernier m'adressait véritablement la parole pour la toute première fois !

Je plissai les paupières, me demandant si c'était bien à moi que la question s'adressait. Puis, je pivotai et observai l'homme étrange derrière sa rambarde, abasourdie de le voir tendre vers moi son plat de filet mignon, prêt à se lever pour me l'apporter.

Figée de consternation, réfléchissant à toute vitesse, cherchant à trouver où pouvait bien se cacher le piège, j'articulai en battant des paupières :

— Pardon ?

Ce type ne peut quand même pas avoir été jusqu'à planquer des laxatifs dans son repas, ce serait de la folie...

Sauf erreur de ma part, nous n'avions pas encore atteint un tel degré d'hostilité. Sans compter que je l'avais vu manger... Personne n'irait avaler ce genre de trucs uniquement pour la satisfaction de rendre malade une voisine – même très chiante...

— J'en ai fait beaucoup trop, comme toujours, déplora-t-il en quittant sa chaise, s'approchant de la balustrade. J'aimerais autant ne pas avoir à jeter de nourriture. Enfin, à moins que vous ne détestiez le porc, bien entendu...

Résolument méfiante, je fronçai les sourcils et m'exclamai :

— C'est une plaisanterie, c'est ça ?

À son tour, il cilla, visiblement décontenancé.

— Je vous assure que non. D'ailleurs, je ne vois pas vraiment ce qu'il y aurait de drôle là-dedans...

Je me levai finalement afin de lui faire face, de plus en plus agacée. Jamais encore je n'avais eu l'occasion d'observer mon voisin d'aussi près. L'espace d'un instant, je me laissai distraire par le charme de ses traits, encore plus fins et harmonieux que je ne l'avais cru. Son expression, vaguement amusée mais surtout tendue, reflétait clairement de l'embarras, comme si ce premier échange revêtait une certaine importance à ses yeux.

Cherchait-il vraiment, par cette étrange tentative, à établir une sorte de trêve entre nous ? Ou pensait-il juste que flatter mes papilles l'aiderait d'une quelconque manière à prendre le dessus et remporter la partie ?

Monsieur Perfection tendit de nouveau le plat qu'il avait dans la main vers moi et, m'adressant un petit sourire hésitant – beaucoup trop craquant à mon goût –, insista :

— Servez-vous, je vous en prie.

Sa voix était si suave et son regard gris tellement troublant, aussi clair qu'un ciel d'hiver, que je faillis brusquement jeter l'éponge et tout oublier pour me jeter sur son appétissant présent...

Puis, soudain, je me souvins de quoi j'avais l'air...

Je portai une grenouillère Pikachu, des chaussons en forme de chouette et j'avais les cheveux en pétard. Je ressemblais à un clown ayant mis les doigts dans une prise électrique et tout cela était parfaitement intentionnel...

Une bouffée de honte monta d'un coup en moi, menaçant de m'étouffer.

— Donc, selon vous, il est évident que je devrais accepter votre généreuse offre et mettre à la poubelle mon propre déjeuner ? répliquai-je du tac au tac, désignant d'un geste irrité mon assiette à peine entamée et les paquets ouverts. Vous partez du principe que je devrais forcément préférer votre cuisine à... à mon burger tout prêt ? C'est bien cela, vous êtes vraiment convaincu que votre repas est meilleur que le mien ?

Une moue blasée incurva ses lèvres, puis Monsieur Perfection hocha la tête avec une insolente assurance.

— Oui, absolument.

Ma mâchoire faillit se décrocher sous l'effet de la stupéfaction. Décidément, ce type ne manquait pas d'air...

Je croisai les bras, scotchée par son attitude. Ainsi, il était inconcevable pour lui que quelqu'un de normalement constitué puisse aimer les plats préparés et ne pas particulièrement apprécier le fait maison...

— Vous êtes vraiment très... très arrogant, lâchai-je dans un souffle, ne voyant pas l'intérêt de lui cacher le fond de ma pensée.

Étonnamment, ma remarque ne sembla guère l'égratigner.

Il haussa les épaules et allégua, toujours aussi sûr de lui :

— Je suis chef cuisinier de métier, ce que je prépare est toujours excellent. Par conséquent, oui, j'estime que ces plats que j'ai passé la matinée à concocter surpassent de très loin votre sandwich industriel surgelé et sa cuisson micro-ondes.

J'eus alors un petit mouvement de recul. Je ne m'étais guère attendue à cela, aussi me trouvai-je tout à coup à court de mots...

— Oh, et vous avez raison, admit-il finalement en baissant les yeux. Je suis sans doute très arrogant pour tout ce qui touche de près ou de loin à la cuisine. Dans mon domaine, cela n'a rien d'inhabituel, vous savez. Cela étant, je vous demande de m'excuser si ma proposition vous a paru quelque peu cavalière. Je ne voulais pas me montrer offensant, loin de là, je vous assure.

Il baissa le bras, ramenant légèrement le plat vers lui tandis que je le regardai silencieusement, à la fois circonspecte et perplexe – et un peu déçue de voir le filet mignon s'éloigner de moi...

Le regard à présent fixé sur le carrelage de son balcon, il poursuivit d'un ton soudain navré :

— J'ai dû fermer mon restaurant à cause du confinement et je dois avouer que je m'ennuie terriblement depuis. D'ordinaire, je passe pour ainsi dire ma vie sur mon lieu de travail. Et je ne cuisine jamais pour moi seul, je me contente d'avaler sur le pouce ce que je trouve sur place. Mais avec toutes ces journées d'inactivité, je crains de perdre la main, à la longue. Aussi, j'ai décidé hier de me remettre aux fourneaux, même si cela me paraît un peu absurde. En vérité, vous me rendriez service en acceptant de m'aider à terminer ce que j'ai préparé...

— Très bien, cédai-je dans un soupir faussement désabusé.

Si c'est pour rendre service, dans ce cas...

Je ne fis guère plus de manières et saisis le plat qu'il me présentait, puis je le posai sur la table afin de me servir. J'en transférai une portion significative dans mon assiette – à côté du burger au pain déjà fripé et sec dans lequel j'avais à peine mordu – puis fis volte-face pour le rendre à son propriétaire. Déjà, ce dernier s'empressait de me tendre le flan aux légumes, m'invitant à en prendre également.

Cela avait l'air si bon...

Comme je n'étais plus à une concession près – et que j'étais également très curieuse à l'idée de goûter la cuisine de ce type, apparemment plus que compétent –, j'en déposai une part à côté du filet mignon.

— Merci, marmonna mon voisin après que je lui eus redonné le second plat.

— Je vous en prie, répondis-je mécaniquement, sans toutefois aller jusqu'à le remercier à mon tour.

Je demeurai sur mes gardes, la hache de guerre n'étant pas encore enterrée en ce qui me concernait...

J'allais m'asseoir derechef sur ma chaise de jardin en bois et piquai un morceau de viande et de flan, avant de les porter à ma bouche. Je me savais observée, Monsieur Perfection étant tourné vers moi, dans l'attente d'un verdict.

Pourtant, je ne pus retenir un soupir de pur ravissement...

— Hmm, c'est délicieux...

Il me semblait qu'une éternité s'était écoulée depuis ma dernière sortie au restaurant avec mes amies. Après ça, le confinement avait été imposé et je ne m'étais nourrie que de cochonneries industrielles pauvres en goût, si loin d'égaler ce genre de mets...

Cela m'ennuyait de devoir donner raison à ce type. Il me fallait malgré tout reconnaître qu'il n'avait pas menti : il était incontestablement doué dans son domaine.

— Merci, répéta-t-il d'un ton satisfait, nettement plus assuré.

Je jetai un coup d'œil dans sa direction et le vis se détourner de moi pour reporter son attention sur sa propre assiette, reprenant le cours de son déjeuner.

Était-ce une simple vue de mon esprit ou étions-nous réellement en train de partager un repas ?

— Vous vous appelez Sarah, c'est bien ça ? me demanda-t-il depuis son balcon – confirmant ainsi ma théorie selon laquelle nous mangions à présent ensemble.

Je me figeai derechef, la fourchette à quelques centimètres de la bouche.

— Votre cuisine est peut-être excellente, mais vous n'en devenez pas moins flippant, là... Comment savez-vous ça ?

— Pardon, s'excusa-t-il dans un sourire entre l'amusement et la contrition. J'ai simplement lu le nom indiqué au-dessus de votre sonnette hier, lorsque je suis sorti faire des courses.

Pour ma part, je n'avais plus mis les pieds hors de mon appartement depuis ce matin où nous nous étions croisés sur le palier, aussi n'avais-je pour ma part jamais regardé l'étiquette à sa porte.

— Moi, c'est William, se présenta-t-il naturellement.

J'aurais peut-être dû répondre que j'étais enchantée, mais puisque je ne l'étais pas et que je n'aimais pas mentir, je marmonnai à la place :

— OK.

Certes, je me régalais avec ce repas qu'il m'avait – aussi curieusement que gentiment – offert, néanmoins je n'avais aucune envie de sympathiser.

Ce type avait tenté de me pourrir la vie. Il m'avait privée des jours durant du plaisir de flâner tranquille sur mon balcon et ce en pleine période d'enfermement, au moment où j'avais le plus besoin de cet espace – de cette bulle de sérénité que je m'y étais fabriquée – afin d'être capable de traverser cette épreuve…

J'avalai une nouvelle bouchée de flan, laissant la nourriture fondre sur ma langue. Les légumes cuisinés par William possédaient une saveur que je n'avais jamais connue, absolument exquise.

En fin de compte, lui et moi étions dans la même situation, tous deux sans travail jusqu'à ce que le gouvernement décrète la fin du confinement.

Sauf que lui a bien plus à perdre que moi…

Les choses devaient être extrêmement compliquées pour tous ceux qui bossaient dans la restauration. Cela ne m'était pas venu à l'idée mais peut-être, finalement, que mon voisin avait lui aussi besoin de sa terrasse en ce moment, quand bien même il ne s'y rendait jamais en temps normal.

Le silence retomba entre nous jusqu'à ce que, clairement embarrassé, William lance, tranchant tout à coup dans le vif :

— J'aurais dû vous aider avec les packs d'eau ce matin-là, sur le palier, c'est ça ?

— Vous auriez dû, oui, opinai-je, satisfaite qu'il ait fini par s'en rendre compte.

— Je me suis montré plutôt impoli, je le regrette. Ce n'était pas mon intention, pas envers vous, du moins. À ma décharge, Mme Dumont est tellement...

Il s'interrompit pour laisser filer un long soupir entre ses dents serrées. Il repoussa son assiette, puis y déposa ses couverts, l'appétit manifestement coupé.

— Elle vous a mené la vie dure depuis votre emménagement ici, n'est-ce pas ? devinai-je, comprenant subitement la froideur de William lors de notre première rencontre.

— En effet, admit-il en se passant la main dans les cheveux. Un jour, je me suis plaint de son chien et après, ça a été l'escalade. Elle surveille mes allées et venues, elle met le son de sa télé plus fort quand elle me sait chez moi, elle laisse ses fenêtres claquer pendant des heures lorsqu'elle s'absente...

Je fronçai le nez en prenant conscience que j'avais bien failli, moi aussi, me comporter en vieille mégère, tout ça parce que je ne supportais pas que mon voisin utilise son balcon quand je me trouvais sur le mien...

Cet enfermement forcé m'était clairement monté à la tête. Cela était allé beaucoup trop loin et j'avais des remords à présent. Comment avais-je pu croire que j'avais le droit d'en vouloir à William d'occuper ni plus ni moins qu'une partie de son propre appartement ?

Compatissante, je racontai à mon tour :

— Je lui ai proposé une fois de faire quelques courses pour l'aider et je me suis retrouvée à devoir lui rapporter des stocks de provisions pour au moins un mois. En prime, j'ai eu droit au bulletin commérage du moment. On ne me reprendra plus à tenter de me montrer serviable, c'est terminé.

William laissa alors échapper un petit rire amusé, son visage s'illuminant d'un magnifique sourire à la blancheur impeccable et au charme tout à fait déroutant.

— Elle cache bien son jeu derrière ses airs de gentille vieille dame solitaire, observa-t-il, commençant à empiler la vaisselle.

William se leva, les bras chargés des reliefs de son déjeuner, puis parut hésiter. Après quelques secondes à contempler le sol de sa terrasse, il s'enquit :

— Demain, même heure, vous êtes d'accord ?

— Euh, d'accord pour quoi exactement ?

— Pour remettre ça, proposa-t-il dans un haussement d'épaules. Je vais encore trop cuisiner et j'aurai de nouveau besoin d'aide, je le crains. Autant donc vous prévenir tout de suite. Y a-t-il un plat en particulier que vous aimeriez que je prépare ? Je sais tout faire, ou presque, et j'aime les défis. Alors n'hésitez pas, demandez-moi.

— Eh bien, je... Ce n'est pas...

Je voulais refuser. Cela semblait tellement saugrenu... En outre, je n'aimais pas ce type – même si j'avais décidé de revoir légèrement ma position, il était hors de question que je change totalement d'avis à son propos.

Cependant, je m'entendis répondre :

— Dans ce cas, j'adorerais manger une pizza. Enfin, si c'est dans vos cordes, évidemment.

— Ce n'est pas exactement ma spécialité, mais enfin, je devrais largement pouvoir m'en sortir, se vanta-t-il, le coin de ses lèvres se retroussant derechef – pour mon plus grand plaisir. Je vous dis donc à demain, Sarah. Même heure, même lieu.

Là-dessus, il s'éclipsa, me laissant seule et troublée. Comment avions-nous pu si rapidement basculer d'une guerre froide à des rendez-vous amicaux ?

5

Après une bonne nuit de sommeil, je me levai avec l'étrange sentiment que quelque chose de significatif venait de changer dans mon quotidien.

C'était un peu idiot car il n'y avait en réalité rien de vraiment nouveau. J'avais seulement fait la connaissance de mon voisin, cela n'allait pas non plus révolutionner ma vie…

Une fois passée sous la douche, je m'empressai de troquer la grenouillère Pikachu contre mon pyjama rose, espérant être ainsi vaguement moins ridicule – sans renoncer pour autant à mon confort, avec lequel j'étais résolue à ne faire aucune concession durant cette période de confinement. Ce n'était pas parce que j'avais un déjeuner de prévu que je devais modifier quoi que ce soit à mes habitudes.

Aussi allais-je dès 10 h 30 sur ma terrasse pour y profiter de l'air frais et du soleil, poursuivant ma lecture du quatrième opus de la saga de fantasy dans laquelle je prenais toujours plus de plaisir à me plonger.

Mon humeur était très différente de celle de la veille. Je me sentais un peu mal à l'aise à l'idée de revoir William, sans que ma gêne puisse véritablement s'expliquer. Mes velléités guerrières s'étaient totalement dissipées. Je n'avais plus la moindre envie de pousser mon voisin à déserter de nouveau son balcon.

C'était à moi de m'accommoder de sa présence et des bruits de son appareil de sport, non à lui de se priver de cette partie de son logement. D'ailleurs, comment avais-je pu croire l'inverse ? Ma réaction avait été extrêmement égoïste et injuste – limite irrationnelle, avec le recul, je m'en rendais bien compte.

Toutefois, William resta absent de sa terrasse durant toute la matinée – ce qui, paradoxalement, me contraria quelque peu... Il avait probablement dû faire une croix sur sa séance de vélo coutumière en raison des courses nécessaires à la préparation du repas que j'avais demandé – ce qui ne me le rendait que plus sympathique, en fin de compte...

Après tout, peut-être allais-je me faire un nouvel ami de ce voisin qui m'avait paru si exécrable au premier abord ?

En vérité, cette perspective était loin de me déplaire, la solitude commençant à me peser sérieusement ces derniers temps. Les échanges d'e-mails avec mes collègues et les parents de mes élèves étaient relativement limités et les apéros virtuels entre copines avaient beau être agréables, ils manquaient malgré tout de convivialité.

Peu avant midi, de délicieuses odeurs de cuisine émanèrent de chez William, me mettant l'eau à la bouche.

Finalement, pile à l'heure prévue, il sortit sur son balcon, deux énormes pizzas dans les mains. Je fermai mon livre dans un claquement et l'abandonnai dans un coin du transat avant de me lever.

— Hmm, ce n'est pas exactement ce qui était prévu..., lançai-je en guise de salutation, les bras croisés, tapotant mon menton de l'index.

William fronça les sourcils de confusion, puis reporta son regard sur les grandes assiettes rondes qu'il tenait.

— Je trouve au contraire que cela ressemble beaucoup à ce que tu m'avais demandé...

— Certes, mais nous nous étions mis d'accord pour que je t'aide à finir l'excédent, pas pour que tu prépares carrément deux plats.

Je réalisai tout à coup que je venais spontanément d'adopter, moi aussi, le tutoiement, ce qui ne parut ni déranger ni surprendre William.

Il poussa du pied les deux chaises afin de les rapprocher de la balustrade jouxtant mon balcon.

— J'ai pourtant parfaitement respecté les termes du contrat, opposa-t-il tranquillement. Ce sont des pizzas à partager, voyons. Ne connaissant pas tes goûts, j'ai opté pour la prudence. Il y en a donc une aux légumes de saison et l'autre est aux quatre fromages.

Il déposa la première sur un siège, puis la seconde sur l'autre. Après quoi, il retourna dans son appartement et rapporta deux assiettes.

— Alors, que préfères-tu ? me demanda-t-il, prêt à faire le service.

— Une part de chaque, s'il te plaît.

Un sourire bancal retroussa le coin des lèvres de William, ma réponse semblant le satisfaire.

Le partage fait, il me tendit ma portion au-dessus de la rambarde. Je m'empressai de la saisir, ne pouvant me retenir de prendre un air ravi devant ce superbe festin gracieusement offert. William empila ensuite le plat contenant sa part sur celui resté vide et s'installa sur la chaise ainsi libérée.

Ne voulant pas être incorrecte, je décalai à mon tour légèrement la table sur ma terrasse, afin d'être moins éloignée. Il était évident, à présent, que nous déjeunions ensemble, aussi aurait-il été ingrat de continuer à manger dans mon coin, à l'autre extrémité du balcon...

— Au fait, je suis institutrice en maternelle, annonçai-je après avoir savouré une première et succulente bouchée de pizza.

— Je l'avais deviné.

Je me tournai vers lui en haussant les sourcils, me demandant comment il avait pu déduire mon métier d'un simple coup d'œil – les pyjamas et autres tenues ridicules n'étant pourtant pas spécialement propres à la profession...

— Ne va pas me prendre pour une espèce de stalker, se hâta-t-il d'ajouter, l'air soudain embarrassé. Simplement, tu as ce mug décerné à la « meilleure maîtresse du monde ». Du coup, ce n'était pas une énigme particulièrement difficile à résoudre...

— Je vois, tu es très observateur.

De mon côté, plus nous discutions, plus je me rendais compte que j'avais eu tort sur toute la ligne le concernant. Jamais, en le voyant chaque jour se démener sur son vélo, je n'aurais pu deviner qu'il était chef cuistot – ni même qu'en fin de compte il était plutôt sympa, voire charmant...

— Tu sembles plutôt bien vivre le confinement, enchaîna-t-il d'un ton plus sérieux, où perçait le dépit. Tu sais, j'admire cette force de caractère qui te permet de si bien t'accommoder de la situation. Je ne peux pas en dire autant en ce qui me concerne...

— Ce n'est pas si simple, en vérité, démentis-je, le comprenant en même temps que les mots m'échappaient. Je croyais au début être capable de supporter sans problème cette période d'enfermement, que j'allais pouvoir en profiter pour me reposer, lire, réfléchir à ma vie, toutes ces choses que je n'ai pas trop le temps de faire d'ordinaire. Mais... Mais je me suis vite mise à tourner en rond dans mon petit appartement. Mon travail me manque. Mes élèves également... Mes amies aussi...

Sans compter que j'avais lentement pété les plombs et développé une espèce d'obsession aussi malsaine qu'incongrue pour mon balcon et mon voisin...

Heureusement que j'en avais terminé avec ça. Cette histoire de guerre froide entre lui et moi était vraiment stupide. Finalement, ce conflit absurde n'avait jamais existé que dans ma tête...

— Pour ma part, ma vie sociale ne se résume qu'à mes cinq employés, me confia-t-il, ses traits s'assombrissant tout à coup. Je pensais que cela ne me ferait ni chaud ni froid de ne plus voir personne durant plusieurs semaines, mais je me trompais. Sans mon restaurant et les gens qui en font partie, je me retrouve complètement désœuvré. Cela fait des années que mon métier prend toute la place, et le vide est colossal dès lors que je suis obligé de lever le pied...

— Mais... tu as le vélo maintenant, plaisantai-je, tentant maladroitement d'alléger la conversation. Ne te serais-tu pas découvert une nouvelle passion grâce au confinement ?

Il eut un petit rire de gorge étrange, entre amusement et amertume.

— À la base, j'ai installé ce truc pour m'obliger à prendre l'air de façon régulière et tâcher de garder la forme. J'ignorais que je virerais accro au sport... Ou plutôt, en réalité, au plaisir d'avoir l'impression de passer un peu de temps avec ma voisine...

Je cillai, prise au dépourvu.

Avais-je bien compris ? William était-il réellement en train d'expliquer qu'il n'avait pas passé toutes ces heures à suer sang et eau sur cet engin dans l'unique but de se dépenser, mais aussi parce que ma présence l'aidait à se sentir moins seul ?

D'ailleurs, cet aveu revêtait-il une autre signification ? Pourquoi mon cœur se mettait-il brusquement à battre la chamade ? Cela ne voulait pas forcément dire que je lui plaisais, il fallait d'urgence que je me calme…

Comme je gardai le silence, William reprit, le nez plissé par la gêne :

— Je sais, ça craint. Je suis désolé si jamais cela t'a ennuyée d'une quelconque façon. À l'avenir, je m'arrangerai pour faire du vélo quand tu n'es pas sur ta terrasse.

Ce qui lui laissait en fait très peu de marge de manœuvre, dans la mesure où j'avais décidé d'y être presque en permanence ces derniers jours.

— Non, vraiment, tu peux continuer, ça ne me pose aucun problème. Nous n'allons quand même pas établir un programme quant à l'occupation de nos balcons !

Il y avait encore quelques jours de cela, cette idée m'aurait au contraire paru très sensée. Nous n'en étions cependant plus là et, à présent, cela me semblait totalement idiot…

William s'en tint à mes conclusions et, dans l'après-midi qui suivit, revint sur sa terrasse pour y pratiquer sa séance quotidienne de sport.

L'agacement que j'éprouvais systématiquement lorsque le roulis régulier de son appareil couplé à son souffle bruyant venait perturber ma lecture se transforma en quelque chose de différent, que je n'aurais su clairement définir. À croire que j'avais fini par m'y habituer et que ce qui m'apparaissait à la base comme une nuisance était désormais devenu un simple bruit de fond…

Comprendre que ces moments étaient importants et bénéfiques pour William avait totalement changé la donne. En outre, même si je n'en avais guère eu conscience jusque-là, à moi aussi, cela me donnait le sentiment d'être un peu moins seule. Puis je devais également reconnaître qu'avoir le corps musclé et parfaitement ciselé de William sous les yeux dès que je levais le nez de mon livre n'était pas franchement désagréable. Après tout, la vue ne compensait-elle pas largement le dérangement sonore ?

D'ailleurs, j'avais la sensation que, même en pyjama – ou, à l'occasion, en grenouillère Pikachu –, je ne le laissais pas non plus tout à fait indifférent. Enfin, peut-être me faisais-je des films et confondais-je mes désirs avec la réalité, à force de ne plus voir personne...

Ce jour-là, William passa plus d'une heure à se démener sur son engin. À la suite de quoi, en sueur et essoufflé, il s'approcha de la rambarde pour s'enquérir une nouvelle fois de ce que j'aimerais pour le déjeuner du lendemain.

Je dépassai rapidement ma gêne à la perspective qu'il m'offre encore le repas pour lui répondre avec un enthousiasme bien plus débordant que la décence ne l'aurait voulu.

À ma décharge, je commençais vraiment à prendre goût à ces instants que nous partagions et je n'avais aucune envie que cela prenne fin...

6

Une sorte de routine s'installa rapidement entre William et moi. Chaque midi, nous nous retrouvions sur nos balcons respectifs pour y savourer les plats toujours plus élaborés et savoureux qu'il s'ingéniait à préparer, discutant à bâtons rompus, l'entente entre nous étant sans cesse grandissante. Puis, chaque après-midi, tandis que je lisais, il revenait s'épuiser sur son vélo d'appartement. Un moment étrange durant lequel nous n'échangions pas plus de quelques mots – du fait de nos occupations respectives –, mais que nous avions conscience de passer ensemble malgré tout.

J'ignorais si le confinement et la solitude qui en résultait décuplaient l'importance que revêtait à mes yeux cette relation naissante. Toutefois, plus le temps passait, plus je me surprenais à apprécier la compagnie de cet homme qui m'avait tant insupporté au début...

Enfin, le terme de cette longue et éprouvante période de confinement se profilait. Nous étions dimanche et, dès le lendemain, la vie pourrait reprendre son cours normal... Ou presque, car le restaurant de William – à l'instar de tous ceux du pays – devrait quant à lui demeurer fermé encore quelque temps...

— À partir de demain, c'est moi qui invite, lançai-je tandis que nous terminions notre déjeuner. Tu n'auras qu'à venir ici pour le dîner, je ferai livrer japonais.

Je comptais bien remettre les compteurs à zéro et rembourser par un nouveau repas chacun de ceux que je lui devais. J'avais hâte également que nous puissions plus concrètement nous rapprocher. Nous avions beau avoir placé notre mobilier d'extérieur de façon à n'être plus qu'à quelques dizaines de centimètres l'un de l'autre – deux balustrades et un vide d'un demi-mètre nous séparant –, cela restait assez frustrant...

Nous n'avions jamais véritablement évoqué le sujet jusque-là, mais plus le temps avançait, plus ma certitude concernant la nature de notre relation s'était renforcée. Il y avait des jours que notre amitié n'en était plus vraiment une. Nous avions beaucoup trop besoin l'un et l'autre de ces rendez-vous quotidiens sur nos balcons pour que cela demeure platonique entre nous, cela me paraissait couler de source...

La réponse de William se fit toutefois curieusement attendre.

Plutôt que de se réjouir à la perspective de pouvoir enfin nous voir de manière normale, il fronça les sourcils et baissa le regard, évitant clairement de croiser le mien.

— Je suis désolé, Sarah, marmonna-t-il, son expression s'assombrissant davantage. Mais je préfère que cela s'arrête avec le déconfinement...

Il se passa la main dans les cheveux d'un geste nerveux et poussa un long soupir douloureux.

— Attends, tu plaisantes ? me récriai-je après un instant de stupéfaction. Pour quelle raison, au juste ? Et puis, je refuse, j'ai une dette colossale à te rembourser maintenant. Tu es obligé d'accepter mes invitations, je regrette.

Manifestement, je m'étais totalement plantée sur l'idée que je m'étais faite de nos rapports. Il apparaissait désormais évident que ce que j'avais pris pour un flirt subtil n'en était pas un.

Comment avais-je pu me tromper à ce point ? Et pourquoi William laissait-il entendre qu'il souhaitait même carrément couper les ponts ?

La panique m'envahit subitement, me saisissant à la gorge.

— J'ai dit quelque chose qu'il ne fallait pas ? soufflai-je, incrédule.

— Tu... Non, non, pas du tout, nia-t-il en se relevant brusquement, comme pour chercher à s'éloigner de moi – quand nous étions, de toute façon, irrémédiablement séparés par le vide entre nos balcons. Mais c'est juste que...

Il s'écarta pour se placer face à la rue, les yeux rivés sur la façade de l'immeuble d'en face. Puis, d'une voix sourde, il se résolut à avouer :

— C'est juste que cela devient trop difficile pour moi. Tant que nous étions contraints de rester chacun sur notre terrasse, cela pouvait fonctionner, mais c'est fini...

— Pardon ? Je ne comprends pas...

— Non, je m'en doute, convint-il en se tournant finalement vers moi, une profonde tristesse se reflétant soudain dans son regard gris pâle. J'aurais dû t'en parler avant, mais je ne pensais pas que ce serait aussi pénible...

— Nous sommes amis avant tout, non ? plaidai-je, ne tenant pas à perdre ce lien entre nous, quel qu'il puisse être.

— Non, décréta-t-il sans même y réfléchir. Enfin, pas vraiment. Pas pour moi. Depuis le début, tu me plais. Tu me plais énormément, en vérité... mais je... Depuis mon divorce avec ma femme il y a cinq ans, je me suis juré de ne plus jamais laisser personne entrer dans ma vie. Et je n'arriverai pas à me contenter d'une simple amitié avec toi, j'en suis certain, à présent. Alors le mieux pour nous deux, c'est de s'en tenir là.

Il haussa les épaules en m'adressant un dernier coup d'œil dépité, puis s'enfuit lâchement pour se réfugier dans son appartement, m'abandonnant soudainement, me laissant aussi estomaquée que déçue.

Quelques minutes furent nécessaires avant que je ne me décide à sortir de ma torpeur pour débarrasser la table. Après quoi, n'ayant plus cœur à demeurer sur mon balcon, je rentrai moi aussi pour rejoindre mon canapé.

J'y passai l'après-midi et la soirée, à guetter le bruit désormais familier du vélo d'appartement de William, espérant pouvoir le voir afin de lui demander de plus amples explications.

Son revirement avait été tellement inattendu et brutal que j'en restais abasourdie, incapable de me replonger dans la lecture – ou même dans quelque série Netflix que ce soit...

Il avait avoué que je lui plaisais...

Pourtant, il venait de couper les ponts sans prévenir. Il n'y avait rien eu entre nous et malgré tout, cela me faisait mal...

Décidément, il était temps que le confinement se termine et que je puisse retrouver ma vie d'avant, sortir avec mes amies et faire de nouvelles rencontres !

7

À peine venais-je de fermer ma porte – de retour à mon appartement après une première journée de travail suivie d'une visite chez une amie – que j'entendis toquer.

Je soupirai, puis me résolus à ouvrir, plus curieuse qu'épuisée.

Je me retrouvai alors nez à nez avec William, un bouquet de fleurs dans une main et un paquet brun dans l'autre.

— Tu me devras encore un repas, annonça-t-il tout à trac, l'air quelque peu hésitant.

C'était la première fois que je pouvais le voir d'aussi près. Et c'était également la première fois que les choses paraissaient aussi évidentes pour moi...

— C'est du japonais comme tu le souhaitais, ajouta-t-il en levant le sac en papier, avant de tendre les roses vers moi. Et ceci, c'est pour te demander pardon. Ma réaction hier soir était vraiment nulle. Je... Je n'ai pas envie que nous en restions là. Pas du tout. J'espère seulement ne pas avoir tout gâché avec mes angoisses stupides...

La porte de droite, au fond du palier, s'entrebâilla dans un grincement et je vis le visage de Mme Dumont apparaître dans l'ombre, nous observant depuis le seuil.

Là, suivant mon instinct, je montai sur la pointe des pieds et embrassai la joue creuse et un peu râpeuse de William. Il répondit par un petit grognement, puis tourna légèrement la tête, de manière à ce que ses lèvres effleurent les miennes, bravant toutes les recommandations de distanciation sociale.

— Tu ne le sais peut-être pas, mais j'ai un magnifique balcon, lançai-je en m'écartant pour saisir le bouquet. Si tu es d'accord, nous pourrions y dîner.

— Même décor mais sans rambardes... Avec grand plaisir !

ALLÔ SOCRATE, ICI WONDERMUM

Fanny GAYRAL

Jour 1

Mardi 17 mars 2020

Quels sont vos projets du moment ?

Avant de répondre à la question, cher cahier « Un an de réflexion », sache que je t'ai baptisé Socrate.

J'espère que tu ne m'en voudras pas, mais j'ai pensé que ce surnom t'irait à merveille, étant donné l'objectif pompeusement explicité en lettres dorées sur ta couverture : « Une question par jour – 365 jours pour mieux vous connaître ».

Lorsque Candice t'a déposé entre mes mains pour mon anniversaire, il y a deux ans, je me suis demandé à quel moment mon amie s'imaginait que j'aurais le temps de te remplir. Candice n'a pas d'enfants, elle. Pas de mari débordé. Mais le loisir de dormir neuf heures sans interruption, de prendre une longue douche, d'enfiler des habits repassés, sans tache de compote. La possibilité de pratiquer au quotidien la méditation de pleine conscience.

Aujourd'hui, c'est différent. Le moment est propice. Le confinement vient de commencer, le cours du monde est bouleversé. Je suis au seuil d'un tournant dans ma vie.

Et pour revenir à ta question, voici quelques-uns de mes projets du moment :

1) Survivre au coronavirus (projet du foyer)

2) Profiter de la présence de Thomas à la maison et de la merveilleuse perspective d'un allégement de ma charge mentale

3) Cuisiner des macarons salés

4) Relire les *Pensées* de Marc Aurèle

5) Suivre un cours de yoga en ligne

6) Fabriquer mon propre gel hydroalcoolique

7) Profiter de la présence des enfants à la maison, jouer à des jeux de société, combler les lacunes d'Augustin en mathématiques

8) Perdre les derniers kilos de ma grossesse

9) Savourer le confinement de ma belle-mère, Marie-Édith

10) Surtout : discuter avec Thomas de sa reconversion prochaine, rêver ensemble à nos projets de déménagement et de ferme en permaculture

Jour 2

Mercredi 18 mars 2020

Votre dernière contradiction…

Je l'avoue, Socrate, lorsque j'ai vu tous ces gens se ruer sur les paquets de riz, de farfalles et les rouleaux de papier toilette, j'ai doucement rigolé. Je me suis dit que j'étais au-dessus de tout ça, capable de rester calme, raisonnable et sereine même sans stock.

Et puis, dimanche, j'ai rêvé que le frigo était vide et que je cuisinais des cotons-tiges à la bolognaise. Au réveil, j'ai craqué. J'ai passé commande via le service drive de mon supermarché. J'ai acheté des paquets de riz, de farfalles, et des rouleaux de papier toilette. Affublée de mes gants de ski, j'ai désinfecté soigneusement chaque produit à l'alcool ménager.

Par moments, j'ai la sensation d'être égarée au beau milieu d'un film de science-fiction. J'espère avoir le temps de souffler prochainement, de me relaxer entre les bras de Thomas dès lors qu'il en aura terminé avec ses urgences professionnelles. Pour l'heure, il est débordé, et je gère seule la présence des trois enfants à la maison : les devoirs, les couches, les lessives et les repas.

Je te laisse, le four vient de sonner.

Jour 3

Jeudi 19 mars 2020

Votre tenue du jour

Une robe fluide Chanel, des escarpins assortis, un gilet de cachemire blanc, un sautoir en perles de Murano. Sobre, mais classieux, comme à mon habitude. Non, je blague.

En réalité, je parade en tee-shirt de pyjama informe, veste polaire – celle de Thomas griffée « Déligel » –, legging mou, sous-vêtements dépareillés, chaussette de sport sur un pied, socquette rose sur l'autre, le tout engoncé dans une paire de mules fourrées. Luna est endormie, mais je n'ai pas eu la force de me changer.

Je me repose après les devoirs de mon aînée, Mila. Ses professeurs semblent s'être lancé le défi « révision du programme de sixième en une semaine ». Je suis prof, pourtant, mais au bord de l'apoplexie.

Trois chapitres en maths, la lecture de l'*Iliade*, cinq heures de vidéos d'anglais, un exposé sur l'apparition de l'écriture en Mésopotamie... Quant au professeur d'EPS, M. Narcil, il exige trente pompes et cinquante squats quotidiens, des footings dans le jardin, une dissertation sur l'histoire du cyclisme.

Je ne sais même pas ce qu'est un squat.

Jour 4

Vendredi 20 mars 2020

Êtes-vous en bonne santé ?

Oui, je vais bien, merci de t'en préoccuper. Reste à savoir si cela va durer. J'ai actuellement deux scénarios en tête pour l'avenir :

1) J'attrape le coronavirus, je suffoque, intubée, en réanimation, et je meurs sous dix jours
2) J'attrape le coronavirus, l'infection est totalement asymptomatique, je suis définitivement immunisée et deviens la doyenne du pays

À ce stade, j'ignore laquelle de ces deux hypothèses est la plus probable.

J'ai surtout peur pour mes trois enfants, tu sais. Je me moque de souffrir, mais je suis terrorisée à l'idée qu'ils tombent malades. À l'idée qu'ils puissent devenir orphelins, livrés à l'Assistance publique ou pire : aux mains de ma belle-mère, Marie-Édith.

En temps normal, j'arrive à vivre avec mes angoisses démesurées de mère, mais en ce moment, je décompense. Dès que Luna fait la sieste, je consulte compulsivement les sites d'informations et les réseaux sociaux. De minute en minute, au gré des statistiques, des histoires de groupes sanguins et des exposés de cas de covid-19 atroces, j'oscille entre le rassérénement et l'attaque de panique.

J'aurais besoin de relaxation, d'un moment seule pour me recentrer et relativiser, mais le quotidien m'aspire au centre d'un gigantesque cyclone spatio-temporel.

Thomas n'est descendu que pour les repas hier. Il croule sous le travail.

Vivement le week-end.

Jour 5

Samedi 21 mars 2020

Où vous voyez-vous dans cinq ans ?

Avant de te parler du futur, Socrate, je me dois d'évoquer le passé. Il y a neuf ans, dix mois et douze jours exactement, Thomas m'a dit, au cours d'un inoubliable dîner au Ritz, qu'il ne comptait pas consacrer sa vie entière à son poste de cadre dans les surgelés, qu'il travaillerait dix ans, puis qu'il arrêterait. Que nous pourrions construire autre chose. Nous avons rêvé de potager, d'autonomie alimentaire, et, de fil en aiguille, d'une reconversion totale au sein d'une petite ferme en permaculture.

Depuis, je me suis accrochée à cette idée, elle m'a aidée à tenir le coup, à supporter le rythme professionnel infernal de mon mari, son absence chronique, ses réunions tardives, son désengagement total dans les tâches ménagères… Et les jours, les mois, les années ont passé.

Dans cinq ans, donc, nous serons à la campagne, Thomas, moi et les enfants. Près d'ici, de Bordeaux. Nous aurons rénové le domaine de nos rêves, nous élèverons des poules rustiques, nous produirons du cidre et des tomates de plein champ. Luna courra entre les bottes de paille, nos ados liront sous les pommiers en fleurs.

Oh, je nous sens proches du point de bascule et je suis impatiente ! Thomas m'a dit plusieurs fois dernièrement qu'il en avait marre du train-train de son poste. Mais je tiens à soigner cet instant merveilleux où notre vie se bonifiera. Je ne veux pas presser mon homme, il est fatigué en ce moment – il a fait la sieste tout l'après-midi. Je sais qu'il doit d'abord clore sa carrière chez Déligel, optimiser sa rupture conventionnelle et prendre le temps des au revoir.

Il faut que nous fixions un calendrier, mais j'attends, pour aborder le sujet, une occasion unique et précieuse. Un dîner raffiné et romantique, à la lueur des bougies, sans enfants, dans un salon propre et ordonné.

Autant dire que ce n'est pas pour ce soir.

Jour 6

Dimanche 22 mars 2020

Un doute qui vous taraude

Tu n'as jamais été maman, Socrate, mais je te l'affirme : le doute est la seconde signification du mot « mère ».

Suis-je suffisamment présente pour mes enfants ? Passent-ils trop de temps sur leurs écrans ? Ont-ils mangé assez de légumes verts cette semaine ?

Sans compter que dans ce domaine, quels que soient tes choix, il se trouve toujours quelqu'un pour venir enfoncer à coups de marteau le clou de tes incertitudes. Candice me trouve trop cadrante. Marie-Édith, pour sa part, me juge atrocement laxiste.

« Moi, j'ai reçu nombre de bonnes paires de gifles et je n'en suis pas morte ! » répète-t-elle à qui veut l'entendre.

« J'ai mangé sans broncher mon foie de veau aux topinambours, ce qui m'a permis de vivre soixante-cinq ans en bonne santé et pleinement épanouie ! »

Si tu veux mon avis, cette sympathique éducation lui a surtout permis de vivre soixante-cinq ans dans le déni total de ses blessures émotionnelles. Dieu merci, grâce au confinement, nous avons échappé à sa traditionnelle visite dominicale et passé l'un des meilleurs dimanches de ces dernières années.

Thomas a joué au foot avec nos grands dans le jardin, allumé le barbecue à midi et promené Luna en porte-bébé autour des carrés potagers. J'en ai profité pour rattraper mon retard de lessives, faire un brin de ménage et ranger la maison – tu sais, ces milliards d'objets migrateurs qui traînent partout et que personne ne semble voir à part moi.

Jour 7

Lundi 23 mars 2020

Une personne qui vous agace

M. Lattier, notre voisin.

70 ans fringants, pantalon de tergal, cheveux poivre et sel coupés ras. Féru de monologues assommants sur la sécurité, la chasse, l'armée et ses divers exploits de jeunesse. Incapable de comprendre que l'on ne peut pas tenir une conversation normale en présence d'un bébé de quinze mois.

Il s'obstine à m'alpaguer de derrière son grillage dès que je sors dans le jardin avec Luna, comme si je pouvais rester statique quand je passe mon temps à courir derrière elle, les mains au sol comme une primate, à enchaîner les squats – des flexions de jambes, je me suis renseignée – pour l'intercepter en cas de chute, à m'assurer qu'elle n'est pas en train d'ingurgiter des graviers, du lierre, un champignon toxique, une bille ou un escargot de Bourgogne.

Mon cerveau n'a plus de bande passante disponible et je ne peux tout bonnement pas discuter, mais M. Lattier s'obstine à discourir en soupirant ostensiblement lorsque je ne le regarde pas. Le pire, c'est que je ne lui dis rien. Je n'ai ni l'énergie ni le courage de l'envoyer paître. C'est un machiste patenté qui se fiche de savoir que je suis agrégée de lettres classiques, brillante en grec et docteur ès latin. Pour lui, je suis une ménagère dotée d'une paire d'oreilles, rien de plus.

Bon, j'espère que tes prochaines questions seront plus réjouissantes. L'agacement, c'est bien, mais mon énergie est déjà suffisamment émoussée par la pandémie de coronavirus, les informations, les décomptes morbides, la perspective d'une crise économique majeure.

J'ai besoin de préserver ma santé pour être à même d'affronter notre nouvelle configuration familiale : cinq personnes à la maison, vingt-quatre heures sur vingt-quatre.

Jour 8

Mardi 24 mars 2020

Une citation que vous aimez

« Quand tu te lèves le matin,
pense aux précieux privilèges que tu as d'être vivant,
de respirer, de penser, de sentir,
de toucher et d'aimer. »

Pensées pour moi-même, Marc Aurèle

Ne te méprends pas, Socrate, je n'ai pas relu Marc Aurèle. Je suis trop occupée à tâcher de survivre en milieu domestique hostile. Je me suis contentée d'entreposer le livre sur l'étagère des toilettes, ce qui me permet de lire environ une demi-phrase toutes les trois heures. À ce rythme, je le terminerai probablement dans quinze ans.

Mais peu m'importent les avalanches de charge mentale, les poubelles de couches, la gestion des décibels, la montagne vacillante de linge sale. Car ce matin, Thomas m'a demandé de ne pas entrer dans son bureau sans le prévenir.

« Je prépare quelque chose dont tu ne dois rien savoir pour le moment », a-t-il souri. « Une surprise. »

En d'autres mots : une ferme. Ou une annonce immobilière pour une ferme, un plan de ferme, des animaux de ferme… Qu'importe ! Oh, j'adore les surprises !

Côté beau-maternel, Marie-Édith s'est mise au footing. Un prétexte pour venir sautiller en survêtement fluo devant notre portail et fourrer son nez indélicat dans l'emploi du temps scolaire des enfants.

Malheureusement pour elle, M. Lattier l'a entendue alors qu'elle interrogeait Mila sur le tableau des éléments chimiques et s'est précipité au grillage avec un masque pour lui raconter son service militaire et son certificat d'études.

Je me suis abstenue de voler à son secours. Je ne suis pas suicidaire.

Jour 9

Mercredi 25 mars 2020

Une chose qui vous émerveille ces temps-ci

Je suis « émerveillée » par les élans de solidarité, l'humour qui circule sur les réseaux sociaux, la générosité humaine à l'œuvre depuis quelques jours. Les contenus éducatifs gratuits pleuvent sur nos têtes comme une mousson indienne : manuels en accès libre, séminaires sur l'astronomie ou la physique quantique, visites virtuelles de musées... L'offre est pléthorique. De quoi parfaire la culture des enfants de façon ludique.

Et pour prendre soin de moi en sus, j'ai l'embarras du choix. J'ai notamment repéré des séances vidéo de hatha-yoga et de stretching.

Quand je serai à jour des lessives, du rangement, du ménage, des comptes, des courses, des bains, de la préparation des devoirs des enfants, du classement du courrier, je prendrai du temps pour moi pendant les siestes de Luna.

Je prévois de devenir aussi souple qu'un roseau japonais.

Je pourrais peut-être apprendre à faire le grand écart ?

Jour 10

Jeudi 26 mars 2020

Quel superhéros/quelle superhéroïne seriez-vous ?

Je serais Wondermum.

C'est ainsi que Candice m'a baptisée, un mercredi après-midi de septembre, et j'aime bien ce surnom. J'aurais plusieurs bras comme Shiva, des collants pailletés, une musculature de culturiste et un vélo volant. Oui, Socrate, un vélo. Cela fait bien longtemps que je n'ai pas pédalé, mais l'exposé de Mila m'a donné envie de m'y remettre.

L'histoire du cyclisme est vraiment passionnante. Gloire, défaites et trahisons, pire que la vie des rois mésopotamiens.

Jour 11

Vendredi 27 mars 2020

Parlez-moi de vos finances

Tu es direct, Socrate. Mais j'apprécie ton authenticité. Pour te donner une idée, je dirais que je suis plus « tirelire » que « débiteur anonyme », même si nous vivons sans nous priver, tous les cinq. À la maison, c'est moi qui gère les comptes. Thomas se désintéresse totalement du sujet. Je crois qu'il ne connaît même pas le mot de passe de notre espace client sur le site de la banque.

Ces dernières années, sans lui en toucher mot, j'ai épargné chaque mois afin de constituer une cagnotte importante pour notre reconversion. Lorsque nous déménagerons, nous aurons de quoi vivre pendant près de deux ans, le temps que notre activité décolle. Quant à la vente de notre maison, elle suffira à financer notre nouvelle propriété.

Je prépare cette surprise financière à mon mari depuis si longtemps que je me sens tout excitée à l'idée de la lui dévoiler enfin. Car la date est arrêtée. Le rideau se lèvera demain soir ! Thomas m'a demandé de prévoir un apéro dînatoire festif, il a quelque chose à nous annoncer !

Bon, je t'avoue que préparer un tel apéro avec Luna dans les jambes égale en difficulté la montée du col du Tourmalet dans le Tour de France. Mais sois-en assuré : Wondermum ne renonce jamais.

Jour 12

Samedi 28 mars 2020

Quelle est votre couleur préférée ?

Orange.

Je ne développerai pas, Socrate, car je suis au fond du gouffre.

Oublie ce que j'ai écrit plus haut. J'abhorre les surprises. Thomas ne nous a pas annoncé une rupture conventionnelle pour reconversion, mais une promotion ! Son patron lui offre un poste de directeur commercial en Suède pour la rentrée de septembre. En Suède, Socrate ! Une contrée glaciale et lointaine, où les gens parlent le suédois et s'ébouillantent dès l'aurore dans des saunas brûlants après s'être jetés à la mer au milieu des glaçons.

Mon homme m'a dit qu'il se sentait plus motivé que jamais. Que la Suède était un pays magnifique, que je pourrais enseigner le français là-bas. Qu'étant blonds tous les cinq, nous nous fondrions parfaitement dans le paysage. Il semblait si heureux que je n'ai rien pu dire. Les mots sont restés bloqués dans ma gorge et j'ai ravalé mes larmes devant les enfants.

Il est 2 heures du matin, la maison est silencieuse et je ne dors pas. Je songe à me teindre en brune.

Jour 13

Dimanche 29 mars 2020

Votre humeur du jour

Déprimée ascendant mourante.

Je ne veux pas me disputer avec Thomas. Je le connais, il réagit toujours très fort lorsque j'émets des objections quant aux projets qui lui tiennent à cœur. Il est parfois même impulsif. Il me faut trouver un moyen de faire passer le message en douceur. Tout ceci est tellement insensé ! Je ne vois pas comment sortir de cette impasse.

À moins que... ? J'ai peut-être une idée... Oui, c'est cela : je vais m'appuyer sur Marie-Édith ! La perspective de voir son fils unique s'en aller à deux mille kilomètres de Bordeaux lui sera intolérable. En matière de chantage, ma belle-mère est ceinture noire huitième dan. C'est un peu rude, mais la fin justifie les moyens. Je n'aurai qu'à soutenir habilement le processus, et elle fera le travail à ma place.

Adieu, borborygmes suédois, nuit polaire et mer de glaçons !

Oh, Socrate, quel scénario réconfortant ! J'adore accoucher de moi-même à tes côtés !

Jour 14

Lundi 30 mars 2020

Un projet en cours

Apprendre le suédois. Je rectifie : feindre d'apprendre le suédois.

Hallå ! Var är stranden ? (Bonjour ! Où est la plage ?)

Thomas a installé Duolingo sur sa tablette, et nous avons consacré la fin d'après-midi à postillonner sur notre première leçon. Nous serons moins perdus lors de notre prochaine virée chez Ikea. Mon mari va finir ses conférences en visio plus tôt, cette semaine. Les urgences sont gérées chez Déligel. Vivement que cette histoire de Scandinavie s'achève et que nous mettions à profit le confinement pour nous concentrer sur nos véritables projets. Ceux dont l'intitulé commence par « ferme » et se termine par « permaculture ».

J'ai annoncé la nouvelle à Marie-Édith hier, au téléphone, sur un ton désinvolte. Elle s'est presque étouffée à l'autre bout du fil. Mon plan fonctionne à merveille.

Elle ne va pas tarder à débouler au portail, munie d'une attestation de sortie pour motif familial impérieux afin de culpabiliser Thomas et de l'exhorter à renoncer à l'expatriation.

Côté situation mondiale, rien de réjouissant. Un virus, des milliers de morts, des drames, une crise économique et sanitaire d'une ampleur exceptionnelle.

Autant dire qu'il est urgent de vivre sur un mode écologique et de cesser totalement de prendre l'avion !

Jour 15

Mardi 31 mars 2020

De quoi est fait l'instant présent ?

Les grands sont attablés face à leurs leçons d'algèbre, Luna joue tranquillement aux cubes sur le tapis, la maison est rangée, elle embaume le détergent au lilas, un crumble aux pommes cuit dans le four. Sous le faîte du toit, deux hirondelles ont fait leur nid et, au son de l'allegro du printemps de Vivaldi, je m'exerce au grand écart.

Je plaisante. En réalité, l'ouragan Katrina semble être passé sur le salon, il est 15 heures et les enfants sont en pyjama, Luna remorque des peluches dans les moutons de poussière, la poubelle déborde, le frigo est vide. C'est l'apocalypse, et je suis démoralisée.

Marie-Édith trouve que la Suède est un pays formidable. Elle a décidé d'émigrer avec nous, elle me l'a annoncé ce matin en enchaînant petites foulées et squats devant notre grillage. Elle se sent en pleine forme, elle adore le saumon fumé et les blinis, il paraît que l'air de la Baltique est le plus pur d'Europe.

J'ai appelé Candice, qui m'a dit que les enfants seraient mieux à l'école là-bas plutôt qu'en France, étant donné que les pays d'Europe du Nord sont à la pointe de la lutte contre les violences éducatives ordinaires. Mila et Augustin sont plutôt contents. Thomas leur a vendu un séjour de rêve avec pêche au saumon à même les cascades et courses de chiens de traîneaux en Laponie.

Je me sens seule contre tous.

Jour 16

Mercredi 1er avril 2020

La première chose que vous avez dite ce matin au réveil

— En avant pour une nouvelle journée !

— Oui, je trouve que tu t'en sors très bien, m'a répondu Thomas.

Sur ce, il est allé prendre une douche, s'est préparé un café avant de s'enfermer dans le bureau pour sa visioconférence matinale.

J'aurais aimé qu'il comprenne que je pensais en réalité : *Je donnerais n'importe quoi pour rester au lit ! Enfermez-moi dans un caisson d'isolation sensorielle !*

Ces dernières années, Thomas a progressivement cessé de m'épauler au niveau des tâches ménagères, et les choses ne se sont pas arrangées depuis que j'ai pris un congé parental pour Luna. Il allume le barbecue, sort les poubelles et c'est tout. Je crois qu'il ne voit pas à quel point j'ai la tête sous l'eau, combien j'aimerais qu'il pose une journée pour que je puisse souffler.

Et qu'il renonce spontanément à sa promotion suédoise.

Dieu, si tu existes, dis-moi que tout ceci est un canular, un affreux cauchemar, que je vais bientôt me réveiller et que tout sera redevenu comme avant. Déconfine-moi ! Rends-moi mon quotidien, mes journées sereines auprès de mon bébé chéri, la course contre la montre du matin, les sorties d'école, les devoirs de fin d'après-midi ! Une vie sans virus, sans gel hydroalcoolique, sans automne suédois en ligne de mire.

Les enfants ont passé la journée à nous coller des poissons d'avril dans le dos. Je n'étais pas d'humeur. Je vois des saumons partout.

Jour 17

Jeudi 2 avril 2020

Une chose qui vous énerve

J'ai envie de trucider tous ces gens qui proposent des contenus éducatifs gratuits.

Un séminaire d'astrophysique pour les 6-9 ans, et pourquoi pas des cours de ferronnerie au chalumeau pour les maternelles ? Comme si nous avions le temps et la patience, après toutes ces heures à plancher sur les devoirs des enfants !

Mila a passé la matinée à convertir des hectolitres en millilitres, au point de m'en donner la migraine. L'imprimante a rendu l'âme sur une leçon d'Augustin.

Le Premier ministre vient d'annoncer que le déconfinement n'était pas pour demain. Je me demande si nous recouvrerons un jour notre liberté.

Tout m'énerve, en fait, Socrate.

Jour 18

Vendredi 3 avril 2020

Le mantra que vous aimez vous répéter

« Songe à prendre du recul. »

Oui, tout cela n'est pas si grave. Il y a pire, dans l'Univers. Certains meurent du coronavirus en ce moment même, d'autres ont perdu leurs proches, des soignants se dévouent corps et âme à leurs malades au sein d'hôpitaux dépourvus de moyens.

Bon, je n'y arrive pas.

Je me sens coupable de ne pas réussir à relativiser, coupable d'être en bonne santé, coupable de faire illusion auprès de Thomas. Je ne me sens pas à la hauteur pour le travail des deux grands, j'ai la tête ailleurs lorsque je joue avec Luna, je n'ai lu que deux phrases de Marc Aurèle, mon gel hydroalcoolique sans alcool à base de vinaigre blanc est un échec, la maison n'est pas assez rangée, le jardin n'est pas assez tondu.

Je me sens médiocre sur tous les plans.

Jour 19

Samedi 4 avril 2020

Une chose difficile à avouer sur votre compte

Puisque l'on commence à être intime, tous les deux, Socrate, je vais te confier un truc que je n'ai jamais dit à personne : lorsque quelque chose ne va pas, j'ai énormément de mal à le dire à mes proches. Rien que te livrer cette information m'a donné des bouffées de chaleur. Tu ne le vois pas mais, là, je suis en plein accès de tachycardie.

Habituellement, je fais l'autruche sur cet aspect de ma personne, mais en ce moment, les non-dits s'accumulent.

J'ai acquiescé lorsque Thomas a déclaré que, grâce à mon congé parental, j'étais rodée pour gérer le quotidien sans peine malgré le confinement. Je ne lui ai pas avoué que je ne voulais pas partir.

J'ai affirmé à Marie-Édith que sa présence en Suède serait une bénédiction.

J'ai dit à M. Lattier que son idée de discipline militaire dans les écoles serait à étudier. Oui, je sais, M. Lattier n'est pas l'un de mes proches.

Mon cas est encore pire que ce que j'imaginais.

Jour 20

Dimanche 5 avril 2020

Le dernier coup de téléphone que vous avez passé

J'ai appelé mes parents hier.

Tout va très bien pour eux. Maman télétravaille avec ses collègues juristes, papa poursuit ses travaux universitaires, ils sortent régulièrement faire des tours de vélo autour du pâté de maisons, ne toussent pas, cousent des masques, cuisinent des gigots et des macarons au caramel. Ils sont heureux. Comme d'habitude. Tout va toujours très bien pour eux.

Tu crois que mon problème mentionné hier est héréditaire ?

Jour 21

Lundi 6 avril 2020

Votre bonne résolution du jour

J'ai tout déballé, Socrate.

Ce matin, je n'en pouvais plus, et lorsque Thomas s'est lové contre moi aux premières lueurs du jour, je me suis décidée à parler. Je lui ai dit que je ne voulais absolument pas partir en Suède, que je souhaitais qu'il quitte Déligel pour monter une ferme, que je voulais passer plus de temps avec lui.

Il m'a répondu que ces histoires de permaculture n'étaient que des paroles en l'air échangées lorsque nous n'avions pas d'enfants, que ce n'était pas mon congé parental qui payait les vacances et le monospace, que le poste en Suède était une opportunité incroyable. Je lui ai rétorqué que je me fichais de la voiture, que je préférais le cyclisme, et nous nous sommes vivement disputés. Pour finir, je lui ai crié qu'il n'avait qu'à partir sans moi, et il a répondu que c'était une option à envisager.

Il s'est enfermé dans le bureau toute la journée et j'ai géré seule les couches, les parties de bataille navale et l'étude de l'écriture cunéiforme en Mésopotamie.

Oui, je sais, comme d'habitude, mais quand même.

J'étais résolue à me montrer honnête, à oser dévoiler ma vulnérabilité, et voilà où cela nous mène. Tout droit vers la Suède, en compagnie de Marie-Édith.

Jour 22

Mardi 7 avril 2020

Où et aux côtés de qui vivez-vous ?

J'habite dans un village près de Bordeaux et je vis aux côtés de trois enfants merveilleux. Les voir grandir est un bonheur de chaque jour. Luna, mon petit cadeau des cieux, Augustin, mon fils doux et sensible, et Mila, ma fille aînée, sportive et affirmée.

Je vis, par ailleurs, aux côtés d'un mari qui boude depuis hier. Il refuse de sortir de son bureau. J'ai tenté de lui parler, mais il n'a pas voulu ouvrir la porte pour m'écouter.

Je dépose une assiette sur la moquette de la mezzanine à l'heure des repas, je la récupère vide un peu plus tard.

J'ai l'impression d'être devenue gardienne de prison.

Jour 23

Mercredi 8 avril 2020

Quel problème avez-vous résolu aujourd'hui ?

Aucun.

Cette journée fut entièrement et gigantesquement problématique. Thomas est parti, Socrate.

Ce matin, j'ai trouvé ses valises dans l'entrée en descendant avec Luna. Mon mari se tenait sur le seuil, son ordinateur à la main.

— J'ai besoin d'air, m'a-t-il dit. Je veux que nous nous séparions quelque temps, nous avons tous deux besoin de réfléchir. Surtout toi.

Je suis restée interloquée.

— Partir où ? ai-je balbutié. On n'a le droit d'aller nulle part avec le confinement !

— Je sais, a-t-il répondu. Je pars pour notre cabanon de jardin. N'essaie pas de venir me voir pour le moment. Je reviendrai dans quelques jours ou dans quelques semaines, lorsque je serai calmé.

Et il s'en est allé en claquant la porte.

Jour 24

Jeudi 9 avril 2020

Un secret que vous n'avez jamais dit à personne

Je ne suis pas fanatique des surgelés. Plonger les mains dans le congélateur me donne chaque fois l'impression que je vais perdre un doigt. Niveau préservation des vitamines, il ne faut pas être trop regardant. Et côté cuisson, ce n'est pas mieux : au four, les plats restent glacés au centre et se carbonisent sur le pourtour, à la casserole, ils se décomposent lamentablement, et au micro-ondes, ils explosent.

Mais je préférerais avaler une barquette de lasagnes Déligel à même le freezer plutôt qu'avouer ça à mon mari.

Étrangement, depuis que Thomas est parti, je me sens plus légère. Le nuage de mauvaise humeur qui filtrait sous la porte de son bureau ne flotte plus dans la maison.

J'ai expliqué à Augustin que papa avait besoin de s'isoler pour se concentrer sur son travail.

Du haut de ses 12 ans, Mila n'est pas dupe. Elle m'a demandé, des trémolos dans la voix, si nous allions divorcer. Je lui ai répondu que non, bien sûr, que je n'étais juste pas emballée par cette histoire de Suède et que papa avait besoin de faire le point seul.

Si je me sens légère, c'est parce que je sais que Thomas ne tiendra pas trois jours sans renouvellement de son linge, sans embrasser Luna, sans nos discussions à bâtons rompus le soir, sans les bonnes assiettes que je cuisine.

Il a emporté du pain de mie et des boîtes de conserve, mais il déteste manger froid, je le connais par cœur. Il va s'aviser de lui-même à quoi ressemblerait une vie suédoise en solo.

S'il pouvait neiger, ce serait bien, niveau mise en condition.

Jour 25

Vendredi 10 avril 2020

Votre dernière balade dans la nature

Hier, avec les enfants, sur un sentier à la sortie du village. En prenant garde à ne pas s'approcher des autres promeneurs, le nez sur le GPS pour contrôler notre distance par rapport à la maison, un masque dans une main, un flacon de gel hydroalcoolique dans l'autre, une carte d'identité et un formulaire de sortie dans la poche.

Autant te dire que l'ambiance n'est pas tellement à la brindille entre les dents. J'ai régulièrement l'impression d'avoir été téléportée dans une réalité parallèle.

À part ça, Thomas ne montre aucun signe d'essoufflement dans son cabanon. Mila et Augustin font du roller et de la trottinette sur la terrasse, juste sous ses fenêtres, attendent qu'il sorte fumer une cigarette pour se pendre à son cou et jouer aux devinettes.

Papa joue et câline, maman lave et cuisine. Une juste répartition des tâches ménagères. D'habitude, je ne m'en offusque pas, mais ces jours-ci, ma coupe est pleine.

Ça fait dix ans, Socrate. Dix ans ! L'heure de la quille devait sonner ! Au lieu de cela, les impératifs de rangement et de ménage ont été multipliés par dix avec le confinement.

Ce n'est pas demain que je relirai Plutarque en grec dans le texte.

Jour 26

Samedi 11 avril 2020

Qu'avez-vous mangé ce midi ?

J'aurais préféré que tu me poses cette question hier, Socrate. J'aurais pu te répondre : « Des tagliatelles fraîches aux champignons et à la crème, nappées d'huile de truffe et de parmesan. »

Je le note quand même, tu vois, à des fins de revalorisation personnelle pour le jour où je relirai ce carnet. Je constaterai que j'accordais de l'importance aux bonnes choses de la vie.

Pour aujourd'hui, donc, lorsque j'ai ouvert le frigo, il ne restait qu'une vieille salade à demi flétrie, un vieux bout de camembert, un vieux reste de pain de mie, un vieux tube de ketchup.

— Je vous fais des sandwichs, ai-je dit aux enfants.

— Ouaiiis, se sont-ils écriés en sautillant comme si je leur avais annoncé un départ imminent pour Disneyland avec Champomy et canons à confettis en prime.

Parfois, je me demande pourquoi je me fatigue à cuisiner des gratins compliqués et autres tartes raffinées. De toute façon, il n'y a plus ni farine, ni œuf, ni levure nulle part. Les supermarchés sont à sec. Je tiens l'information de Candice.

Pour ma part, je ne parviens pas à me connecter au site du drive depuis deux jours. Le réseau est saturé. Il reste dix paquets de farfalles dans le placard, six paquets de barquettes à l'abricot et huit ballotins d'œufs de Pâques. Voilà qui ne devrait pas tarir l'enthousiasme des enfants.

Côté bulletin météorologique, aucun flocon à l'horizon.

Jour 27

Dimanche 12 avril 2020

Aimez-vous votre demeure ?

Puisque tu en parles, j'ai justement vu une émission sur les *tiny houses* ce matin, pendant la sieste de Luna.

Une équipe d'artisans s'activait pour bâtir en quelques jours une minuscule maison cubique et confortable, posée dans un grand jardin. Il n'y avait pas de salle de jeux ensevelie sous les Lego, pas de cuisine immense envahie de vaisselle sale, aucune étagère chargée de bibelots décoratifs.

Je m'y suis vue, durant quelques minutes. Je me suis sentie libre. Ai-je vraiment eu envie de tous ces objets à ranger, de tout cet espace à nettoyer ? Le fait d'être dotée d'un utérus me confère-t-il naturellement un penchant pour le soin du logis ?

Si tu veux la vérité, et bien que tu ne sois probablement pas la personne la plus avant-gardiste en matière de féminisme, je ne pense pas, Socrate. Je range et je lave parce que si je ne le fais pas, personne d'autre ne s'en occupe. Je suis devenue « femme au foyer », ce fade archétype de l'inconscient collectif flanqué d'un maxi-cosy sur poussette et d'un quotient intellectuel de mollusque. Mon doctorat de latin est bien loin derrière moi sur le sentier.

Ces temps-ci, cette demeure que tu évoques et son torrent de désordre me sortent par les yeux.

Mais plutôt mourir que montrer des signes de faiblesse devant Thomas, que sortir lui avouer que sa présence et son aide, même minimes, me manquent atrocement. Je fais semblant d'être dynamique, enjouée et suractive chaque fois que je passe dans son champ de vision depuis le cabanon. Je prends un plumeau ou la bassine à confiture dans une main, Luna sur la hanche, et je souris. Je suscite le désir.

À part ça, c'était Pâques aujourd'hui. Sprints dans le jardin, enfants à demi hystériques et orgie de chocolat. Le scénario classique.

Jour 28

Lundi 13 avril 2020

Une métaphore pour décrire votre état du jour

Un rat de laboratoire soumis à des décharges électriques arbitraires, le conduisant à courir en tous sens jusqu'à épuisement.

Le président vient d'annoncer la prolongation du confinement jusqu'au 11 mai. Autant dire dans un siècle. Ce qui signifie, par ailleurs, que nous ne serons pas libérés pour mon anniversaire.

Côté feuilleton conjugal, j'ai trouvé le secret de l'opiniâtreté de mon mari, et je te le donne en mille, Socrate : il s'appelle Marie-Édith. C'est Augustin qui m'a mis la puce à l'oreille ce midi :

— Maman, on pourra avoir du poulet rôti, nous aussi ?
— Comment ça, « nous aussi » ? ai-je répondu.
— Ben, papa, il mange du poulet rôti avec des frites dans le cabanon.

— C'est mamie, a soupiré Luna. Elle lui a donné un thermos par-dessus le portail en échange de son linge sale pendant que tu endormais Luna tout à l'heure.

Voilà la triste réalité, cher journal. Mon mari est en possession de vivres frais et de linge propre. Le voici en mesure de tenir un siège jusqu'à ce que je craque, que je rampe à genoux jusqu'au cabanon pour lui avouer que je ne peux pas vivre sans lui.

Il me répondra qu'avec lui c'est en Suède ou nulle part, et je serai condamnée à vivre en doudoune et à manger des Krisprolls aux rollmops jusqu'à la fin de mes jours.

Jour 29

Mardi 14 avril 2020

Une illumination

J'aimerais t'annoncer que j'ai déchiffré le dernier manuscrit retrouvé de la mer Morte, façon Champollion et sa pierre de Rosette, ou toute autre illumination intellectuelle et gratifiante dans ce genre, mais non.

J'ai seulement trouvé comment accéder au site du drive de mon supermarché : en m'y connectant à 2 heures du matin. J'ai refait le plein de papier toilette et de yaourts à la lueur de la lune. Je suis sujette aux insomnies, ces jours-ci.

L'exil prolongé de Thomas m'angoisse terriblement. Notre dispute a été si vive que je n'ose aller lui parler. Je commence à me demander s'il va sortir de son cabanon d'ici au 11 mai. Tu crois qu'il pourrait me quitter ? Partir pour la Suède avec son ordinateur portable et sa mère ?

Cette dernière poursuit ses trafics au portail. Je la guette chaque midi depuis la fenêtre de la buanderie, équipée des jumelles à insectes d'Augustin.

Candice me dit qu'il n'est pas sain d'espionner son propre portail et son cabanon de jardin à longueur de journée. Je voudrais bien l'y voir. Elle passe un confinement serein, elle.

Nous avons pris un apéro virtuel ensemble hier. Elle avait préparé des verrines de tzatziki qu'elle a dégustées accompagnées d'un mojito, en position du lotus dans son appartement immaculé, tandis que j'engloutissais quelques chips molles tout en courant derrière Luna dans un salon jonché de Playmobil.

J'ai fini encore plus déprimée.

Jour 30

Mercredi 15 avril 2020

Avec qui aimeriez-vous passer la journée ?

Aujourd'hui, je donnerais n'importe quoi pour une journée en compagnie de Marie-Édith, c'est dire mon degré de désespoir. Elle s'occuperait des enfants, nous servirait un poulet rôti sur un tapis de frites, je me ferais couler un bain après dix tours de jardin à vélo.

Ce matin, j'ai dicté aux enfants les réponses à leurs exercices de français pour abréger nos souffrances, puis nous avons fait une partie de Monopoly tandis que Luna déchiquetait des emballages de farfalles sur nos chaussettes. Jouer avec eux m'a fait du bien.

Avant le confinement, nous passions de doux moments ensemble en fin d'après-midi. Je m'organisais dans la journée pour finir les tâches ménagères, afin d'être pleinement disponible dès la sortie de l'école. Cette période semble n'être qu'un lointain souvenir.

Comment font les autres parents ? Sur les réseaux sociaux, les photos de mères épanouies pullulent. Leurs enfants sont propres et coiffés, ils lisent à plat ventre sur des lits impeccables, confectionnent des biscuits sablés nappés de glaçages arc-en-ciel et passent peu de temps sur leurs écrans. J'ai personnellement l'impression de me tuer à la tâche sans parvenir au quart de leur résultat.

Niveau espionnage matrimonial, les choses ne vont pas en s'arrangeant. Je ne peux m'empêcher d'épier Thomas discrètement par la fenêtre de la salle de bains, avec les jumelles à insectes d'Augustin, chaque fois que je change la couche de Luna.

Il travaille sur son ordinateur en boulottant des biscuits apéritifs, il a l'air d'être en pleine forme. Je ne semble pas lui manquer du tout.

Jour 31

Jeudi 16 avril 2020

L'événement du jour

J'ai craqué, ce matin.

J'ai demandé à Mila de garder Luna dans la salle de jeux et j'ai téléphoné à SOS Burn out parental. J'avais vu le numéro sur un magazine de parentalité offert par Candice, et après cinq essais infructueux – toutes les lignes étaient occupées, la courbe épidémique du burn out parental doit être parallèle à celle du coronavirus – j'ai réussi à les joindre.

Une femme à la voix suave et calme m'a écoutée durant une demi-heure, sa bienveillance m'a fait un bien fou. Elle m'a aidée à voir qu'il était normal de se sentir épuisée physiquement et émotionnellement vu le contexte, que j'étais parfois trop perfectionniste et que traverser cette période sans devenir complètement dingue ne serait déjà pas si mal.

Dans l'enthousiasme qui a suivi, j'ai repris ma liste du premier jour pour une actualisation salutaire :

1) Survivre au coronavirus (projet collectif, valable pour l'ensemble du foyer)

2) ~~Profiter de la présence de Thomas à la maison et la merveilleuse perspective d'un allégement de ma charge mentale~~. Faire en sorte que Thomas revienne à la maison, avoir une discussion sérieuse sur notre couple, la Suède et le concept de charge mentale

3) ~~Cuisiner des macarons salés.~~ Manger plus de sandwichs (et des chips, des raviolis en boîte, voire des céréales de petit déjeuner à toute heure)

4) Relire les *Pensées* de Marc Aurèle (trois minutes par jour aux toilettes)

5) ~~Suivre un cours de yoga en ligne~~. Regarder *Tiny House Nation* (à combiner avec le point 3)

6) ~~Fabriquer mon propre gel hydroalcoolique~~. L'acheter. Ou me contenter de savon

7) Profiter de la présence des enfants à la maison, jouer à ~~des jeux de société,~~ *Just Dance* sur la console~~, combler les lacunes d'Augustin en mathématiques~~

8) ~~Perdre les derniers kilos de ma grossesse.~~ Enlever les piles de la balance (pour les questions pondérales et nutritionnelles, se borner, pour l'instant, à l'application du point 3)

9) Savourer le confinement de ma belle-mère, Marie-Édith

10) Surtout : ~~discuter avec Thomas de sa reconversion prochaine~~, rêver ~~ensemble~~ seule à nos projets de déménagement et de ferme en permaculture, en attendant que Thomas se ressaisisse

11) Je suis en pleine réflexion sur le point 2. J'élabore un plan d'action

Jour 32

Vendredi 17 avril 2020

Comment prenez-vous soin de vous-même ?

Tu m'aurais posé cette question début mars, je t'aurais parlé de lecture sur une chaise longue, de bain bouillonnant dans un spa, de massage aux pierres chaudes, toutes ces choses que je ne fais jamais car je n'en ai pas le temps.

Mais depuis hier, mon cher Socrate, je vis une révélation. Je peux prendre soin de moi d'une autre manière, en revoyant mes exigences quotidiennes à la baisse. Viser le maximum d'efficacité en un minimum d'efforts (si tu m'avais dit que j'écrirais cette phrase un jour, je ne t'aurais pas cru), me détacher des apparences, renoncer à toute quête de perfection.

Les grands ont mangé trois yaourts ce midi, et j'ai trouvé ça très bien. Augustin a voulu passer l'aspirateur, et je lui ai laissé carte blanche.

J'ai décrété un arrêt total du travail scolaire jusqu'à nouvel ordre. Les enfants réviseront les fractions en découpant les pizzas surgelées que j'ai commandées. En pyjama, s'ils le souhaitent.

Inutile de te dire qu'ils apprécient mes nouveaux choix pédagogiques.

En ce qui concerne mon couple, j'ai attaqué la rédaction d'une lettre explicative à l'adresse de Thomas. Je compte l'envoyer demain.

Adresse postale : la porte du cabanon.

Jour 33

Samedi 18 avril 2020

Plutôt poivre ou sel ?

Désolée pour ta question, originale au demeurant, mais j'ai des choses plus urgentes à te raconter. J'en suis encore toute tremblante, Socrate.

Thomas est à l'hôpital ! Tout allait pourtant bien ce matin, et je m'apprêtais à sortir pour lui glisser ma lettre quand une sirène d'ambulance s'est mise à hurler dans notre rue.

Sans que j'aie le temps de comprendre ce qui se passait, trois individus en combinaison blanc et bleu ont déboulé dans le jardin et se sont précipités vers notre cabanon. Lorsqu'ils ont ouvert la porte, j'ai aperçu Thomas, assis à même le plancher, adossé au mur, son téléphone près de lui. Ses mains étaient plaquées contre sa poitrine, il semblait suffoquer.

L'équipe du Samu l'a chargé sur un brancard et l'a embarqué avec précipitation. L'infirmier est venu me voir tandis que le médecin s'occupait de Thomas dans le camion, il m'a demandé si mon mari était atteint d'une pathologie pulmonaire, d'asthme, s'il fumait, s'il avait porté un masque ces jours-ci et utilisé du gel hydroalcoolique lors de ses sorties.

S'il avait voulu m'annoncer un diagnostic de coronavirus, il ne s'y serait pas pris autrement.

Mon mari est hospitalisé et je ne peux pas aller le voir, son portable est resté sur le sol du cabanon, j'ignore ce qu'il a, je sais seulement que son pronostic vital n'est pas engagé – c'est ce que le médecin m'a dit au bout du fil. Mila m'a rapporté avoir entendu son père tousser deux fois ces derniers jours.

Oh, mon Dieu, faites que son état ne se dégrade pas ! Et s'il s'agissait d'une forme grave de covid-19 ? Si j'étais contaminée, moi aussi ?

Dès que je ferme les yeux, je visualise les enfants orphelins, aux mains de Marie-Édith, les élevant à grand renfort de paires de gifles et de foie de veau aux topinambours.

Jour 34

Dimanche 19 avril 2020

Votre dernier moment de détente

Il y a douze siècles.

Thomas est en observation. Il ne va pas trop mal, d'après l'infirmière que j'ai eue au téléphone.

« Rassurez-vous, m'a-t-elle dit, nous le gardons seulement le temps d'obtenir le résultat des prélèvements et de la prise de sang, mais il pourra bientôt sortir. »

J'ai discuté un long moment avec Marie-Édith au portail. Elle m'a dit que son fils avait adoré ses linguine aux langoustines, que cela prouvait avec certitude qu'il n'avait pas perdu l'odorat, qu'il ne pouvait donc pas s'agir du coronavirus.

M. Lattier s'en est mêlé, derrière le grillage, avec des histoires de troubles digestifs et d'éruption cutanée, je lui ai expliqué que je n'avais rien vu dans mes jumelles à insectes, et il m'a répondu que les probabilités étaient dans notre camp. C'est bête, mais je me suis sentie rassurée.

Ma belle-mère avait préparé un gros Tupperware de paella à mon intention, pour se racheter, probablement.

La lumière du crépuscule était douce, Augustin a pris une douche, Luna s'est blottie contre moi dans le porte-bébé, Mila m'a aidée à ranger le salon, et nous avons dîné sur une nappe propre. J'aurais pu prendre une photo pour mon compte Instagram.

Mais ça, c'était avant.

Jour 35

Lundi 20 avril 2020

Sucré ou salé ?

Salé. Rien n'égale un bon bol de chips.

Pour les nouvelles de l'hôpital : Thomas est enrhumé, mais il ne tousse pas. Son état est stable. Les résultats du bilan biologique ne sont toujours pas arrivés.

S'il ne tousse pas, c'est que ce n'est pas une forme grave de coronavirus, Marie-Édith et M. Lattier sont formels. À eux deux, ils sont plus au fait des signes cliniques et des courbes statistiques que le chef de service de pneumologie du CHU.

Aujourd'hui, ma belle-mère nous a apporté une tarte au chèvre et aux tomates confites. Je me sens un peu coupable lorsque j'entends les autorités recommander la livraison des repas aux anciens afin de contribuer à l'effort collectif, mais je ferme les yeux et je pratique des exercices de gratitude, concept avec lequel Candice me rebat régulièrement les oreilles.

Côté travail scolaire, nous poursuivons les révisions des fractions sur pizzas. En technologie, nous nous initions au bâtiment : j'ai converti Augustin et Mila à *Tiny House Nation*. Il y a du suspense, c'est intense. On se demande chaque fois si l'équipe d'artisans va réussir à terminer la construction de la petite maison à temps.

Et je te rassure, Socrate, ce n'est pas comme dans la vraie vie : l'épisode se finit toujours bien.

Jour 36

Mardi 21 avril 2020

Cigale ou fourmi ?

Plutôt fourmi, mais je me soigne.

Je poursuis ma réflexion sur la charge mentale en faisant du tri dans nos possessions (traduction : j'empile du fouillis dans le garage, étant donné que ni Emmaüs ni la déchetterie ne sont ouverts).

Luna est aux anges, elle gambade autour de moi en tentant de décortiquer toutes les babioles que je sors. Je résiste à mes impulsions de les fourrer toutes dans un grand sac-poubelle et je me pose, je prends le temps de respirer, le nez contre chaque objet, de me questionner sur la joie qu'il me procure. Un thermomètre suisse décoré de pyrogravure est-il source de joie ? Lorsque je pense à ma vie future, me vois-je heureuse en compagnie de ce lot de trois pinces à cornichons ? Oh, mon Dieu.

As-tu déjà ressenti ça, à ton époque, Socrate, l'impression que tu allais mourir enseveli sous les statuettes et les toges ?

Dans trois jours, c'est mon anniversaire. Une chose est sûre : je ne veux rien de matériel.

Pour les autres nouvelles palpitantes : Thomas sort de l'hôpital tout à l'heure. Les tests sont négatifs. Le médecin lui a tout de même prescrit deux semaines d'arrêt de travail, d'après ce que m'a dit l'infirmière.

Après avoir été morte de peur à l'idée qu'il ne revienne jamais, je suis hyper angoissée à l'idée qu'il soit de retour.

Jour 37

Mercredi 22 avril 2020

Si cette journée était un roman, quel en serait son titre ?

Coup de théâtre au cabanon.

Tu ne vas pas me croire : la suffocation de Thomas était en réalité une crise d'angoisse ! Il s'avère qu'il était rongé d'anxiété entre ses quatre murs de planches.

Il m'a avoué avoir emporté dans ses bagages pour le cabanon la longue-vue du déguisement de pirate d'Augustin. Il m'espionnait discrètement le matin, accroupi au pied de ses fenêtres. Les jours passant, il s'est forgé la conviction que je n'avais pas besoin de lui, que sa présence au domicile était superflue. Il s'est senti insignifiant, incapable de se débrouiller seul, coupable de se faire materner par Marie-Édith. Il a pris deux kilos à force de se gaver de biscuits apéritifs pour soulager ses angoisses.

— Je veux apporter autre chose qu'un salaire et me sentir utile, m'a-t-il dit en rentrant. J'ai l'impression que tu n'as pas beaucoup besoin de moi, ou que tu ne me crois pas capable de t'aider, mais j'aimerais te prouver que je peux faire plus de choses à la maison. Apprendre à passer l'aspirateur, par exemple, ou à cuisiner.

Voilà. J'en suis comme deux ronds de flan.

Thomas s'imagine que je n'ai pas besoin de soutien et ne réalise pas combien je l'aime, combien il m'est précieux. Il est peut-être temps de montrer mes failles au sein de mon foyer, de porter un autre masque que celui exhibé aux yeux du monde et de mon mari.

Sur le plan scandinave : électroencéphalogramme plat. Aucun de nous deux n'a eu le courage d'aborder le sujet.

Jour 38

Jeudi 23 avril 2020

Que voyez-vous dans votre miroir ?

Des cernes, un tee-shirt bouloché, des rides et des yeux boursouflés.

Thomas s'est réveillé entiché d'une nouvelle idée : partir pour la Suède une semaine sur deux à compter de septembre.

Il m'a expliqué qu'il s'agissait d'un compromis judicieux, que nous verrions ainsi concrètement si l'expatriation peut nous convenir, qu'il pourrait tâter le terrain sur place. Il a ajouté que ce serait l'occasion pour lui d'apprendre à cuisiner, à laver son linge, à gérer un mini-foyer lors de ses semaines en célibataire.

Je lui ai répondu que, en ce qui me concernait, aucune expérimentation n'était nécessaire. Je sais parfaitement que cela ne me convient pas.

Bilan du jour : j'ai dit franchement ce que j'avais en tête, il ne s'est pas énervé. Je crois que nous progressons.

Et j'ai quelques projets pour la suite.

Jour 39

Vendredi 24 avril 2020

Que verrait celui ou celle qui vous aime dans votre miroir ?

Une belle femme blonde, intelligente et sexy, aux yeux d'un bleu incroyable – je n'invente pas, je viens d'aller lui poser la question ! Comme quoi, tout est question de point de vue.

Tu devrais me proposer plus souvent ce genre d'exercice de thérapie de couple, Socrate, je me sens revigorée.

C'est mon anniversaire aujourd'hui. J'ai 37 ans, ce qui n'est pas du tout vieux d'après Mila, qui réajuste chaque année son seuil personnel de définition du mot « vieillesse ».

Les enfants sont excités comme des puces, ils ont fabriqué une banderole sur le thème « Maman chérie, notre préférée, la plus belle » – pour te résumer les deux mètres de slogans tout à fait grisants inscrits au feutre sur une nappe en papier – et décoré la maison de guirlandes de Noël. Je les ai regardés faire, la larme à l'œil, tandis que

Luna jouait avec nos trousseaux de clés en les semant aux quatre coins du salon.

Je les ai trouvés beaux et merveilleux, tous les trois. Je me suis enfoncée dans le velours de l'instant présent, tentant de goûter pleinement chaque atome de la scène, d'imprimer sur ma pellicule mentale un morceau du temps qui fuit. Je me suis dit que cela me resterait lorsque je serais vieille, au creux de mon esprit comme une enluminure à l'encre indélébile.

Au coin de la cheminée ou sur la terrasse, les soirs d'été au crépuscule, je me dirai sans ambages que d'avoir vécu cet amour d'une force indicible, j'aurais vraiment vécu.

Thomas, lui, a pris son masque et son gel hydroalcoolique, il est sorti chercher un repas à emporter au restaurant thaï et le fait à présent réchauffer dans le micro-ondes. La maison embaume le curry, le poulet grillé et la citronnelle.

Pour un peu, on croirait que la vie a repris comme avant.

Jour 40

Samedi 25 avril 2020

Un petit coin de paradis ?

Je te répondrais bien : les Maldives, mais les frontières sont fermées. Tout n'est cependant pas perdu, bien au contraire, puisque je m'apprête à façonner mon propre coin de paradis derrière nos carrés potagers contre la haie du jardin !

Figure-toi qu'hier soir, lorsque j'ai soufflé mes bougies, Thomas m'a demandé ce qui me ferait plaisir.

— Tout ce que tu voudras, a-t-il ajouté en souriant.

Je n'ai pas réfléchi, j'ai saisi illico cette brillante occasion de concrétiser mes projets conjugaux.

— J'aimerais un séjour loin de la maison, dans le cabanon, comme toi. Je suis à bout et j'ai vraiment besoin de me ressourcer pour ne pas craquer. Les enfants pourraient venir me voir s'ils le souhaitent, je câlinerais Luna autant que d'habitude, mais tu gérerais tout le reste. Bon, c'est un grand défi, je comprendrais que tu ne t'en sentes pas capable…

— Mais bien sûr que j'en suis capable, m'a-t-il rétorqué, piqué au vif. Il ne manquerait plus que tu doutes de moi. Tu vas te reposer et je me débrouillerai, je ne viendrai pas te voir, nous ferons comme si tu étais véritablement en vacances.

Je ne sais pas s'il a vraiment compris que « tout le reste » englobait le ménage, les repas, les biberons, la supervision du travail scolaire, les conflits, les phases d'ennui, les jeux, la gestion des écrans, les bains, les couches, les couchers et j'en passe, mais je me suis bien gardée de lui énumérer cette liste. Je préfère qu'il découvre cela par lui-même plutôt que lui préparer le terrain.

« Donne un poisson à un homme, tu le nourriras pour un jour. Apprends-lui à pêcher, il se nourrira toute sa vie. »

Il est grand temps que Thomas s'engage pour un stage d'immersion sur le chalutier.

Jour 41

Dimanche 26 avril 2020

Quels objets emporteriez-vous sur une île déserte ?

Des livres, Socrate, définitivement.

Je suis d'ailleurs en train de disposer sur l'étagère du cabanon ceux que j'ai emportés dans ma valise. Ovide, Sénèque, Plutarque, Marc Aurèle bien sûr, et puis des romans frivoles, des magazines d'été légers comme une mousse à la fraise.

Je me sens fébrile, j'ai l'impression d'emménager dans un gîte à la plage. Je n'ai pas fait les choses à moitié, contrairement à Thomas qui avait investi les lieux sans fioritures. J'ai pris le temps de préparer mon cocon hier, j'ai passé l'aspirateur, fait de la place sur les étagères, déroulé une rallonge électrique, branché une glacière et un radiateur, fait le plein de provisions, installé un transat dans un coin et un hamac devant la porte entre le pommier et le bouleau.

Bon, je te l'avoue, je n'ai pas résisté à la tentation de laisser quelques plans B à Thomas. On ne se défait pas facilement de douze années passées à assumer la charge mentale. J'ai rempli les placards de plats préparés et donné quelques consignes à Mila et Augustin. Ces derniers ont sobrement baptisé le moment « Mission Wonderdad ».

La matinée a été radieuse. J'ai joué au ballon avec les enfants dans le jardin. Mon bébé chéri est maintenant endormi et je suis alanguie dans le hamac, un livre dans une main, une tablette de chocolat dans l'autre.

Une fine brume s'étire au ras de l'horizon, le soleil dessine des volutes dorées au pied des arbres. Un petit coin de paradis.

Jour 42

Lundi 27 avril 2020

Votre dernière lubie

Me vernir les ongles des pieds.

J'en avais envie, soudainement. Je l'ai fait ce matin en relisant *De la vie heureuse* de Sénèque.

L'après-midi est enchanteresse. Allongée sur mon transat, je sirote un nectar d'abricot en contemplant le jardin fleuri par la porte du cabanon. J'aperçois par moments la silhouette de Thomas qui va et vient derrière les rideaux du salon. Mila et Augustin passent régulièrement me voir, pour une partie de Dix de chute ou pour me montrer un dessin.

— Papa m'a fait réciter toutes les tables de multiplication, a bougonné Augustin. Je préférais le travail avec toi. Par contre, le menu, c'est bien. On mange des pâtes à la sauce tomate. Il a regardé un tuto sur YouTube.

— Il est complètement perdu, a ajouté Mila. Il ne sait pas ce qu'on mange d'habitude, où sont rangés les coquetiers, les chiffons et les casquettes. On a même dû lui rappeler nous-mêmes qu'il fallait qu'on se lave les dents ce matin !

Elle a soupiré avant d'ajouter :

— Mais il fait des listes, il s'organise. Il nous a dit qu'il allait appliquer la stratégie de gestion des stocks de Déligel pour tenir la maison.

Je m'en suis débonnairement réjouie. Je m'efforce de penser que tout cela ne me concerne plus pour les dix jours à venir.

Je vois parfois sortir Thomas sur la terrasse, en survêtement et tablier de cuisine, Luna vissée dans les bras, et je lui donne mentalement ma bénédiction pour tout, quand bien même devrais-je retrouver la maison dévastée par le souffle d'une bombe atomique. Car si tu veux mon avis, la gestion des stocks chez Déligel est une sinécure aux Maldives à côté de ce qui l'attend.

Bon, je te laisse, Socrate, j'ai envie d'aller me balader. Je vais me rédiger une petite autorisation de sortie.

Jour 43

Mardi 28 avril 2020

Êtes-vous observateur(trice) ?

Oui, plutôt.

J'observe, par exemple, que plus personne ne parle de Suède ni de langue suédoise, ces derniers temps. Si tu veux mon avis, il n'est point nécessaire de partir à l'autre bout de l'Europe pour apprendre à se débrouiller. Une expérimentation in situ est largement suffisante.

Mes matelots me relatent régulièrement l'apprentissage de la pêche par le capitaine. Il a déjà essuyé quelques tempêtes, apparemment. Une pluie de semoule catapultée à la cuillère du sommet d'une chaise haute. Un bain cyclonique. Un cumulonimbus sur table à langer.

Côté réflexions féministes, je me suis lancée dans la rédaction d'un blog. J'ai écrit quatre billets en deux jours. J'y parle de la maternité comme rupture dans le continuum espace-temps, comme concept impossible à théoriser, comme entrée en collision avec un quotidien bassement pragmatique.

Une thèse sur le supplétisme verbal en latin, c'est bien, mais lorsque l'on devient mère, les couches, le reflux et les lessives deviennent à leur tour des questions centrales. Je raconte combien je me sens parfois écartelée entre mon côté intellectuel et les nécessités prosaïques. Entre Plutarque et le flacon de détergent.

Jour 44

Mercredi 29 avril 2020

Quelle actualité fait les gros titres ?

Le coronavirus, Socrate. À moins de vivre au cinquième siècle avant Jésus-Christ, difficile de passer à côté.

Le bilan du nombre de morts est effrayant, et la façon dont le monde a changé subitement, impressionnante. Le Premier ministre a présenté hier son plan de déconfinement devant l'Assemblée nationale, le futur paraît bien incertain.

Côté actualité intrafamiliale, la mission Wonderdad suit son cours. Les enfants ont passé la journée en pyjama aujourd'hui, ils ne se sont pas coiffés, et Luna était encore barbouillée de petit pot à la citrouille lorsque Mila me l'a amenée après le repas de midi.

La gestion des stocks chez Déligel commence visiblement à patiner un peu.

J'ai reçu un SMS de Thomas, ce soir :

Sois honnête avec moi, ma chérie : est-ce que les lasagnes surgelées cuisent toujours aussi mal ou ce grand ratage « brûlé au pourtour/congelé au centre » est seulement de mon fait ?

Je n'ai pas encore répondu. Je savoure le moment.

Jour 45

Jeudi 30 avril 2020

Un succès dont vous êtes fier(e)

Oui, nous pouvons considérer que j'ai remporté un petit succès aujourd'hui. J'ai converti quelqu'un à ma cause depuis le fond de mon hamac, sans même un effort de prosélytisme : Marie-Édith ne veut plus déménager en Suède. Elle a d'autres projets.

Je tiens l'information de Mila, qui ne perd pas une miette des échanges entre adultes. Ma fille n'en sait pas plus, sa grand-mère est restée nébuleuse.

Je me demande ce qu'elle mijote.

À la maison, Thomas s'est découvert une nouvelle passion pour l'aspirateur. Et, à en juger par les râleries des enfants, il vient de comprendre pourquoi on devient beaucoup plus tatillon sur la propreté lorsque l'on a soi-même briqué le carrelage.

Jour 46

Vendredi 1er mai 2020

Aimez-vous votre travail ?

Oui, j'aime beaucoup mon travail de professeur de grec et de latin. Et je ne regrette pas de l'avoir mis entre parenthèses quelque temps pour me consacrer pleinement à mes enfants. Mais j'aurais aimé que la société et notre éducation fassent en sorte que tout cela puisse être plus naturellement partagé entre Thomas et moi.

Tiens, je vais me pencher sur les conséquences sociétales de l'éducation hyper genrée, en matière d'inégalités, pour en faire un article sur mon blog.

À part ça, je bénis Marie-Édith, qui a revêtu sa ceinture noire pour prendre mon parti. Thomas a écopé d'une demi-heure de sermon au portail ce matin, tandis que Luna jouait entre ses pieds avec les galets de l'allée. J'ai observé la scène discrètement avec mes jumelles à insectes, le vent m'a porté des bribes de la conversation.

J'ai entendu :

— ... et puis la Suède, qu'est-ce que c'est que cette lubie soudaine ?

Suivi de :

— Tu ne vas pas me faire croire que tu en as toujours rêvé ?

Puis :

— Tu n'en avais jamais parlé auparavant, c'est bien la preuve qu'il ne s'agit pas d'une nécessité vitale.

Et pour finir :

— Tu sais bien qu'Iris ne pourra plus enseigner le grec et le latin, là-bas, qu'elle devra se sacrifier pour toi, et je ne t'ai pas élevé ainsi.

Ma belle-mère est la personne la plus horripilante de l'Univers, mais il faut le reconnaître, elle a parfois quelques bons côtés.

Jour 47

Samedi 2 mai 2020

Une devise à votre blason

Fluctuat nec mergitur. (Elle est battue par les flots, mais ne sombre pas.)

La devise de Paris. Je trouve qu'elle me va bien.

Trêve de bavardage, cher Socrate, accroche-toi à ton olivier, j'ai un scoop. Le nouveau projet de Marie-Édith se nomme : M. Lattier !

À force de footings devant le portail et autres conversations sur la vie du général de Gaulle, ils sont tombés amoureux. Le coup de foudre pur et simple. Voilà la raison du revirement inattendu de ma belle-mère. Et comme ils sont aussi impulsifs l'un que l'autre, ils ont prévu de commencer à vivre ensemble dès le déconfinement.

Nous allons devenir voisins, elle en est enchantée.

Connais-tu cet adage : « Le tout est supérieur à la somme des parties » ?

Parce que, à mon avis, l'union de Marie-Édith et de M. Lattier n'engendrera pas une simple addition de leurs personnalités, mais une démultiplication de leurs potentialités. Un peu comme une casserole d'eau bouillante sur une nappe d'acide chlorhydrique.

Un cocktail bien explosif.

Jour 48

Dimanche 3 mai 2020

Passion ou tendresse ?

Un savant mélange des deux.

Ce matin, j'ai décidé d'entreprendre une petite incursion en territoire domestique.

Je n'avais plus de nectar d'abricot dans ma glacière. J'ai attendu que Thomas parte chercher les courses au drive avec les enfants et je me suis faufilée à pas de loup dans la maison. L'aspirateur gisait sur le carrelage de la salle de bains, il y avait des piles de linge plié sur la table du salon entre les cahiers des enfants, de la vaisselle sale dans l'évier, une marée noire de Lego dans la chambre d'Augustin.

À cette vision, je me suis dit que Thomas vivait les mêmes galères que moi. Enfin. Que nous allions nous rejoindre, après cette traversée du désert, que nous rigolerions bientôt autour d'un verre de rosé en nous racontant notre dernier repas épique avec les marmots.

La maman en moi a été assaillie d'une grande vague de tendresse, et l'épouse en moi, d'une vive bouffée de passion.

Avant de repartir, j'ai lancé le lave-vaisselle, mis la table et préparé une tortilla de pommes de terre aux oignons et au fromage. Ma façon de lui dire « Je t'aime ».

Jour 49

Lundi 4 mai 2020

Le kiff du jour

Ce matin, Thomas m'a envoyé un SMS :

`J'ai parcouru ton blog hier soir. À chaque paragraphe, je me suis remémoré la semaine que je venais de vivre. Je comprends beaucoup mieux ce que tu essayais de me dire. Rester seul avec les enfants m'a ouvert les yeux. Bref. Merci d'être partie.`

Puis, vers 20 heures, il est venu frapper à ma porte, le babyphone accroché à la ceinture, après avoir couché Luna. Il m'a tendu un gâteau au chocolat orné d'un cœur en sucre glace, j'en ai eu les larmes aux yeux.

Il avait des cernes jusqu'aux orteils, une barbe de huit jours, des taches de compote sur sa chemise.

— J'ai mis un film aux grands. Je sais que j'avais dit que je te laisserais tranquille, mais...

— Entre, ai-je répondu. Je vais te servir un verre de rosé.

Il s'est écroulé sur le transat, et nous avons regardé un épisode de *Tiny House Nation*. Coincés dans nos cinq mètres carrés, on s'y serait crus.

— Ils sont chouettes, nos enfants, a-t-il déclaré alors que le générique de fin défilait à l'écran. Je les adore. Je me suis rendu compte que je ne les connaissais pas si bien, finalement. Comme si je n'avais jamais vraiment vécu avec eux jusqu'à maintenant.

Après un silence, il a ajouté :

— Je ne sais pas comment je vais pouvoir expliquer ça à mon patron, mais je crois que je n'ai plus tellement envie de partir en Suède, finalement.

Oui, je sais, Socrate, c'était beaucoup plus qu'un simple kiff. Mais je tiens de Platon que tu aimes à déborder un peu le champ de tes questions.

Jour 50

Mardi 5 mai 2020

Votre dernier voyage

Ce matin.

Un voyage éclair de vingt secondes entre le cabanon et le salon.

Je suis de retour à la maison. Les lieux ont survécu à l'épreuve de la bombe atomique, et je travaille à mettre de l'eau dans mon vin. Peu importe si Thomas dispose les bols à l'envers dans le lave-vaisselle, s'il ne met pas l'aspirateur en mode brosse sur le carrelage, s'il a une façon plus qu'étrange de plier les tee-shirts. Je dois apprendre à déléguer, pratiquer le lâcher-prise et accepter que mon mari n'ait pas la même conception de la perfection que moi.

Tout ceci n'est pas aussi grave qu'un anéantissement total de la galaxie. Du système solaire, tout au plus.

Et je pourrai toujours replier discrètement les tee-shirts au moment de sortir les habits du jour des enfants.

Jour 51

Mercredi 6 mai 2020

Un mot pour résumer la journée

Frontière.

M. Lattier souhaite construire un portillon entre nos deux jardins. Marie-Édith pourra ainsi venir surveiller les enfants « sans même que nous ayons à la solliciter » et son nouveau cher et tendre lui emboîtera le pas avec sa cisaille, afin de tailler nos rosiers « pour nous rendre service ».

Lui qui lorgnait sur notre barbecue fumoir flambant neuf, il ne tardera pas à venir l'allumer de lui-même, sans préavis, le dimanche matin.

Un nouveau concept d'espace Schengen, à taille humaine et en famille.

Thomas a paru moyennement enthousiaste à l'annonce du projet. Il m'a semblé l'entendre marmonner le mot « déménagement ».

Jour 52

Jeudi 7 mai 2020

Qu'aimeriez-vous retenir de cette journée ?

Sa fin.

Ce soir, nous avons fait manger les enfants plus tôt, les grands sont montés lire dans leurs chambres et j'ai couché Luna tandis que Thomas se battait à mains nues avec le Thermomix.

Nous avons ouvert une bouteille et nous nous sommes offert un dîner (presque) raffiné et romantique à la lueur des bougies, en tête à tête, dans un salon (presque) propre et ordonné.

En fin de soirée, je lui ai rappelé le mot de passe de notre espace client sur le site de la banque.

Jour 53

Vendredi 8 mai 2020

Il était une fois...

Thomas s'est réveillé à 5 heures du matin, aujourd'hui. Il a regardé dix reportages vidéo sur le concept de micro-ferme, pris connaissance de l'état de nos comptes, nous a inscrits à un Mooc sur la permaculture.

Il souhaite faire une étude de marché et une simulation budgétaire. Apprendre la traite des chèvres, trouver des associés et quitter Déligel.

Il était une fois un prince qui vivait la tête dans le congélateur. Un jour sa princesse s'enfuit au loin, dans leur cabanon de jardin, et il redécouvrit l'existence de vastes prairies, de fruits frais, hors de ses quatre murs glacés. Ils achetèrent une ferme, vécurent heureux, et eurent beaucoup d'enfants – trois, pour être exacte.

Jour 54

Samedi 9 mai 2020

Que diriez-vous à l'enfant que vous avez été ?

Crois en tes rêves, garde-les toujours près de toi.

Jour 55

Dimanche 10 mai 2020

Des projets pour demain ?

Savourer notre liberté retrouvée, sortir pour une balade en famille sur un chemin de campagne. Rêver à l'avenir avec Thomas.

Le monde change, le futur est incertain, et je veux m'inventer d'autres histoires que celles du consumérisme et des plats préparés surgelés.

Avant toi, Socrate, Héraclite disait que l'on ne se baigne jamais deux fois dans le même fleuve.

Je compte bien sauter à pieds joints dans l'eau claire, me réjouir de la vue et du mouvement, me laisser entraîner par de nouveaux courants.

13124

Composition
NORD COMPO

Achevé d'imprimer en Espagne
par BLACK PRINT
le 20 décembre 2020

Dépôt légal : janvier 2021
EAN 9782290252833
OTP L21EPLN002964N001

ÉDITIONS J'AI LU
87, quai Panhard-et-Levassor, 75013 Paris
Diffusion France et étranger : Flammarion